文
景

Horizon

社科新知　文艺新潮

述而批评
丛书

在
结束的地方
开始

项　静——著

上海人民出版社

在批评的世界里激荡风云
——“述而批评丛书”序言

文学创作的进步与繁荣，离不开文学批评的推动。卢那察尔斯基说:“历来的情况是：恰恰由于著名作家和卓有才华的批评家的通力合作，过去曾经产生过、今后将产生真正伟大的文学。”受现实生活直接影响的敏感的作家，需要批评家帮助他们形成抽象的科学思维，需要批评家来发现其优秀作品、总结其创作经验、揭示并推介其创新创造的价值。而一个时代文学创作的趋势和潮流，也需要批评家用他们的前瞻和敏锐，来进行指向与导引。

揆诸上海文学事业发展的历史轨迹，我们可以说，繁荣的文学批评是上海文学版图上一道特别的风景，活跃的批评家是上海集聚起来的高能级文学精英，一代代的坚守和传承是上海文学批评生生不息的泉源。

近年来，上海坚持发扬重文学批评的传统，在发挥批评大家作用的同时，十分重视青年批评家的培养，为他们搭建施展才华的舞台，逐步形成了一支阵容较为齐整的青年批评家队伍。

这些批评家有的工作在作协，有的执教、执笔于高校或研究机构，也有的活跃在报纸刊物上。他们互通声气、互相激荡，通过出版专著、在报刊和各种文学活动平台上通畅表达，指点文学江山、洞察文学思潮、剖析创作得失。他们是多面手和跨界者，不仅在批评的世界激扬文字，还常常游走于创作的天地，直接实践于小说、散文、诗歌等各种文学体裁。他们视野开阔，兼容并蓄，在坚持中国文学批评优秀传统的同时，善于运用世界文学发展的新潮流和新标准，与时俱进地开展科学的、有见地的批评。他们不仅在上海，也在中国，甚至出现在国际文学交流的舞台上，代表中国、上海，与世界文学展开近距离的对话。他们和前辈批评家一起，为上海文学创作的创新、创造和繁荣做出了积极的贡献，也预示着上海文学批评发展的前景和未来。

为集中展示青年批评家群体的成就和风采，展示上海文学批评的发展与收获，上海市作家协会策划推出这套丛书。丛书由 11 位批评家分别选编代表自身水准的文章集纳而成，这些文章虽然多曾在各种报刊、专著发表过，但作为一个整体的重新呈现，必能产生不同寻常的组合效应。丛书的问世对于专业人士的意义不多赘言，而对于普通读者来说，阅读这些著作，也将有助于总览中国文学、上海文学创作的流变，深入掘发作家作品的精华，深切体验作家创作的用心，深刻感受作家作品的价值。

这套丛书以“述而”命名，也寓意着青年批评家对前辈的承继、接续和阐发，述而后作，使批评的传统在文学发展的长河里不断地被赋予新的生命。我们相信，丛书的出版不会戛然而止。今后，当有更多的青年批评家和更多的成果涌现时，丛书将及时地进行扩容。

伴随着波澜壮阔的改革开放，上海文学事业走过了40年不平凡的历程，如今和国家各项事业发展一样，进入了崭新的历史阶段。新时代，文学承担着新使命，也呼唤着一大批青年批评家在文学批评领域承前启后、继往开来。今后，我们将一如既往地重视文学批评，重视培养一代代的青年批评家，让活跃、健康、高质量的文学批评，始终与文学创作、文学活动，还有文学出版、文学翻译等一起，支撑起上海文学繁荣、发展的良好局面。

是为序！

上海市作家协会党组书记、副主席王伟

第一辑

第二辑

第三辑

第四辑

第一辑

在结束的地方开始
——路内的工厂三部曲与1990年代

一

路内第一部长篇小说叫作《少年巴比伦》，之后有《追随她的旅程》，两部小说都在讲述1990年代的戴城故事，到了三部曲第三部的《云中人》，时间往后挪了挪脚，1990年代末期新世纪的打头几年，戴城也像小说中的男主角一样蒙上了山寨升级版的面纱，摇身变成了T市，和被许诺了改变的时代一样，巨变横空出世，美好却悬置在空中无处落脚，所过之处，一片废墟。《慈悲》把时间拉长到路小路的父辈们，他们是共和国的同龄人，亲历了“文革”、饥荒、改革开放，他们与工厂纠缠了一生，工厂内部的压抑、紧张、无意义，慢慢改变了他们的人格和底色，相对前面作品，由于是父辈们的人生，《慈悲》色调沉郁，况味更加复杂。

废墟式的小城市是路内小说的主要路标，还是从戴城谈起。戴城是一个衰老的县级市，介于比较有名气的都市南京和上海之间，有几千年的历史。按照路内的描述，这个城市最高的建筑是几座明朝的古塔，它们戳在市中心，未经修缮，摇摇欲坠，展示着它的古老传统和文化脉络。戴城在幅员辽阔的中国大地上是作为大都市上海的外省出现的，路内的戴城故事，后视镜是打在已经是千禧年年尾的上海脸上的，巨兽一样的上海和在这个铁笼子里的男男女女被简化成一位叫作张小尹的“80后”女孩。在小说的开头路小路就把戴城和上海放在一起：

> 我爱喝路边的奶茶，我也很爱上海的高尚区域，马路牙子相对比较干净，奶茶的味道也很正宗。在我年轻时住过的那座城市，马路边全都是从阴沟里泛出来的水，街上没有奶茶只有带着豆渣味的豆浆，这都不是什么令人愉快的事情，但我照样在那里生活了很久。[1]

那个生活了很久的城市是一个典型的生产性的城市，有很多化工厂、农药厂、橡胶厂、化肥厂、溶剂厂、造漆厂，都是化工单位，而路小路从小就成了工厂里的一员学徒，然后从钳工到电工。工厂在当年的他和现在的张小尹面前，像一个未经

---

[1] 路内：《少年巴比伦》，重庆出版社，2008，第 1 页。

探索过的星球一样打开，修水泵的师傅老牛逼的工厂哲学、一辈子做刨床都做不正的歪卵师傅、捡垃圾的清洁工、唯唯诺诺的大学生、看泵房的风韵犹存的阿姨等，他们开着粗俗的玩笑，任性而为，迟到早退，翻墙骂人，拍厂长骂主任诸如此类的日常生活。他们的生活又绝不是现在科层制壁垒下人们一厢情愿想象出来的世外桃源，工人们的世界还是会有威胁生命的工厂事故，电死或者煤气爆炸，这是一个残酷的世界。同时也是一个充满荒诞的世界，每天都在上演闹剧，打架怠工，当然这是叙述人三十岁的路小路的认知。

故事发生的空间对路内的小说来说非常重要，这个地点不仅仅是一个小城市，而且是和中国当代历史的进程息息相关的。在前市场经济时代，超级大都市出现之前，中国所有的城市几乎都具有一种县城的性质，各种生产性的工厂和家属院是一个城市的主要标志。空间的选择，比如城市 / 乡村，近年已经成为中国当代文学纠缠不休的讨论话题，看起来是一个小说写作的技术问题，其实隐含着地域的分级所牵涉到的权力与经济的背景。比如 1980 年代以来，有路遥的城乡接合带的书写；1990 年代城市化进程最激烈的时期出现的都市小说和市民生活小说中，现代都市景观作为一种炫耀性写作对象。城市越来越成为文学不可回避的风景之后，它作为一个题材本身的权力分级也逐渐进入文学的视野，像戴城这样的生产性城市逐渐被消费性城市抛弃，生产性的一面像伤疤一样被有意无意地遮掩起来。

工厂里的生活对于中国当代文学的读者来说，曾经有多熟悉现在就有多陌生。1949 年成立的新中国是工人阶级领导的，而塑造工人形象作为一个需要去完成的任务，成为迫切的文学需要，很多文学作品中出现了火星四溅的炼钢厂和投身技术比赛的工人，改革开放之后工厂里吊儿郎当、头脑灵活的青工也一度成为文学的宠儿，他们代表着新生力量和改革的可能。工厂生活曾经像标杆一样，因为它们不仅仅是工厂生活，还是整个社会的风向标，当然我们不得不说这个说法在 90 年代的中国变得名不正言不顺，而且形迹可疑。

路内的小说恢复了一条记忆的线索，不仅仅是恢复了一个卫星城市的青年的成长过程，它还在工业生产的意义上修复了一段过去、现在与未来的历史，在这条被刻意剪断的链条上，我们知道了消费性大都市的原罪：

> 十年之内，戴城的化工厂都得搬到这里来，这一片都可能变成工业园区，将来城里就没有污染企业了。我们厂也要整治污染，扩产，招工。将来的事情，超乎你的想象……戴城的化工厂把戴城弄得乌烟瘴气，然后搬到农村来，继续乌烟瘴气，把这里的黑夜搞得像白天，又把白天搞得像黑夜。[1]

---

[1] 路内:《追随她的旅程》，中信出版社，2008，第 184 页。

尽管这个小说看起来有很多熟悉的文学前史，像苏童的城北地带灰色生活，王朔小说中那些青年的痞气，改革之初小说中那些聪明而又调皮捣乱的青年工人等等，但路内的小说是不一样的，它一直扣在一个原罪的问题上。这个原罪就是路小路的工厂生活记忆，如果岁月的闸门没有关上，这些记忆和路小路就永远是张小尹为代表的中心城市的对照和讲故事的人，所以小说的开头是从上海讲起的，三十岁的路小路蹲在马路牙子上，跟一个叫作张小尹的上海“80后”女孩述说从前的故事。

二

从文学与生活的最原始关系来看，一个基本的常识是小说中的所谓生活是不能重新对号入座的，这种生活是被文学介入过的生活，也是路内自己所说的被文学过滤过的世界，路内的小说打开了一个文学中的工厂世界，也展示了一种表现这个工厂世界的文学语言和文学习惯。1990 年代以来，当代文学中确实存在对生产性城市疏离的现象，这并不是说对工厂题材的拒绝，实际上中国当代文学中从来不缺少对工厂生活的描写，如上海作家殷惠芬的以青年女工为主要描写对象的《欲望的舞蹈》，“现实主义冲击波”浪潮中的工厂小说，苏童的《城北地带》《肉联厂的春天》等表现苏州工厂生活的小说，同是“70

后”的湖南作家田耳《氮肥厂》、唐朝晖《一个人的工厂》等等。这些作品或者是严肃的现实主义描写，表现出工厂生活中工人的心理挣扎和生产困境，或者是叙述者带着戏谑和嘲讽的语调，表现工厂生活的荒诞和压抑。人物心理的挣扎和叙述中的戏谑有一个重要前提，就是戳破了曾经的社会主义文学所织就的美和诗意：轰隆隆的大机器生产，喷溅的美丽钢花，花木兰一样的女工风采，散发着雄性美的工人和肌肉等等。

《少年巴比伦》和《追随他的旅程》是这条故事渠道里流淌出来的。《少年巴比伦》的故事简介里说，这本书讲述的是一个男孩子孤独、伤感、无奈而又热烈的成长，那些青春光影里遍布空洞、疼痛和伤痕的感触，湮没在油嘴滑舌的叙事里，更显出了人生的压抑和无奈。从《少年巴比伦》到《追随他的旅程》，不知不觉中就有一种叠加的熟悉，它是一个青年工人的个人史在向青春记忆滑翔，个人史的真实紧张与青春记忆的油滑感伤倾向彼此交战，并且向后者倾斜。路内说：“《少年巴比伦》里面真实的东西大概有一半，要是再真实下去，这个小说反而会更残酷，但是写不下去了，怎么处理那些被炸死的人，跟小说的气质不符。”小说舍弃了对于残酷生活的描写，因为这里涉及一种小说的“气质”，严格探究起来，这种气质也可以说是一种文学，是作者的一种文学观念。在小说里我们追溯路小路的心路历程，会发现他是个“文艺青年”，是被“纯文学”滋养着的一个体力劳动者。

> 科室里的男青年和女青年，宣传科、劳资科、保卫科、财务科、供销科、档案室他们通常都会拿着一本纯文学杂志，这都是从图书馆借出来的，他们很斯文，和科室女青年交谈说笑，他们会提到苏童的小说和张艺谋的电影。与此相比，生产男青年（搞生产的青年男工）手里都是一本《淫魔浪女》之类的武侠小说，也是从图书馆借来的，他们叼着香烟，随地吐痰，嗓门大得象马达。只有我显得特别，我手里有一本《收获》，但我其实就是个电工。[1]

我们再检阅一下小说中路小路的阅读史，就会发现作家的这种“文学传统”的来源所在——他看的是丰子恺翻译的《落洼物语》、纪德《伪币制造者》，还有“二十世纪外国文学丛书”、人民文学出版社出的网格版外国名著、中国先锋派等等，听的歌曲是张国荣《风再起时》、张楚的《姐姐》，这是那个时代文艺青年的基本范本。如果这个名单再加上几个人的话，我们毫不犹豫地可以想到马尔克斯、塞林格、村上春树、杜拉斯、王小波、王朔等等，整个组合起来就是一张八九十年代影响中国文学界的作家书单，这也是小说出版后，很多文艺青年读者找到情感契合点的原因所在。豆瓣上路内小组里，无论是读者

---

[1] 路内:《少年巴比伦》，第 201 页。

还是评论者，把路内和上面名单上的作家联系起来的比比皆是，《少年巴比伦》这部小说被冠上各种青春、叛逆、另类、感伤的标签，比如“记录的是一部被现实忽视的技校生群体的另类青春史”“浪漫与酷烈交织的青春”。这些都在无形地稀释小说的另一个更宽广的向度——90年代青年的个人史，作者也舍弃了这个“更真实”的向度，因为“跟小说的气质不符”。一旦作家把自己纳入了由文学大师构造的文学传统和气质中，他同时也被这种文学的知识谱系所构造。

尽管作家把大部分的篇幅留给了车间里那些粗糙的男人女人们，时不时地抖搂出对虚伪的知识分子、写诗发表文章的文艺青年的嘲讽，但他叙述中始终在向这种跟工厂大相径庭的知识和气质表达自己的倾慕心结，最突出的就是路小路的爱情迷思。女主角白蓝冷静而傲慢，平时躲在医务室里看书，中午打饭就让别人捎点吃的，从来不去厂里的洗澡堂洗澡，一下班就骑飞鸽牌自行车回家。与工厂粗糙的生活环境相比，她仿佛是一个嫁接过来的果实。她住在知识分子密集的新村，几乎被工厂遗忘，她考上研究生，她去西藏一个人流浪。路小路对白蓝的爱恋是最符合路内所说的“气质”的，她的气质和生活都是疏离工厂的，她的生活轨迹逐渐外扩，进入了一个新的世界，也成为“长大成人”组织故事的必需套路，只对“个人”负责，有关救赎，有关青春，有关过往。

三

路内在《追随她的旅程·后记》里说："这个小说中有我心里很愤懑的东西，写出来，它也就烟消云散了，然后，对自己的年轻时代怀有一种谦卑感。"[1] 愤懑的东西除了作家私人性的情绪，在小说里，"愤懑"来自两个部分，一个是戴城工厂世界里产生的无聊和荒诞情绪，农药厂被剧毒气体熏着，造漆厂一身香蕉水味道，炭黑厂就像煤渣子一样黑，饲料厂正在为猪猡提供食物。另一个是对 90 年代戴城发展成世界工厂的戏谑，90 年代戴城开发工业园区，到处都是土方车，在大街上横冲直撞。这些土方车从农田运来泥土，把另外一些农田填平，造厂房。戴城的化工厂把戴城弄得乌烟瘴气，然后搬到农村来，继续乌烟瘴气，把这里的黑夜搞得像白天，又把白天搞得像黑夜。对年轻时代有一种谦卑感，具体来说可能是一种对暴力承受阙限的降低，实际上是一种主人感觉的永远丧失。《少年巴比伦》里有一段工友六根去三资企业的描写：

> 六根去了三资企业，乘坐破烂的中巴车，不给进厂门，停在马路上，工人在厂门口打卡，然后才能徒步走进去。工人们走进厂门都是安安静静的，没有人交谈，更没有人

[1] 路内：《追随她的旅程》，第 332 页。

说笑。工厂门口站着八个穿武警服的保安。六根想不明白，为什么上班要在门口站八个保安，糖精厂最多就站一个胡得力，另外这家企业才两百个工人，就要用八个保安，而糖精厂几千个职工，也才配备了五个厂警。六根与保安发生冲突。八个保安围着他，就像打狗一样打他。周围的工人依然静悄悄地走过，没有人围观，没有人劝架。六根被暴打以后，我们都断了去三资企业的念头。[1]

曾经最重要的两种工厂生活就是夫妻打架和干群打架，路小路和师傅都有和厂领导打架的光荣历史，很快这种“生活”就成为历史陈迹了，三资企业很快就成为戴城的主力，它们带来了新的工厂生活，比如新加坡企业有“像鞋子一样有尺码，按照各人的体重挨不同规格的鞭子”，韩国人的厂里“一天至少干十个小时，连小便都要登记”。

路内所描写的是1990年代的工厂生活，和1950年代的工厂生活已经有很大差别了，我们所熟悉的建国初期小说中工厂那种带着昂扬、上进、自主、创新快乐的情绪已经所剩无几，路内的小说里只在三资企业呈现在小说里之后，才出现了简单明了的怀旧情绪，对工厂生活的感觉产生了分歧和困惑，不过在小说里，这也就是作为曾经“事实”的一晃而过，未做太多

[1] 路内:《少年巴比伦》，第174页。

停留。关于小说里的时间，路内在《少年巴比伦·后记》中有交代：

> 大部分的故事，来自我20岁时候的耳闻目睹，有那么点荒谬感。那是90年初，后来的事情大家也都知道了，总之是悲喜交加。那个短暂的年代是否被淹没了，已经成了往事？我的看法是它们并没有走远，仍在眼前。

小说里的“时间”在1994年发生转变，父亲和师傅等人退休，路小路辞职，然后快步地滑到路小路三十岁的时候，新世纪的开端，中间的“悲喜交加”就像人生旅程中的尴尬和伤疤用一段留白去填充。或者这是一段不太产生奇幻的旅程，因为其实隐含了1990年代的一些众所周知的秘密和文学叙述上的巨大障碍。1990年代是中国大规模的国企改革的时代，当代中国的社会结构和社会阶层发生了深刻的转变，原来的“单位”——戴城那些大大小小的各类工厂，或改制或重组，很快被林立的各国工厂取代，整个中国都已经自觉定位为“世界工厂”，国企破产、下岗职工、贫富差距、“血汗工厂”的事实也像一把利剑插在发展神话的头上。随着市场化进程的加速，中国社会已经由过度政治化蜕变为过度私人化或经济化的社会，路内小说的文学前史们所极力反抗的对象已经不再是这个时代文化中的主导者。

路内的小说中有一个细节，路小路在工厂的一次拍砖事件之后，白蓝批评他是暴民，路小路有一段心理独白："……我心里知道暴民不是什么好东西。我的问题是，不做暴民，究竟该去做什么，究竟该洗心革面成为什么样的人，这些都找不到答案。"[1] 这是当时青年工人的无奈和彷徨，也是小说结尾路小路辞职的原因，他发现"我到底为什么活着"的问题在工厂里找不到答案。这也可以看作是1990年代占主流地位文学叙事的一种集体症候，对意义的失语，不负责人生问题的答案，并且放弃追问。路小路的人生问题截止了故事的继续进行，他离开了工厂，进入了现代大都市，这可以看作是隐蔽的回答，但却是一个很软弱的结尾，保留着1990年代后半段的巨大空白和从前的生活有落差地咬合在一起。

尽管路内有"它们没有走远，仍然在当下"的判断，波谲云诡的1990年代工厂世界还是无可奈何地转化成一段奇幻旅程。文学此时遇到的困境就是，如果过多地展示死亡、残酷，就和小说气质不符，可能走向拙劣的底层叙事、代言式的工人文学。另一方面，除了青春叙事的方式，工厂生活没有提供其他想象的文学路径和形式，我们用来表现它的语言、规范、程式都少之又少，社会主义时期的工厂文学又太遥远，新时期以来对这一时段的文学反思又是一边倒，使得它很难成为叛逆青

[1] 路内:《少年巴比伦》，第127页。

年一代的文学传统，所以无产阶级文学中“工厂世界”的生活激情和批判力量在路内的小说里不可能出现。当《少年巴比伦》沿着青春记忆的道路滑翔时，它就和90年代文学界的一个重要概念——个人写作，天然地攀上亲戚。那里的个人是一种完全抽空了的，只有空间、现场，没有时间、历史的自我封闭的“原子个人主义”。稍稍伸展开翅膀离开个人的窠臼，就会被个人主义的引力拉回去。

关于1990年代的文学，一个重要标志是因为突然终止的政治吁求，使得具有明显合作关系的新时期文学开始转向，彼时最重要的文学仪式就是告别政治意识形态和宏大叙事。王蒙在那篇具有象征意义的文章《躲避崇高》中说：“多几个王朔也许能少几个高喊‘捍卫江青同志’去杀人与被杀的红卫兵。王朔的玩世言论尤其是红卫兵精神与样板戏精神的反动……他撕破了一些假崇高的假面。”[1]王朔和他众多文学伙伴们的有效价值在于，构成了对高居在上、横眉立目的救世文学的反动，他们用和平而又锐利的武器——起哄，耍笑，模仿反讽，亵渎。假面舞会总会结束，人走灯灭，谁来收拾残局无人过问，不近官而近商不久后也一语成谶。一种文学语言、结构、思维在撕破假面的同时，也不自觉地制造新的假面，比如笼罩整个1990年代的重要文学概念——个人主义写作，在共识缺失、知识分子

[1] 王蒙：《躲避崇高》，《读书》1993年第1期。

群体内部分化的情况下，个人经验越来越多地进入了价值判断和文学想象中，看起来热闹非凡的 1990 年代，各种口号如走马灯一样来回穿梭，而文学与生活的关系越来越走向浮面，并带着先天不足症越走越远。

工厂生活曾经付出的热情，遭遇的挫折，所有的奇特的经验，是个人最值得珍视的东西，昔日的经验或许不能保证给未来提供明确的路标，却是曾经生活过的明证。路内的小说与 1990 年代的“个人化写作”相比，提供了一个广阔的历史视野，打开了一扇门，闪烁着工人生活的记忆和劳动记忆，有意识的个人历史与无意识的时代历史书写纠缠在一起，使得那段有丰富信息的历史半遮半掩，但记忆片段仍然散发出朦胧的启示，仿佛一切都没有走远。在他另外的小说《慈悲》《花街往事》《天使坠落在哪里》中，这一段 1990 年代的工厂生活历史依然存在，但已经不是一个模糊少年的心事所在，它是时代必不可少的一环。现实生活中的 1990 年代被迅速拍死在沙滩上，三部曲的最后一部《云中人》里，拆迁和建设迅速破坏了筒子楼记忆，暴力替代了奇幻的少年旅程。贯穿小说的连环杀人案，寻找小白也许都是障眼法，能够接续起前两部的，是国企改革中小白的爸爸杀死了夏小凡的爸爸，这是《云中人》整个故事最初的暴力事件，却被安排在小说的末尾，是夏小凡讲给咖啡店女孩的最后一个故事，这个摇摇欲坠的时代是以暴力开始的，而接下来必将是一个接一个的暴力事件，只是这些或许都不再是故事。T 市到处都是废墟，“按键人”通过伤害他人的肉体而获得精神快感，“我”穿过废墟，途中所见，尽是些废砖烂瓦，活像上帝的呕吐物。

路内三部曲都有一个对女孩子说故事的桥段，在说书人讲述工厂生活的时候，如果我们只把这些理解为日渐公式化生活的一种对照奇观、另类青春的故事，对与之相关的枝脉不做处理，那么对 1990 年代的重新想象和书写也许还没有真正开始，路小路的问题仍然是当下工厂世界里青年工人们的问题——我到底为什么活着，我能成为什么样的人。而更大的绝望还在路上，连环杀人案就是另一个开始，正像《云中人》第三十三章的题目“在结束的地方开始”，接下来可能到处都是“按键人”的时代！

部分刊于《东方早报》2014 年 5 月 9 日
全文刊于《滇池》第 2016 年第 11 期

茅屋为秋风所破歌

——林森《关关雎鸠》与1990年代的小镇生活

林森的长篇《关关雎鸠》与他的中短篇小说集《小镇》有很多重合的部分，从人物到故事，以及那些影影绰绰的与作家自身经验重合的部分，带给我们一种异样的海岛小镇世界。但他的中短篇小说并没有给我留下深刻的印象，那些青春期的故事见闻和原生态的人物故事，都点到为止，像皮影戏幕布上的激烈晃动的人物故事，又像这些年来我们习见的文艺片，那些在大时代里东倒西歪走形的人生，对外面的人来说新奇而热烈，但跟常见的期刊小说并无多少差异，很难吸引一个外来者去投射出自己的情感，并且让他深感自己也活在这个世界的一部分里。这或许就是许多写作者的一个误区，以自造的特殊性掣制了小说世界本身的宽松余裕，以及由此而来的直面生活和自己的机会。

评论家莫里斯·迪克斯坦在梳理小说历史的时候说，人们曾经有过这样的共同假设：赋予文学以意义的一切其他要素——对语言和形式的精通，作者的人格，道德的权威，创新的程度，读者的反应——都比不上作品与“现实世界”之间的相互作用那么重要。我们无需费力追究论证是否真的曾经有过这个假设，但这的确是一个好问题，好问题的价值就在于即使它经不起推敲，容易带来反例，但依然是一种启示，而好的小说也往往就是一种启迪，比如巴乌斯托夫斯基对蒲宁小说的评价：“它不是小说，而是启迪，是充满了怕和爱的生活本身。”有各种自成一格，圆满自足的小说学，但我们依然无法否定，小说就是关于我们在文学之外的生活的，关于我们的社会活动、情感生活、物质生活以及具体的时空感。

我也会问这样一个简单的问题，为什么要阅读一个作家的长篇，去经历一次跟自己没有关系的漫长生活？在多如牛毛的长篇中，不是应景，又如何选出一个作家一篇值得阅读的小说？莫里斯·迪克斯坦的一句话深得人心，“这个作家处理语言的方式或者看待生活的观点对我来说非常重要。他们就像魔镜一样，让我们窥见半隐半现的自我，并经历认识自我的震撼”。《关关雎鸠》满足了这个要求，以至于让我觉得，这是这一代人（陈旧的“80后”作家的称号）的作品中到目前为止，最为成熟的长篇小说之一。林森在《百感交集的声音》一文中说：“生活那么丰富，可我只能选择一种。回到岛屿——文学总要回到饱含生命热度的状态中去，不会永远都和话题、时尚、娱乐有关……没有办法走向一个更广阔的天空的时候，我们只有往回走，找到那个可以遮风挡雨的故乡。有一天从海岛上传出去的声音，肯定会带着海风的味道，带着碧蓝的颜色，也带着绿意盎然的勃勃生机。”《关关雎鸠》是一个来自岛上的声音，它平实而凄厉，敦厚而喧闹，它敞开了满载着爱和怕的生活本身，庞大的生活躯体，让人无暇顾及岛屿的痕迹。我们从来都是对生活本身感兴趣，不是对某种生活的猎奇，忠诚地写出自己的生活要比刻意地强化自己一隅的生活来得有力量。

一

《关关雎鸠》以 1994 年军坡节为开端，这个兼具传统、封建、迷信、狂欢、荣耀、记忆、惆怅的节日，像波澜壮阔统摄一切的大海，每一个小镇人的神经都会随之起伏。小说中的人物，以潮汐的方式，一寸一寸爬到沙滩上来，往返不停，突然掀起巨浪，来到军坡节这个节点。明媚灿烂的一面是，1993 年夏天，数学奥林匹克竞赛正在神州大地上生机勃勃，镇上成立了以杀猪佬歪嘴昆为校董的私立小学，并且延请到退休的教出奥数获奖学生的老师。经过 1993 秋到 1994 夏整整一年的努力，私立小学已初见成效，不少学生在考试中力压瑞溪镇中心小学，杀猪佬天天嗓门奇大酒量倍增，满嘴“拔你母”都带着光荣与骄傲。少年潘宏亿们天天吹号子，正在等待他们生活中最重要的节日——军坡节，装军游行，一个回望和重振古代威风的节日。如此声势浩大、隐忍着巨大能量的开端，就像特地为了宣告另一个时代的开始，而且是一个虚弱、走形、喧哗、堰塞声听的时代。吸毒佬曾德华的偷盗行为就像一只耗子，贼溜溜地进入这个空间一闪而过，带着不祥的气息，半疯半癫的落魄大学生王科运张贴大字报揭发曾德华，由此，二人的混战几乎抢了军坡节的风头。这是一个粗野、混沌、热闹，但向上的故事开端，每一个故事中人都像没有沥干水的抹布，带着湿漉漉的原生态，每一个人都掏心掏肺地活着，毫无遮掩，打架、偷盗、赌博、骂人、嘲笑、嫌弃，连少年潘宏万都那么正义凛然，要拼尽力气去追赶盗贼。

而整个小说中最年长、最有生活经验，也是最主要的人物老潘和黑手义，却是两个心事重重的老者，两个人在这个民众狂欢似的节日里，陷入各自的惆怅，他们各自深陷在自己的“病根”里苦苦挣扎。老潘年轻时因为嗜赌，间接导致老婆早逝，这个往事让他始终生活在愧疚中。他的身体在心事压力下产生严重幻听，被似真似幻的小号声折磨得几近崩溃，他心里发虚，迫切地感觉到生命中的晚年正劈头而来，心口抽紧，眼皮乱跳等等，他一直都觉得是去世的老婆纠缠着他。不过1994年的装军游行，治愈了他的忧郁，小说把游军做了一番热血昂扬的描述：“整个游行队伍已经不是在装军了，他们本身已经是冼夫人的将士，满腔豪情，即将挥洒血汗，灭盗平贼。他们的脚步踩出力度，他们的神情饱含荣耀。”这给老潘阴冷鬼气的生活带来了荡涤出新的机会，他被洗礼出阳气和健康。“老潘隔着人群，隔着些许的距离，随着队伍，走进迷蒙又清晰的往昔。近来那些纠缠着他的事，在此时，在队伍过去又折返之后，渐渐清晰又渐渐散去。他没确定是不是已经看清了午夜醒转时墙壁上的空无，是不是已经清楚那间日本楼里的隐藏，是不是已经听清楚那时时回旋在耳的鸣响，但，这都不重要了。天气这么闷，他出了一身汗，衣服淋漓，他想，该下楼冲一个凉水澡了，然后，去买些菜回来，准备招待今天到家里来的亲朋。”

黑手义是最害怕过军坡节的一个人，每年进入六月他就开始失眠、流汗、暴躁，最严重时还会呕吐发烧。病根就是他头婚的大儿子，在军坡节上门寻祖，却被群打误伤，而后又遭到现在老婆儿子们的反对阻拦，无法入得族谱，大儿子后来英年早逝，留下孤儿寡母，儿媳杨南带着孙子孙女来到镇上讨生活，他们像历史的遗腹子，一直盯着他，让他无法忘记过去。黑手义的军坡节恐惧症，和杨南把女儿、儿子安置在新街有关，和当年那场发生在他家里的打架有关，和杨南的儿子垂首等在他门前有关，和他拒绝帮杨南有关，临近军坡节，黑手义不得不把每件事情都与自己的心病联系起来。不过对于黑手义来说，军坡节的停办也是病情的缓解剂。

1994 年是一个转折之年，以军坡节停办画下一道线，在小说中，则是神明不肯附身“降童”，“每个人都没料到，这一年之后，安稳、静默、封闭、单调又杂乱无章的日子，随着装军的远去而频生变化”。林森的《关关雎鸠》没有做出“关心世界”的姿势，但小说讲述的年代还是泄露了许多时代的密码，1993 年的中国社会发生了巨大的变化，1992 年邓小平视察南方，市场经济兴起，市场经济体制改革由此拉开序幕，80 年代的理想浪漫色彩急剧褪去，老潘和黑手义这样从村里奋斗到镇上来的寻梦之旅也逐渐变得困难。从小镇外面的世界来看，房地产市场、股票证券市场、开发区建设等一下就使得市场化的潮流涌动起来，在拉动经济的同时，导致急剧的分化和腐败，这些宏大的词汇都在小镇生活中有所体现，黑鬼这种有关系，脑子活，敢于搞事情的人成为小镇上的成功者，他开赌场，暗中操纵白粉市场；蛤蟆二这种兼具黑社会分子、商人和政府工作人员多重身份的角色，一路通吃；镇政府形同虚设，政府官员的高度腐败与整体性道德败坏。经历了从有信仰到无信仰，从无信仰到要无赖，最后走向黑社会化的一个过程。在小镇居民彷徨无措的时候，没有一个人向政府伸出手，喜欢打报告的王科运此时只能到镇上到处贴大字报。中国市场经济确立的时间大概在 1993—1995 年间，这个时间段位于士绅社会、人民公社之后，在这两个阶段中，小镇或者乡村的居民，从精神到伦理上都有一套“群社会”的结构，有一套生活政治、公共政治的法则，包含了各类生产关系组织形式，也承继了家庭文化的精髓。但 1994 年以后，小镇居民被赶到了荒野上，个人、国家（基层政府）、集体（家族或者村社）三层结构几乎等同于一个结构，都成了孤零零的个体，地缘乡情的纽带七零八落。

二

军坡节的时候，黑手义的孙女张小兰想起自己的父亲（张英杰），“不能不想起他衣服上的油污，不能不想起他在省城那家窄小的修车铺，不能不想起他用胡子扎她时的麻痒。她当然更想起父亲在时，她就是一个温柔羞涩的女孩。她更忘不了那个把全家人的一切都带走的时刻”。最令人惊醒的一句话是“父亲离开之后，她变得暴戾而尖刻”。整个瑞溪镇在军坡节停办之后，无疑也走在一条暴戾而尖刻的路上，人们无所依傍，人们因茫然而到处投靠，《关关雎鸠》之中一直有一个“问鬼神”的路线，瑞溪镇上的人们一旦生活事业上有了问题，在危急的关头，总会去问石头爹、六祖婆、五海公，甚至去问被降童的王科运。可能有人自然而然地把海南岛上小镇的生活方式简单类比成一个马尔克斯式的文学问题，其实这可能是一个误解，这只不过是一种当地人或者说当代中国小镇居民精神迷茫的形式及其寓言式呈现。人们从一种安稳、直接、亲近自然、天地一体的乡村社会，来到小镇社会或行政体制上的乡域社会，在经济大潮的直接粗暴冲击下，在缺少国家政治层面的精神引导和民间组织内部的归属和规范时，每一个人都成了被撒在荒野上的个体，每一个人都惊慌失措，病急乱投医。镇上的生活是一点一点开始变化的，而青年们是最早被投入慌乱和漩涡中的人群，比如青年队群体的归属感和仪式感的寻找，镇上的生活乏味枯燥，每个青年人都喜欢读武侠小说，喜欢看香港传过来的武打片，于是红毛升成立了龙虎会，在同学之中耀武扬威，让青年潘宏万很羡慕，但是他又被排除在外，无法进入到这个组织中。于是，潘宏万在翅膀硬起来之后，首要的目标就是在高中成立一个小帮派，小弟二十几个，横行校园，威风八面。张小兰退学跟黑鬼住在一起，后来带着弟弟张小峰也住进来，黑鬼开赌场。张小兰对跟黑鬼住在一起也是犹犹豫豫，但对一个失去父母保护、被爷爷黑手义拒绝的少女，在瑞溪镇横行的黑鬼是一个安全感的来源。黑手义的儿子许召才本来老实勤恳，但他遇到了一个巨大的震撼，看到赌客一捆一捆地赚钱，顿时冲垮了他的安心和本分。小镇的环境已经完全改变，家破人亡屡见不鲜，打架、赌博、嫖娼都在人们可以接受的范围内，所以许召文在永发镇的发廊里找妓女，本来聪明并被寄予厚望的少年潘宏亿去吸毒，这些就势在必然，就是让黑手义、老潘这一辈人痛感的无力回天。

王科运的疯癫历史就是一部分当代知识分子的生活史，阴差阳错地卷入政治事件，没有成为烈士，却葬送了个人前程，于是一个个性张扬、试图走向广场的知识分子，被拉回到小镇生活政治的圈子里。实际上他仍然还有其他选择：成为初中物理老师、成为小学老师，甚至成为一个小商贩（他的粽子很受欢迎），但是他一直在延续广场政治时期的被迫害的思维方式——告发与揭露拧结在一起。他告发学校领导贪污教室修建钱款，被停职，后来一发不可拾，到处贴大字报，从贪污腐败到个人私事的兄弟分家、婆媳争吵都是他贴大字报的内容。他像一根长长的鱼刺，扎在小镇人们的生活中，吐不出咽不下。他会揭发曾德华吸白粉偷盗的事，也会因为赌博用的啤酒机往县委书记“便民信箱”里投信，上书“瑞溪人民期盼安宁生活，希望政府给下一代营造一个无赌的健康环境”。

王科运的生活发生改变是在1997年，他自称五海公降童在他身上，自从末届军坡节之后，五海公就再也没有显现过，此时他毫无预兆地降临，降临到王科运身上。王科运的能力就是挖掘瑞溪镇人们的秘密身上，搞得小镇上人人提心吊胆，害怕被他曝光，同时他的预言能力，也让瑞溪镇上的故事充满了荒诞和“绚烂”的色彩。王科运这个人物跟导演韩杰2011年拍摄的《哈喽，树先生》中的主人公具有相似性，同样都是直面底层现实的视角和“冷静地呈现变革中国及其人物命运和伤口”式的人文情怀。生活在城乡接合部的大龄北方青年树，性格懦弱，生活工作郁郁不得志，且因童年时期父亲错杀哥哥一事的阴影，神智有些错乱。口中常常念叨先知式的预言，他的预言荒诞离奇，却成为地方实力派和富翁眼中的“大师”。王科运在集资、吸毒、赌博等事件中，都扮演了拆穿者的角色，人们半信半疑，他却又像预言者，每一次都揭穿人们遮遮掩掩不敢相信、不忍直视的真相，他以妖魔化的方式为小镇降魔除妖，这个妖魔主要是指心里的妖魔。

小镇的混乱终于走到了极端，迎来一个阶段性的最重打击——为钱疯狂，大家疯魔了一样把钱投给三多妹，等待不劳而获钱滚钱，王科运依然坚持不懈地捣毁这些迷幻，每天醒来，街上就得多无数张字迹清晰的纸，写着：某某，某某和某某某，到三多妹那里投了多少钱，王科运没有多加评论，只在每张纸的最后，用红色的笔写了一行字："小心被骗。"之后就是王科运被打，被打断手指，让他无法书写，这是对他贴大字报的报复。这一次连王科运都要求助于五海公显现，"抽掉他王科运内心所有的迷乱与癫狂，所有的死脑筋和不识相，所有的痛心与伤怀，让他在这场雨水之后，重新做人？"这是小镇人们心中的疯子王科运第一次带有自我反思的语言，连疯子都知道自我反思了，那真正疯狂的就不是王科运，而是他人。"王科运想，谁被骗，谁不被骗，关我什么事呢？那些人贪钱，举止何尝不比自己更加癫狂？我又管他们是否被骗呢？关我鸟事？被骗了才好，谁让他们贪得无厌？"王科运终于正常思维了，不再是偏执的思维，像芸芸众生一样，以自我为中心，不再关心他人的伪装、苦难，公共的福祉，广场上的事情，他被疯狂的人们赶上庸众的舞台。小镇上的最后一次预言，已经不是王科运的手笔："三多妹不见了。"剩下的就是小镇上疯子们的游戏和表演，父子反目，夫妻分离，层出不穷。

三

祭祖归家就是作品中一直渲染的一种最重要的生命的仪式感，张英杰一家每一个人都在求之不得的路上，这成为严重的心病，每到清明、春节等节日，张小峰的同学都有老家可以回，有墓可以扫，有祖可以祭，而他家人从没有过，他隐约能感觉到父亲张英杰为什么会回来认黑手义。黑手义一直对六角塘祖婆的预测耿耿于怀，“前面的事情做不好，后面的事怎么能做好？房子的地基没埋好埋正，墙能不歪？”而老潘的亲家公打铁公，则是一个被儿子们抛弃的人，这让他死不瞑目，尸体都不肯就范，以致师傅公不愿意为之举行斋事，他说：“打铁公跟铁一样硬，肯定是心中有事，肯定是有一口气还没顺过去。气还堵着，事还憋着，都还没理顺，我哪敢做斋？你们把他的身子顺过来。”全家人都在打铁公面前痛哭流涕，诉说往日的怠慢与漠视，原先还只是应付一下，假装忏悔，十几分钟后，真情上涌，悲戚难掩，真的觉得以往过于没人情了，哭声此起彼伏。老潘一手拎一块铁皮，一手捏着铁棍，全都掷于地下，发出乒乓之声。老潘说，拿到打铁公面前敲，越响越好。用力敲，敲出打铁的声音。打铁公的身体渐渐软了。这是老潘事先安排好的惩罚不肖子孙的桥段，也阴差阳错地理顺了打铁公的生命秩序，获得了生命应有的尊严，他获得儿孙们的爱戴，真诚地忏悔，并且回到了自己完整的生命形式——打铁中去。

这个镇上的人会担心，多年前埋下的坏种子，会在某一天发芽，长出歪斜的花朵和果实。这就说明传统的生命形式和生活伦理依然在老一辈的心中扎着根。

然而小说中还有一个细节，老潘劝濒临精神崩溃的歪嘴昆去找妓女，这个动作让小镇上的老者，家庭的道德柱石老潘倍感失落，失落的原因，他说不清？接下来是老潘的一大段内心独白："连歪嘴昆这样内心澎湃的人，都有寻死的心了，还有什么不能发生的？赌场、毒品……像风一样，正在瑞溪镇各个角落弥漫，正在日渐渗透宁静的日子，正在把一栋建好的房子的地基抽掉，今后还会有什么呢？一切都会崩塌，一切都在沦陷——连让歪嘴昆提振精神的法子都是让其去嫖妓了，还有什么事是坚贞不变的？这种改变从何时开始，又回到何时结束？小镇上发生的一切是不是很快就要蔓延到他家里来了？他没有任何方法阻止，也不晓得即将面临的灾事将会以何种方式出现，但他预感到了。"

对于一个从农村走出来扎根到小镇的居民，老潘和黑手义还有打铁公等老一辈人，都是顽强的打拼者，他们以自己的勤劳和独一无二的技术，安顿自己的家庭、精神和生命，他们还抱着澎湃的心情期望能延及子孙，带来长久的昌盛和不断地长进。现实带给他们的是一重又一重的打击，以及对他们所渴望的圆满和秩序的无情毁坏，连老潘这样的守护者都只能劝歪嘴昆去嫖娼，对自己孙子的再次染毒不忍说破，惧怕面临家人精神的彻底崩溃。于是老潘和黑手义的原乡情结就不是虚泛的抒情，而是没有选择的选择。潘宏亿吸毒逃跑，在惊慌无措中，老潘主动回到乡下，肯定是无计可施了，只能求救于逝去的先人，让他们帮助慌乱无措的子孙，于是老潘要去修缮祖屋。黑手义甚至开始怀念七月初七的装军了，虽然那会对他内心造成重创，可他习惯了。他有时会觉得，镇上的所有的坏事，都是从装军停止后开始的，赌博、吸毒、贩毒、发疯以及越来越燥乱的人心，都在装军停止之后集中爆发了。躁动不安的镇子，让他有搬回村里的念头了。贾平凹在写完《秦腔》后说："风俗民情这些东西都是人在吃饱饭以后人身上散发的一种活力，它依附在人身上的。就像农村做饭一样，没有火自然也不会有烟。……在商业化浪潮的冲击下，我们原有的文化传统、民俗风情发生了改变，古老的淳朴的情感正在离我们远去，人性变得异化、复杂、扭曲，在善良的另外一边，人的丑恶慢慢露出来，欲望成为我们行进的动力，我为这一切而感到深深的痛苦。"魔幻、装军、降童，其实代表了一种原初的秩序，一种在乱世中人心的安慰归属和原乡情怀。不会算命的石头爹能应承各种场合，不过都是在重复一些乡村小镇日常生活的常识，再以"封建"的形式复原我们被金钱迷障的情感。林森在小说的结尾也不失时机地批评镇政府的无能，间接地导致了无序混乱的社会秩序，蛤蟆二的"江南不夜城"被曝光后，媒体报道的题目是"为什么没有任何文化生活？"镇政府的见风使舵，为凸现政绩，挖掘地方民风民俗，申报历史文化名镇，大张旗鼓要恢复军坡节，“对于大多数人来说，瑞溪镇政府形同虚设的，多年来没被任何人注意，这一回，可算是少见地有魄力了一回，赢得了不少的好口碑”。但这个差强人意的恢复举措还是胎死腹中，因为镇上和村里装军队伍的资助问题，而引出“维稳”的问题，这个给大家精神一振的火焰被掐死了。

重新恢复“军坡节”，小说里用了“一个燃烧的夏天”这样热烈的词汇，大概是在表达一种迫切的重整人心、重振精神气的愿望。小说以对降童的声音呼唤式的描写结束，像一针强心剂：“那声音翻山越海穿透辰光，淹没了所有方向尽失的癫狂，淹没了所有人声喧闹的癫狂，也湮没了所有独自面对无边夜色的癫狂。那声音在南渡江水面上光泽温婉，终于漾上江岸边的小镇，把一切喧嚣带走，把缓缓涌动留下。那声音鼓震人心。”

四

社会学家孙立平借用法国社会学家图海纳的概念“马拉松结构”来描述当代中国社会，马拉松式的社会结构与金字塔式的等级结构不同，人们在金字塔中虽然占有不同的社会 / 空间位置，但始终处于同一结构之中，而马拉松的游戏规则是不断地使人掉队，“即被甩到了社会结构之外”，剩下那些坚持跑下去的就是被吸纳进国际经济秩序中的就业者，在这个意义上，参与游戏的与被淘汰的处于结构性的“断裂”之中，一旦裂开就再难加入一起跑的队伍中。其实就整个社会来看，一部分乡村、小镇乃至岛屿，也处于这种“断裂”式的社会结构中，不仅仅是本地的人们外出打工，丢弃祖屋，而且还有无法恢复的、受到关注的本土的一切，小镇上老者们的绝望和濒临崩溃，就是这种结构的一个暗示。不过作家好像还是对这个小镇怀着难以割舍的情愫，所以作家让黑手义以不辞而别、自我牺牲的方式，获得儿子们对张英杰一家的接纳，完成了大儿子一家形式上的完整，并留给子孙以查黑的方式重新整理家族故事、理顺情感的机会。潘宏亿从笼子里出来之后，跟张小峰一起散步，跑到了学校，他说：“我来看看，有没有小学仪仗队在训练。我想确认一下，今年军坡节，装不装军？”在潘宏亿心里，那份装军时刻的骄傲一直都在，这是他在张小峰面前唯一可以夸耀的东西。这些预示着生活依然还有可以擦亮的部分，不管如何仍然有一线生机。

林森在《杂记：关于阅读与写作》中说：“初中的那三年里，我患了一个很奇怪的毛病——非要躺在四处通风的楼顶才能睡着。现在想起，其实那些夏天也并不太热，而且还有春天秋天两季，我也仍要睡在楼顶上，一抬头就看到满天的繁星或者乌云。那样的日子很难熬，天一黑就开始心慌，我尝试过在房屋里，把风扇开到最大，还是觉得气闷，翻身到了四点以后，仍旧要抱着草席和被子，摸着坏了灯的楼梯，爬上五楼的楼顶，睡到被阳光晒醒，被子拉起盖住脸，接着睡，直到阳光变得强烈。那是小镇上农业银行的楼顶。”这些经历都被他转化到张小峰的个人生活中去，以林森这样的年纪，很容易把这部小说写成一个少年成长经历中的瑞溪镇生活史，难以逃脱青春忧郁的窠臼与各种永恒正确但没有生活热度的视角。林森正是在这个地方隐藏了那种廉价的情感宣泄，他以一个成熟小说家的稳重，把两位老人老潘和黑手义作为小说的主角，让他们保有整个乡域世界的秘密和沉痛，给古老的、日渐衰败的乡镇世界，乃至为当代中国的一部分发展历程做了一个最恰当的注脚。小说题为“关关雎鸠”，古人以雎鸠之雌雄和鸣喻夫妻之和谐相处，雌雄有固定的配偶，又被称作贞鸟。但在这部小说里，我愿意把它理解为共同经历漫长一生的老潘和黑手义两个老人悲伤无解的友谊，黑手义跟儿子们吵架后，到老潘家过夜，两个老头在空空荡荡的屋内说话。话少的时候，烟瘾就重，烟头的火光在黑沉的夜色中暗了又亮，亮了又暗。两双老眼相对，把夜晚无限拉长。小而言之，两个人是瑞溪镇无力的守护者；大而言之，他们是活力充盈，给子孙们安居的广厦式中国乡村、小镇社会中老去的背影，而《关关雎鸠》就是一首茅屋为秋风所破歌。

《西湖》2015 年第 11 期

这么早就开始回忆了
——徐则臣《耶路撒冷》与“70后”作家的时间意识

徐则臣一定特别熟悉米兰·昆德拉，他在访谈中说“小说在故事停止的地方开始”，这是对昆德拉的观念有意的曲解，昆德拉原话是说单一故事的停止，而徐则臣所强调的是另外一种小说的面目。昆德拉还强调不是什么东西都可以称作作品，他把作品界定为在美学的目的中，一段长时间工作所获致的成就，认为作品是做总结的时刻来临时，小说家同意拿出来的东西。从具有的探索和总结意识来看，徐则臣的新作无疑是可以称之为“作品”的小说，他说一直想在35岁之前写一部能够总结这么多年想法、对这些年的积累可以做个比较彻底清理的小说，这部小说就是《耶路撒冷》。

小说明目张胆地以“70后”作家初平阳为主角，对照“70后”作家在现实语境中的处境，难免给人一种赤膊上阵、纠偏立论的感觉。近年来社会舆论对于“70后”作家一贯颇有微词，比如思想能力的孱弱，沉溺于日常微小事物的描摹，对于国家、时代、历史没有宏大叙事的野心，情感上的灰色调等。徐则臣作为这个年龄段比较优秀的作家，肯定难以逃脱对此类问题的潜在焦虑，《耶路撒冷》是徐则臣的一次正面回应，回应的方式不是去结构宏大叙事，而是直面和重述“70后”一代的个人历史和精神世界。更为重要的是，作家轻而易举地绕过了时下大部分小说都会浓墨重彩的经济困境，让他们直面一代人的精神世界或者信仰问题，这种抽空式的书写，让人感叹作家得需要多大的冒险精神，方敢如此下笔。以赛亚·柏林说：“当我们的街道失火时，我们必须向着而不是背着火跑，这样才能和别人一道找出灭火的方法；我们必须像兄弟一样携手合作来扑灭它。”背着火跑的写作安全而讨巧，正面扑火的写法危险而吃力。蓄势而来的小说带着挑战的欲望，而究竟能否达到预期的目标，之于文学创作往往是一个没有答案的问题，但这种具有雄心的小说，让我们可以重温和体会卡尔维诺的热望：我们只有为自己定下极其宏伟、很难有希望达到的目标时，文学才能继续活下去。

徐则臣说，现在更感兴趣的是介于城市和花街（所谓的故乡）之间半路上的人。他们内心既不安于北京也不在花街，故乡不可安妥，北京也无法认同，可悲剧的是，开了头就回不去，回不去又到不了，悬在了半道上。《耶路撒冷》的主人公都是悬在半道上的“70后”一代——过着叛逆人生的伪证制造者易长安，过着殷实的中产阶级生活的水晶商人杨杰，以漂泊来心灵疗伤的秦福小，知识分子式的思索者作家初平阳。

他们这些人虽然经历各异，但有共同的故乡、记忆和谋生之地，还有三个共同连接点。

第一个连接点是关注《京华时报》初平阳撰写的专栏。初平阳30岁时候开始写这个“我们这一代”的专栏，在这个专栏里，他要谈的是整个“70后”所面临的一切生活的万千表象和背后的意识，比如《偶像的黄昏》（谈“70后”之于神话、权威和偶像崇拜）、《地球背面》（谈“70后”之于欧风美雨）、《告诉我，我该相信什么》（谈“70后”之于信仰）、《墙头马上》（谈“70后”之于集体主义和个人主义）、《我和你一样想发财》（谈“70后”之于物质生活）、《左右，左和右》（谈“70后”之于新左派和自由主义）、《我们之所从来》（谈“70后”之于思想资源）、《你确信？》（谈“70后”之于历史的反思）、《通往都市的单行道》（谈“70后”之于城市化进程）、《何为大事》（谈“70后”之于大事小事）、《当肉夹馍和三明治一起摆在你面前》（谈“70后”之于民族性和全球化）、《本期专栏插播广告》（谈“70后”之于消费文化），比如像地下水一样潜伏在1970年代出生的这代人灵魂深处的“广场意识”。这是一项宏伟的声势浩大的掘墓工程，是一代人的时间简史，也是一代人的群像，正如一篇专栏的题目《我所看到的脸》，因为初平阳作家的身份和有意为之，这份清单式的检阅在群体性、时代性的徽章上逐渐显示出真正的底色。故事的讲述方式和情感植入，使得我们愈来愈明白这是一个“70后”作家的视野，是一个“70后”生人的内心沉潜。

> 我，正在写这个专栏的人，在这些脸上也发现了自己的生活。我在为他们回忆和想象时，也是在为自己回忆和想象：他们是我，我是他们。当初我为存储这些脸的文件夹取名“我们”，意在“他们”就是“我们”，现在才明白，不仅是“我们”，还是“我”，是我。

小说中的每一个人都在关注着自己的同时代人初平阳的书写，这营造了一个在现实中几乎不可能存在的意识共同体，让破碎的、分层化的社会在传媒文化上实现了想象中的弥合。作家为之铺垫了合理性，首先，当然是因为这是为他们而写，“你就是我”，专栏中的面孔、历史是他们都熟悉的。其次，这也是一种连接手段，整个社会其实越来越朝向一种地缘、社缘、血缘切断的方向，可以命名为“无缘社会”，乡愁尽管是一种妥协，但这是唯一能够连接不同阶层的方式，不仅是对故乡的乡愁，也是对童年、青春的乡愁。文学书写扩展了一个无限扩大的共同体，最终的目的才是让这些四分五裂的人生获得一个可以共享的精神资源，同时也是在激励一种被迫的自我反思和寻找。这也为整个小说奠定了基调，这里都是精神型的个人，作家让富豪易长安为他们免去了世俗经济的压力，制造出一个友谊的乌托邦，安于内心的反思，“他们是他这辈子最信得过的朋友（秦福小和初平阳）”，他断断续续把钱存到初平阳、杨杰和秦福小的账户上，甚至比存到自己户头上心里还踏实，他敢保证这些钱必能物尽其用，他敢保证他们能替他做出所有正确的决定。

第二个连接点是秦福小的弟弟天赐。这个早早命丧黄泉的同龄人，是秦福小、初平阳、易长安、杨杰的致命伤，他们都不同程度地参与和见证了这个幼小生命的死亡。这个死亡让他们背负十字架，让他们缄默而卑微。杨杰带了三把姑姑淘汰给他的手术刀，分给花街上的三个朋友，天赐一直珍藏着，用它削彩色铅笔，最后用它割断了左手的静脉。秦福小目睹了天赐死亡的每一个细节，但她没有阻止，她为自己的行为这样辩护：“你伤害别人，从此你可能再也不会痛苦了，再也不会让别人痛苦；如果你解脱，也解脱了别人，再不必半夜为你忧愁。”但她从此流浪他乡，跟自己较劲。初平阳看到他缓缓地倒在地上，没有施救，而是转身撒腿就跑，等再回到站立的地方，天赐已经死了，变成一个再也不会笑的冰凉的小尸体。易长安撺掇了和天赐的游泳比赛，间接导致天赐被闪电吓傻了，然后天赐开始伤人，开始伤自己，割破血管，杀了自己。小说的结尾，在逃亡路上的易长安之所以被抓，主要是因为他要回到花街，“回不来也得回，易长安想，事关天赐”。另一个男人杨杰，只要一提起秦福小和景天赐，那沉痛和游移的眼神就让妻子崔晓萱不舒服，她不明白秦福小除了有点娴静和坚定的姿色，十几年来漂泊全国各地，干过无匪夷所思的工作的女人究竟有什么好，让杨杰、易长安和初平阳言谈举止都小心翼翼护卫着。

这当然不是因为一个女人的好，而是他们的情感共同体系于一端，景天赐是一个隐喻式的存在，他不仅仅是一个个人创伤，也是一个群体创伤，甚至可能还是一代人的某种难以言明的精神创伤，所以每一个人都要围绕着他打转，被他的磁场环绕，挣脱不得。景天赐之死在一次一次的重复式追忆中成为一个失去实体意义的事件，而虚化为隐喻性的存在，也就是初平阳在写给塞缪尔教授的信中所说的精神的十字架。

第三个连接点是大和堂卖房子，初平阳要到耶路撒冷去读博士，因为费用以及老年爹妈准备去女儿家住要卖掉大和堂。这是这部小说所有故事的一个线索，这几个人加上定居本地的吕冬，一个被家庭和社会彻底打败了的理想主义知识分子，还有初平阳的前女友，都卷入买房子的故事中来。虽然在小说中大和堂被资本和政治所虏获，但心中有大和堂的他们是故事的几个枝干，而伸展出去的枝杈，不过是在展示时间的履历和他们的成长历史，这是小说的肉身，这一部分是沉重拖沓的，是当代中国的历史进程，我们看到了熟悉的中国和熟悉的人物，急功近利的时代，粗糙而滑稽的表演。这个部分最具有代表性的人物就是吕东，他是大学老师，一个在世俗中侥幸生存的理想主义者，被成功的女强人母亲、妻子所参照的失败者，被失败感压垮了，被送进了精神病医院，在那里他才获得了自己想要的生活和自由。吕东说，失败是一个强大的因果链条，从第一步开始，从你有记忆开始，从你的出身开始，你就开始一步步地失败，一环套一环，一直到你明白你失败了但无法改变和逆转，或者说你所有的改变和逆转的努力全都失效，他痛苦地意识到“我是如何的一个彻头彻尾的失败者”。跟朋友们的抱怨让他们有了一个正义在握的受难者的姿态。吕冬是整部小说里最大的精神失败者，他被挤出了正常人的行列。

以大和堂为轴心的生活是小说最厚重的部分，但小说的筋骨却是一个类似《卡拉马佐夫兄弟》气质的问题，是逼视与拷问，把每一个人都推到绝境，我如何逃脱罪责？我到底是谁？我怎么了？我要干什么？这是一群有着乌托邦式友谊的群体，他们已经摆脱了物质上的羁绊，每一个人都在追问自己的生存意义，或者安放自己灵魂的方式。这又是一群悬在半道上的人、漂泊者，所以游行就是他们的一种生命外在形式。秦福小离家出走后，易长安、杨杰、初平阳曾经一起去找她，他们走了很多路，坐了很多车，干了很多荒唐事，却没找到秦福小。这一次游走，基本可以看作是一次明知不可而为之的行走，他们在行走的过程中实现了青春的一次释放，而忘记了最初出来的目的。易长安还追忆了自己的一个人的游行：1999 年的反美游行。

他无法克服隐隐的不适，内心冉冉升起的淹没感和荒谬感，他仿佛看见了另外一个自己（正如若干年后，和那些女人性交时他看见了自己灵魂出窍，那个透明的易长安站在身边审视自己），那个易长安看见自己在人群里张大嘴，却听不见任何声音；看见自己举起钢铁般的胳膊和誓言般的拳头，却找不到它与森林般的其他手臂有何不同；他淹没在人群里，可以忽略不计——易长安不在了；或者说，如同不在，在与不在是一回事。

安居的另一面可以说是心安，而逃亡、游走则对应着缺失感和寻找。逃亡路上的易长安“满世界跑久了，其实已经把最坏的结果都考虑过了。关于最坏的打算这道程序，多少年来一直在他的后台运作。他不恐惧，他只是想能避开就避开，能躲掉就躲掉。你要努力过上自由的生活，才有可能过上自由的生活”。易长安曾经看到自己的灵魂在广场上被湮没，他投身到伪证制造的行列中，发展成操纵全国各地分支的托拉斯，熟练地掌控了一切生存法则；他不相信爱情，把女人们玩弄于股掌之间，但是他最后还是在自己一手营造的关系网中失手，逃亡中他撇开一直追随自己的女人，让她安全脱身，孤身一人流窜各地，最后在回故乡的路上被抓获。杨杰在发迹之后，有意识地塑造自己的中产阶级生活，他礼佛茹素希望自己返璞归真，顺其自然，尽量按照自己的方式生活，但在捍卫他们自己的价值之时还是要服从政治经济的潜规则。秦福小在漂泊数年后回到花街，带着一个跟天赐相貌相似的孩子，一切都回到了出走的起点，完成了抚平创伤的经历。吕东在精神病院里终于逃脱了现实的失败感。从某种意义上来说，他们都把自己的生命解释清楚了，或者说获得一个暂时的喘息之地，都不用继续像青春年代那样搏斗和寻找了，都能绕成一个圆圈了，疏通了情感的堵塞之处。

一个人对别人的评价实际上更多的是在反映他本身。初平阳对游走情有独钟，他的两位精神导师也都是游走者。一个是塞缪尔教授（犹太寻根者），他要在中国上海寻找自己父母安身立命过的地点；另一个是顾念章教授，他到上海去寻找自己父母的生死之地。他们的共同点是出自政治的后遗症，政治和战争让他们失去灵魂的存放之处。初平阳一直在寻找自己的心安之地，他选择了需要生命热情投入的社会学，他要“到世界去”，他一直在清理自己的内心世界，到耶路撒冷去一直是他内心的呼声。

耶路撒冷这个地点占据初平阳心灵的过程是渐进的。首先是秦天赐的死亡；其次是秦奶奶的影响，她对于初平阳来说就是一个绕不过去的影子，初平阳不信宗教，对秦奶奶的敬畏并非来自宗教本身，而是来自她对沙教士的持久的忠诚以及对斜教堂里穿解放鞋的耶稣谦卑的敬畏。她一个人的宗教在沙街上的人看来，也许就是一个人与整个世界的战争，但她毫无喧哗和敌意，只有沉默和虔敬。她的所有信仰仅仅源于一种忠诚和淡出生活的信念，归于平常，归于平静。另外一个是塞缪尔教授的中国之行，他寻找父母曾经居住的地方，完成对犹太民族所受磨难的深入体认，完成父母的遗愿和自己的心愿，他说：“每个人都必须找到一种让自己心安的方式；还愿之旅，祭奠之旅，感恩之旅，我找到了。”初平阳在给塞缪尔教授的信中写道：“我搞不清楚天赐、秦奶奶、‘耶路撒冷’和耶路撒冷四者之间是否有必然联系，但我绕不开的中心位置肯定是天赐。天赐让我想到秦奶奶和‘耶路撒冷’；‘耶路撒冷’同样让我想起他们。放不下，抛不开。既然抛不掉，那我就守着他们，走到哪里都带着。”这是一种行走中的体认，对自我的守候，他所带着的东西就是自己的守护神，也是他丢掉又捡起来的东西。

在小说的结尾各种缠绕的利益人事喧嚣中，初平阳提出了一个问题，遥想一下自己的未来，十年后的“70后”。十年之后他们都会到达一个中国意义上的不惑之年，十年后我们分别会是什么样子？我们会把多少现在的自己带到那里？杨杰说：“我最担心的是，十年后我对水晶的生理性感觉还在不在。我把手放到一块水晶上，它还能不能给我一种类似女人的感觉，让我激动，充满激情，让我觉得这块石头是有生命的。其实这话反过来说，是我能不能让水晶给我这感觉。”秦福小说：“我希望所有人都能和现在一样；可能不会更好，但也不要比现在更坏。”这是给予我们的生存一个时间的维度，在时间的条线上，我们的困惑和疑问可能更为清晰，也可能不了了之。尽管有各种各样的写作，但实际上在中国自五四已降，我们经常把写作跟疗救捆绑在一起，在这个意义上初平阳其实是一个心理治疗师，他是个情感堵塞的疏解者，他从各个阶层的人、各种思想资源、时间空间的维度上来融化这些把人缠绕到无法正常呼吸的结。从这群“70后”人到来中国寻根的犹太人后代塞缪尔，到花街的老祖母、唯一的教徒秦奶奶，经历“文革”的顾念章教授，当心安成为一个通约性的药方时，不禁让人怀疑，前面声势浩大的造城运动最后可能建立不起一座灯塔，而只是一罐精心熬制出来的程序复杂但味道寡淡的心灵鸡汤。

但小说的结构却适时出手拯救了它。小说除了现实这一部分，还有另外一个文本与之互相砥砺——初平阳的专栏，内容是有关“70后”一代人的一切，与对现实描写的部分有差距，这一部分文笔诙谐、活泼，情绪与问题牢牢地控制在作家的手中，收束启承都安排得稳妥有序。它们是碎片化的，但又适可而止，有讨喜而温暖的地方，也有极端尖锐的地方，有群像，也有一个人的宇宙。这一部分联结着小说中的每一个人，他们都在观看这个专栏，好像一个群体都面对的共同镜子，看到不同位置的各异的自己。这一部分又无关小说中的每一个人，它独立出品，不严肃，没姿态，只有一些小情怀。如果小说的主体是一株松柏树，这里就是树梢上冒出的烟火，它的调笑、随意、碎片和放松了的诚挚，让整部作品保住了一部分小说的品格。

解决精神世界的心安问题，在《耶路撒冷》中从头贯穿到尾。初平阳所有的精神追溯和自我拷问，似乎都是为之铺垫、背书、筹谋，但耶路撒冷一直都在远方，小说的所有故事和人物始终根植在中国的大地上，确切地说是在运河岸边的花街上。耶路撒冷也许只是个幌子，是一个发声，一个单词，一个地点，一段情怀，但它是所有人必须去面对的硬问题，而怎么去面对，小说选择了诗意，虚化开端的沉重——“掉在地上的都要捡起来”。

初平阳有一篇专栏题目是《这么早就开始回忆了》，为作者洗脱了类似写作的怀旧嫌疑，也可以说是对怀旧性书写的反思，“在怀旧与审美时，精神中隐匿的一种无力感；怀旧在一群而立的青年身上呈现出了颓废的美。我不知道这个东西是好还是坏”。而“这么早就开始怀旧了”，是一句疑窦横生的话，有赞誉有疑惑也可能是陈述，落在纸上的文字立刻会失去原初的语气声调。作家在“70后”的人生上覆盖了厚重的政治、经济、文化、信仰等等云层，但其实落实到小说中的部分只是涉及心安和创伤的精神层面，而且创伤又是以一个单薄的同龄人早亡事件带来的。生活在友谊乌托邦之中，没有经济压力的他们，能否回应起或者拔高到略显沉重的关涉一代人的诸多带着生命热情的社会学问题，就像初平阳在花街停留的日子里所思考的写作中的困惑：无法从花街的生活里直接跳到困扰“70后”一代的景观和问题中去。小说从作家手中脱落的那一刻起，它就要去遭逢各种可能的命运，作家的初衷究竟有没有实现，有没有变异，似乎不那么重要，我们可以归咎于太早开始回忆，或者真正回忆的时刻尚未莅临。

《上海文化》2014年3月号

失败者之歌
——一种青年写作现象的生态学分析

杨庆祥《80后，怎么办》一书的第一节题目是“失败的实感”，生于1980年代的文学博士在自己的生活中，找到了一个梳理自己生活世界和精神世界的关键词——失败，“个人失败的‘实感’是如此强烈，如此有切肤之痛。最后我们已经无法在个人身上寻找失败的原因了。当社会企图托管一切的时候，却发现事情只是越来越糟糕。这个时候，社会就生产了‘失败’以及‘失败者’本身。而失败者，在这种极端的绝望和无路可走的恐惧中，自然就会把失败归责于社会或者另外一个他者”。他以个人作为方法，延及一代人，上溯历史，拷问现实，把“失败者”这个形象慢慢建造起来，脱离单纯的个人经验，提出一个大问题，试图唤起“80后”一代人参与历史和社会的热情，打破日益统领一切的中产阶级迷梦。当然这个“80后”是指经济基础一般，工人、农民或者小知识分子家庭出身，而不是所有的“80后”生人（“80后”这个被广泛质疑的概念是存而不论的，其实大部分人都在使用一个有问题的概念，或者明知有问题又要反复使用，这是我们匮乏的另一个证据）。

《80后，怎么办》以个人经验的方式提出问题，可以看作个人生活的札记，或者随笔，但这个问题一旦转到小说中，可能就转化成另一个问题。在阅读当代文学期刊的过程中会发现失败者、社会底层，或者网络用语“屌丝”“卢瑟（loser）”“小人物”等形象几乎成为文学写作的“政治正确”，他们不仅仅存在于1980年代出生的作家笔下，众多纯文学期刊版面上也都有形貌相似、相差无几的失败者的故事。在今天，小人物及其困境几乎成了“正确”文学的通行证，无论是年轻还是年老的中国作家，满纸的小人物辛酸史都被奉为座上宾，但这些小人物几乎普遍沾染了衰老的暮气，他们困在各种牢笼里：事业上没有上升空间，人际关系中都是攀比的恐惧和互相践踏尊严的杀戮，家庭生活中处处是机心和提防，生计的艰难与精神的困境更是如影相随，他们对理想生活和越轨的情致心驰神往却又不敢碰触，小心地盘算着如何才能不至于输得一塌糊涂。

这种由小说的内容唤起的共鸣之感以及长久沉浸其中的写作姿态，与近年来在大陆文学青年圈子中经常被谈论的作家卡佛、门罗、鲍比·安·梅森、理查德·福特、托拜厄斯·沃尔夫、安·比蒂、理查德·耶茨等等有一种天然的亲近感。他们集中写作的时间段不得不提及的背景是，1960年代越战结束，世界范围的左翼革命结束，1970年代的美国燃油危机出现，经济状况持续恶化，政治灾难频频发生（从越战失利到水门丑闻），虽然这些危机背景几乎没有明显出现在小说中，或者这些写作是在刻意回避这类任何超越个人生活的东西，所有那些我们认为可以集结成束的东西，比如爱情、理想、诗意、反抗之类的，都无影无踪，正是这种大道的遁形才带来稀缺性的形式感——几乎都是清一色的现实主义。反观今天的许多写作，也能发现它们也在重奏失败者之歌，沮丧悲观情绪、挫折感和失败感几乎侵入了人们生命的各个层面，人们被工作、生计、爱情、平庸以及得不到的爱，尤其是如影随形的失败感凿得千疮百孔。

为什么“我们”在文学作品中都成了失败者，这样的书写是如何形成的？这样的书写有没有问题？无论是写什么还是怎么写，都需要有对暖热生活流的把握能力，在这个问题上，年轻作家们对故事肌理的掌控，小说流畅的语流以及贯穿始终的气息，都特别让人体会到一种成熟与大气。在我的阅读经验中，张悦然、周嘉宁、霍艳、郑小驴、孙频、毕亮、甫跃辉、宋小词、蔡东、文珍、李晁、陈再见、吕魁等这个年纪的作家，尽管会在自己的小说中呈现面对生活的颓败与失望，但他们时时表现出的对生活由表及里的犀利和认识，对于故事人物生杀予夺的俯视之气，让他们既能揭破世俗生活的盖子，又能做出一锅活色生香、色彩纷呈的佳肴。

青年作家们写作中频繁、反复出现的失败者形象，对于一个同样呼吸着时代空气的读者而言也是有一个认识曲线的。开始的击节赞赏和深刻共鸣，都是非常真实的感受，比如对近年来引起过读者和评论界兴趣的《跑步穿过中关村》《涂自强的个人悲伤》《世间已无陈金芳》等作品，都能使人感触到作家背后的关切和思考，甚至也能够认识到世界只会比小说中的生活更残酷。当我们在讨论“失败者之歌”的时候，不是在说一个真实性的问题，不是说细节真实与情感真实，尤其不是讨论与此相关的社会问题存在与否。关于阶层的固化和底层的挫败感几乎成为社会共识，不同阶层之间的流动性减弱、财富分化、资源配置不公，以及一些制度性因素客观存在，使得这个社会中的一部分年轻人失去了上升通道，无论如何努力都无法进入另一个阶层。这个问题的恶果就是禁锢社会进步的活力，所以，在大量的文学作品中出现青年人失去生活的斗志、萎靡不振就是真实的写照。人们通过自身努力难以改变自身命运，不同阶层的对立冲突就在所难免，许多小说中的暴力伤害即是此例。而贫穷的代际传递则会产生更大的挫败情绪，消弭知识改变命运这种努力，像涂自强的奋斗那样徒然悲伤。

特里林在《诚与真》中说：“叙述之虚假性的一个主要部分似乎在于，它假定生活是容易理解的因而是能够控制的。叙述的本质是解释，它会情不自禁地告诉人们事情是怎样的，它们为什么会这样。”但是文学如果可以规约成这样，那应该不是好的文学，是被规则牵绊因而也远离了繁盛的文学。昆德拉在

《被背叛的遗嘱》中谈到自己不喜欢巴尔扎克，而喜欢拉伯雷，这种态度是如今的青年写作不妨参照一下的。昆德拉对拉伯雷小说着迷的地方在于创作上的自由令他梦寐以求："写作而不制造一个悬念，不建构一个故事，不伪造其真实性，写作而不描绘一个时代、一个环境、一个城市；抛弃这所有的一切而只与本质接触；也就是说：创造一个结构，使桥与填料没有任何存在的理由，使小说家可以不必为满足形式及其强制而离开——哪怕仅仅离开一行字之远——牢牢揪住他的心的东西，离开使他着迷的东西。"当然这都是非常高远的要求，也是写作者可能内心都拥有的丰盛景象，只不过很难形式化为文学事实。

巴尔扎克对现实主义呈现方式也有过一种深思，他认为大多数小说家往往会选择一组人物，一般情况下是两三个，在小说家眼里，就好像这些人物生活在玻璃橱窗中一般。如此一来，常常产生一种强烈的效果，但不幸的是，同时也造成了虚假的效果。人不光过自己的日子，还生活在别人的世界里：在自己的生活中，他们扮演主角；在别人的生活中，他们的角色有时候倒也重要，但常常是微不足道的。你去理发店理发，此事对你而言无关紧要，可是你不经意的一席话，可能就成为理发师一生的转折点。通过把其中暗含的一切意思显现出来，巴尔扎克得以生动形象、令人激动地呈现出生活的千差万别与它的混乱无序和相互冲突，以及导致重要结局的那些起因有多么遥远。"失败者之歌"式的写作最大的缺陷就是，从开端到达目的的路径过于清晰，基本不脱于一个简单基本的社会学解释，因果关系耽于清晰，逻辑结构和人物安排其实都在一个可以预测的模式里，所有重要结局的原因几乎都不敢放得稍微远一点。这也是本雅明在《讲故事的人》里对“消息”的批评：“每天早晨都给我们带来世界各地的消息，但是我们却很少见到值得一读的故事。这是因为每一个事件在传到我们耳朵里时，已经被解释得一清二楚。实际上，讲故事的艺术有一半在于：一个人在复制一篇故事时，对它不加任何解释……作者对最异乎寻常和最不可思议的事物进行最精确的描述，却不把事件的心理联系强加给读者。”

超现实主义作家布勒东对小说有过非常刻毒的批评，他直接宣称小说是一种“下等体裁”。昆德拉说，尽管布勒东的话具有偏见色彩，但人们却不能对它置之不理，它忠实地表达了现代艺术对小说的保留态度，主要有三个方面的意思：小说的风格是信息式的；描绘的虚无化，目录般形象的重叠；还有使人物的一切反应事先便明示无疑的心理学，冗长的陈述使得一切都事先告知于人，主人公的行为和反行为都已得到了精彩的预示。尤其是行为预示这一点，在许多作家的小说中，每当有央视《动物世界》这个节目出现（这个桥段在许多年轻作家小说中重复地出现），或者动物形象的出现，都会自然地联想到世界的欲望化，丛林原则和人类无情的倾轧。看到租房的情节，自然而然就能顺延到房东（一般情况下都是女房东）的刻薄、亲朋好友的薄情寡义以及接下来可能的铤而走险。而失败者往往是作家的“自我”指涉，我们非常清楚，不论作家本人是如何潜藏在叙述者背后，还是躲在观察者背后，作者的声音从未真正沉默，那种面对凶悍的社会、世俗的恶势力、沉默囚禁人们的科层体制时表现出来的玛丽苏心态，多少都是一种自恋和自怜。而“他人”往往是地狱，文学作品千篇一律地要男女青年面对电视剧一样的逼婚、家庭战争、“父母是祸害”，面对周遭庸众的冷漠、言语暴力，如此等等，在把庸众们脸谱化的同时，一个“高洁”的自我形象隐约缓缓形成。这些当然都有可能是真实，都是落地的麦子不死的张爱玲所谓生活“荒凉”的底子，但即使是张爱玲，她似乎也没有把“自我”这么轻易地摘出来。

基于此，对这类写作会产生一些自然而然的疑问，这种写作是基于惯性还是自动、原始触发，是自然化到无法辨认还是没有进行过反思？有没有受到这种集体性写作氛围的诱发？而最重要的是，我们的文学库中还有没有其他的装备来应对普罗大众都在经历的现实。现代批评家已经向我们证明，谈论内容本身根本就不是谈论艺术而是谈论经验；仅仅当我们谈论已经被成就了的内容，即形式，以及作为艺术作品的艺术作品的时候，我们才开始作为批评家说话。内容或经验，与已经被成就了的内容或艺术之间的不同在于技巧。只有当我们谈论技巧的时候，我们几乎在谈论一切。对形式的忽略，不能再次回到那个问题上去找原因，比如现实生活本身的压力之下的退却。

1980年代前后出生的作家，在一段时间内备受瞩目和争议，是因为他们中的一部分人大胆出位，与教育体制抗争，早早地进入市场体制和大众媒体，接受市场的检验；如今三十而立，又遭受另一种诘难，没有立得住的小说代表作品，没有自己标志性的作品风格，许多作家都沉浸在一种写作的惯性中，在各种期刊杂志新媒体版面上刷存在感。后一种批评可能更为严重和尴尬，因为它直接面对的是喧扰沉寂之后的创作本身。

为了确证一代人的特殊性，我们会夸大时代的特殊性，但每一个时代都有青年们的挫败感，每一个时代的青年都有“长大成人”的焦虑。比如在当代比较典型的“潘晓来信”，1980年5月，《中国青年》杂志发表了一封署名潘晓的来信，题目是《人生的路啊，怎么越走越窄……》，收到6万封来信，在全国掀起了一场人生观讨论的大潮。信中说：“我请教了白发苍苍的老人、初出茅庐的青年、兢兢业业的师傅、起早贪黑的社员……可没有一个答案使我满意。如说为革命，显得太空……如说为名，离一般人太远……如说为人类吧，却又和现实联系不起来。为了几个工分打破了头，为了一点小事骂碎了街，何能奢谈为人类？”作者所吐露的彷徨、苦闷、迷惘和怀疑，除却时代背景带来的人生问题外，跟今天青年们的问题有相当一部分是重合的。那个年代的文学作品，既有《班主任》《伤痕》《回答》《哥德巴赫联想》，也有《乔厂长上任记》《陈奂生上城》《人生》，还有《爸爸爸》《棋王》《黑骏马》《冈底斯的诱惑》

《红高粱》《受戒》《大淖纪事》等等，无论文学与现实之间的关系是对应、反映，还是逃避，我们都不能否认那个时代的文学是有各种面向和探索的，经验转化成了各种文学形式。

讨论“失败者之歌”的写作现象，需要警惕的是问题经过文学过滤之后变成虚浮的冗余，可以随意放置，还要警惕问题只是浮在面上，无法沉潜成有质地的文学事实。昆德拉有一句话十分中肯：“成为小说家不仅仅是在实践一种‘文学体裁’，也是一种态度，一种睿智，一种立场；一种排除了任何同化于某种政治立场、某种宗教、某种意识形态、某种伦理道德、某个集体的立场；一种有意识的、固执的、狂怒的不同化，不是作为逃逸或被动，而是作为抵抗、反叛、挑战。”抵抗、反叛、挑战是一系列动作，其中每一个动作都需要巨大的能量运作和灵魂的搏斗，需要主动地迎接。用文字创造一个世界，本来也许就无所谓什么规则与秩序，规则与秩序总是用来打破的，也没有什么严格意义上的高与低，高与低都是从各自的标准出发的。而对于人心人性也从来没有科学的仪器可以直接探测，只有以一个心灵臆测另外一个心灵，每一个人都在自己的视力能及的范围内寻索前行，有时候难免一叶障目不见泰山。至于对“失败者之歌”这种写作方式的些微不满，也只能是仁者见仁智者见智，而且各种执念一旦形成，实难再破。

《文学报》2015 年 9 月 24 日

时间索引与折返之光
——《望春风》与时代变迁的文学叙事

一

格非在漫长庞大的“江南三部曲”之后，以《望春风》单纯而强势地回到“故乡”，像是一次告别故土的文学仪式，格非对于这部作品慨然定下基调，“再不去写，它可能真的就悄无声息地湮灭了”。每一次文学意义上对乡村、故土的回望，如果不是无效的重复，必然要走一条氤氲之路，在看不清楚的视野中，坦露那些真诚的见闻和心绪。乡村生活积聚了几千年来中国社会生活的经验和审美，在地者直接或间接地以之谋生，围绕着居住地形成自己的生活方式和情感方式。时至今日，乡村生活在文学和社会中的意象修辞都发生了根本性的改变，其间的复杂歧异一直是各种话语纷争的地盘，格非选择了最宽泛意义上文化记忆的视角。扬·阿斯曼在《文化记忆》中特别论述了文化记忆对于人们的影响，人总是被或日常或具有更多私人意义的物所包围：从床和椅子，餐具和洗用具，衣服和工具，再到房子、村庄、城市、街道、车船。人对这些物形成了诸如实用性、舒适性和美观性的认识，并从某种程度上也将自己投射其中。因此，与乡村有关的人与物也反映了人自身，让他回忆起自己、自己的过去、自己的先辈等等，人曾经生活过的世界是最可能一触即发的时间索引，这个时间索引和“当下”一起指向过去的各个层面。

《望春风》是“我”讲述的村庄往事，它从简朴、内敛的淳朴往昔到在时代大潮中风雨飘摇、急剧重组、分崩离析的过程，外在于村庄的是 1960 年代以来的当代中国的变迁历程以及与之紧密相关的人们的生活、情感方式，它保留了超越个人性的时代信息和资料。如果把这些组成小说的叙事流切分成块，正好可以暗合文化记忆的四个外部维度，即模仿性记忆（“我”在儒里赵村的模仿性学习成长），对物的记忆（四时风物的描写），语言和交流的交往记忆（对人们交往的观察），对居于其中的集体意义的传承（村庄消亡中的挽歌情怀）。叙述者“我”是一个作家，小说呈现了一个在中国社会中并不具有典型性的作家成长史，他不像我们当代文学史中常见的从农村进城的名家们，被写作改写了命运。包括作家本人在内的整整一代作家，比如莫言、张炜、阎连科、李锐、贾平凹等等，他们或者土生土长在乡村，或者有过长久的乡村生活经历，乡土写作成为他们浓重的印记和标签。“我”是一个从没有进入当代文学系统的局外人，这是一个重要的切入点，格非在总结自己从先锋到现实主义的创作转变时说：“回过头来看，上世纪80年代的新奇、冲动、走极端甚至凌空蹈虚，给我的创作打上了特立独行的印记，但也留下了过于注重修辞的隐患；这30年来，对普通人与普通生活的‘发现’让我打破了通俗与精英二元对立的思维，这种观念的变化无疑会反应到创作中来，成为我个人文学观念的一种重要调整。”《望春风》是这个调整的继续，“我”的视角可能是对于既有的呈现乡村巨变的文学话语、程式、意象的一次有意的转移和疏离，当然更可能是幻想中的革命，毕竟重重帷幕之后的主导者依然是局中人格非。

“我”的全部文化修养和文学积累是小时候读过几年私塾，后来在邗桥的图书馆看过百十来本并未详细述及的书。在小说中我们可以简略勾勒出叙述者的养成记。首先是在私塾中受教于同村的赵锡光，读书写字的时候并不多，大好光阴，多半用来讲史论古，念叨那些令人不胜其烦的陈年旧事，包括显赫的村庄历史：儒里赵村的祖先原籍山东琅琊，是世代簪缨的名门望族，永嘉时代迁风光秀丽的江南，择吉地而居。祖先中人才辈出，曾出过丞相、进士、方伯、武状元。“昭明太子在读书之余，常到这一带赏玩山野风光；刘裕起兵时，曾在村后的磨笄山上射下一只金雕；刘备招亲那会儿，他们在甘露寺喝的酒，就是从我们村运过去的；苏东坡在常州卧病不起，还专门请我们村的神医赵龙豹给他诊病，至于乾隆皇帝，那就更不用说了，他每次下江南都会在这里驻跸。‘就是如今在上海做大官的陈毅，也曾请赵孟舒给他弹过琴呢！’”这些由民间传说和真实几番加工过的集体记忆性的村庄史，代表了这个村庄的辉煌、人才、文化风景和人生观、教育观，也是有形村庄的无形组成部分。作为一个赋予村人身份和认同的空间，是一个被唤醒的空间，它也塑造和给予“我”全部的思想和文化教养。耳濡目染赵锡光和作为算命先生的父亲对世态人心的观摩，“不管在什么地方生活，最重要的是了解那个地方的人，越详细越好，越客观越好……观察人，在任何时候都是头等大事，其余的都是小事”。这是对本土本地的认知方式和关于自我确认的知识，与古朴的村庄史、生存方式、民风民俗密切相关，也为“我”作为村庄观察者的作家身份提供了前史。

另一部分文学教育来自于邗桥图书馆的沈祖英。格非说他是通过《望春风》和前辈作家对话，他与荷马的《奥德赛》、福克纳《喧哗与骚动》、艾略特的《荒原》，卡萨雷斯的《莫雷尔的发明》、乔伊斯、普鲁斯特等等的对话可能都是在沈祖英这里实现的，所以“我”对沈祖英产生了深深的依恋，“我喜欢她干干净净的样子，喜欢她的胆小和恬静，喜欢她脸上那种充满揶揄却欲言又止的神情，喜欢她身上让人无法接近的深切的悲伤”。沈祖英推荐“我”读《奥德赛》，在这个图书管理员那里“我”领会了另外一种有别于乡村世界的人间情怀：每个人都是海上的孤立小岛，可以互相瞭望，却无法互相替代，每个人都在奔自己的前程，也在奔自己的死亡。沈祖英对黄庭坚的《登快阁》极为推崇，“痴儿了却公家事，快阁东西倚晚晴。落木千山天远大，澄江一道月分明”这首诗是古典的士绅社会的文人写照，孤独寂寞和知音难求，这对于“我”能在社会发展的洪流中始终保持自己的姿态，成为一个特立独行者是非常重要的。“我”身上那种不言而喻的末世情怀，对自然世界的渴慕，对人世的疏阔旷达，对人生的悲悯，既有现代意识又有古典情怀，是一种复杂的混合物。

在小说的第三部分，叙述者跳出来插话：“您知道，我这个人知识贫乏，见解浅陋，当然，更谈不上什么才华。我之所以决定写下这个故事，就像春琴所说的，仅仅是为了让那些头脑中活生生的人物不会随着故乡的消失而一同湮没无闻，如此而已。如果你觉得，这个故事也还读得下去，我要感谢你的耐心与大度。如果你不喜欢这个故事，我也只能对你说声抱歉。除此之外，并没有多余的话要讲。”这是终结和反抗某种写作方式的宣言，也是一次低于一般叙事者的声明。在拒不提供教谕和历史观念的小说中，“我”那控制不住的寂寞悲伤，对事实上不存在的母亲的依恋，难以言喻的对时间和故地的留恋，四处遗漏的老年情怀，时间、人生、空间的具体形象在过度的抒情性中获得圆融——重返时间黑暗的心脏。格非说，他 17 岁离开家乡，了解最多的，就是这块土地，那个村庄里的人说话的声音、走路的方式、表达感情的方式，还有他们的语言，没人想去保留，但它们却是极其重要的。在他看来，不少人早已不在，但可通过时间机器让其重返，“这就是文学的作用，文学可以让他们回来”。于是“我”和春琴的人生在绕了一个大弯之后，快要走到它尽头的时候，回到了最初的出发之地的废墟上，重新过上童年时代的生活。他们创造了自己的写作动机，“‘等我们两个人都死了，这片地方还不知道会变成什么样子呢！也许没人知道，这里原先有过一座千年的村庄，村子里活过许许多多的人，每个人的身上，都有说不完的故事。’听她这么一说，我心里若有所动。我告诉她，其实我一直有个愿望，希望有朝一日可以试着把这些故事写下来”。写作回归到最初的“故事”，一个讲给本土本地的自己人听的故事，因为“我”的视野限制和作家格非的有意为之，他拒绝教谕和宏大题旨。

在以堂兄赵礼平为代表的强权社会迅速取代和冲击乡村生活之后，这些普通人的生活经验和生命痕迹，可能很快就失去存在的价值和意义，《望春风》通过乡村社会中自发产生出来的书写者及其视野，重新构建了写作与乡村的关系，让他们的经验和生活在文学中获得平等的权力，并且以他们自己的视角和声音来证明时间的流逝，着力摆脱精英主义式的貌似底层实则是俯视者、审视者们的呈现方式。撇开文学本身的虚构性和作家身份不谈，繁复的伤感主义式的写作方式在一定程度上阻止了此类写作的批判性和深广度，但它变得单一而纯净。

二

从宏大回归微小，回归到一个生命的内在需求，拒绝被遗忘，就像福克纳《野棕榈》中那个失去祖母的叙事者所言：“当她不再存在时，我记忆的一半也就不在了，而假如我不再存在时，那么所有的记忆也都不在了。是的，在忧伤与虚无之间，我选择的是忧伤。”《望春风》中所有的忧伤最根本上来自于时间的流逝和人在时代风浪中的不由自主，以及对于生命最初美好时段的复归而不可得，由此时间是小说的第一主角。

小说由三个章节组成，分别对应三个时代。第一章是父亲的时代，故事的开始声调是平缓的，一个算命先生的儿子，母亲远走异乡，由身世带来的敏感让他在新中国成立初期的江南村落中成为一个细致的观察者，他的观察对象是村庄的一切，从世态人心、人生哲学、乡村秩序到微末之变。1960 年代的中国乡村已经有了明确的政治归属，半塘春琴家的对联，“四海翻腾云水怒，五洲震荡风雷激”明示了社会的翻天覆地，已经是革命之后的声息，但依然保存着前革命时代的乡村社会形态，一个稳定的乡村共同体。村落给人的感觉是安静，木心说，画桃花要画出它的静，村庄常态里最基本的是风景风光和人情。“当我跟父亲走到风渠岸边，闻到带着微微甜腥的河水的气味，嗅到村里烟囱中飘来的草木灰香气，听到村里那熟悉而温暖的舂米声，看见邻居老福奶奶手里擎着的一盏油灯，在院子里

‘喔嘘喔嘘’地叫唤着，正把母鸡赶进鸡窝，你一定能体会到我心里的宁静、踏实和甜蜜吧。”这个村庄具有极大的包容性，算命先生是当地一种繁茂的职业，赵孟舒能够带着一个漂亮的妓女王曼卿在村里颐养天年，也接纳了身世不明的外乡人唐文宽。小说中大段抒情和向往的时空都属于这个时段，民间的复杂人伦依然存在，村子中有许多秘密，半遮半掩，半新半旧。在面对天灾人祸时，半塘寺的瘌痢和尚还是被春琴的母亲请来算命，不过他的禳解之法已经无法实行，“如果是在旧社会，非常好办，让这个小把戏跟我去庙里做和尚，我保管他无病无灾，寿比彭祖，可如今是新社会，不兴出家的”。瘌痢和尚在火灾中丧命，春琴妈妈又找到父亲赵云仙解决命运的难题。新时代的干部梅芳对“我”父亲的嫌弃和“我”对她的厌恶，是新旧交替时代的情感冲突，但其中夹杂着个人私事，并没有公共意义上的黑白分明，也没有发展成为不可遏制的冲突和斗争。

第二章是德正时代，德正与父亲、“我”的关联是小说第一章主人公的重要行动力，那一次大抒特写的半塘之行背后其实是父亲的一次重要政治安排。为德正说媒，将春琴嫁给德正，这是一个算命先生长远的人生筹谋。德正开启了儒里赵村的新时代，他在政权更迭中因为出身贫寒，偶然的机遇被选为农委会主任，他在村里的大部分工作延续了两件大事，学校落成和推平磨笄山填沟壑造田。德正的上台，跟共产党建立新政权上台是同构的，一个穷孩子翻身做主人的故事。从一个没家没产，安顿在祠堂里的孤儿轿夫，被选为一村之首。他的政绩也受到了肯定，维持既有的乡村生态，并带来新生的气息。小说中对德正时代的1973年初春有一番深情描述："新垦的土地上长出了第一茬油菜，漫山遍野的蜜蜂嗡嗡地闹着，在沁人心脾的花香中酿蜜……赵德正把便通庵修葺一新，作为知青的宿舍。随后，他在知青点的边上新盖了七八间矮平房，建了一处养猪场。"

格非说《望春风》是从第三章"余闻"开始写的，如果同样以时代命名，"余闻"的部分是属于堂哥赵礼平的时代。赵同彬说礼平"为人险恨，又一肚子坏水。对他来说，世界上根本就没有'规矩'二字""礼平属于那种既能把游戏变成阴谋，也能把阴谋变成游戏的人。今天的世界，正是人家的天下"。"余闻"部分交代了村里所有人等的命运归宿，他们几乎都能跟更赵礼平攀上牵连，从高家兄弟到小武松、朱虎平、梅芳、春琴等，在赵礼平的时代都湮灭了曾经的虎虎生气，它们像村庄一样成为废墟。"余闻"是第二章最后一部分所预言过的翻天覆地重大事变的结果，"余闻"是来自今天的现场消息，上一个时代人们故事的下文或者余波，依然在传颂中，余音袅袅。巨变是在潜流中开始的，比如村里唯一一个大地主赵孟舒之死，他死于新时代的批斗，死于维护个人尊严，唐文宽被撤职，安上历史反革命的帽子，在村里接受劳动改造等，是政治带来的变迁。赵同彬一劳永逸地取代了老菩萨唐文宽的地位，唐文宽接连不断地向孩子们兜售那些谁也听不懂的怪话，再也无人发笑，那些令人昏昏欲睡的《水浒传》《三国演义》和《小五义》的故事，开始让位于同彬口中那些让人心惊肉跳、呼吸急促的《梅花党》《一把铜尺》《绿色尸体》以及全国各地的离奇见闻。堂兄礼平开了第一家胶木厂，公私不分，钱已经多到可以带上全家去杭州旅游，一直到最后朱方集团让村庄变成废墟，是时代发展和经济变迁使然。赵德正先是被捉，遭受游行的凌辱后回到自己最初祠堂仓库保管员的岗位，1976年得了白血病。收到母亲的召唤，“我”离开了儒里赵村，梅芳自我觉醒辞去革委会副主任一职，可能是命运的起伏波澜。总之，儒里赵村在各种不可抗拒中走向废墟，余闻中的人事变迁就是一场生命的巡礼，叙述者、作家和故事中的人互相映衬投射。

三

小说的另一个主角是儒里赵村的秩序。《望春风》前两章的外形是一个少年的成长史，母亲远离村庄，成为另一个秩序（城市和革命）里的人，父亲怀揣着一个秘密在1966年自杀，于是“我”成了一个父母空缺的少年，在村庄里接受教育（叔叔赵月仙对人心的理解，唐文宽的故事闲话教育，赵锡光的识字教育），经历那个年代的人伦、日常和变异，最后被遥远的模糊的站在革命前沿的母亲接走。实际上小说的主角是儒里赵村的社会秩序，村书记赵德正与“高家帮”（主任高定国、高定邦和他的副主任妻子梅芳）虽然一直不和，但也没有陷入“斗争”思维，在关键时刻，“高家帮”都是出手援救赵德正的带头人。比如涉及“文革”一段历史，小说中没有如许多其他小说中惯常的“戏剧化”，而是把那些波折融化在儒里赵村的社会秩序里，上面有人设计陷害书记赵德正，最后的结果是被村里的男人们反将一军，并没有触及他的生活和安危，一切也就不了了之。赵德正去职之后，燕还旧窠，仍回祠堂，当了一名仓库保管员，妻子春琴说“定邦这个人还算有良心”。王曼卿这个被赵孟舒带回村庄，后被唐文宽接管的风尘女子，她跟赵孟舒、唐文宽有着令人艳羡的生活情调，又和村子里的男人们纠缠不清，居然也维持着和谐，就像冯师娘容忍丈夫的相好文英最后伺候赵锡光。

从这些细节来看，关于历史，《望春风》给出了许多解读式的呈现，借着一个村庄的有机运行，有惊无险地度过了漫长的历史以及当代历史上最被叙述关注的“文革”年代。革命（母亲的系统）和反革命（父亲的上线们），其实都是以非常微弱的余波方式到达这个村庄的，几乎没有什么影响，或者是以一个秘密的方式存在，有待时间来解开。正是村庄既有的秩序，让人们各司其职，各安其安，让唐文宽这样的怀着秘密的外乡人成为村中少年们童年的快乐之源，让赵德正这种孤儿，也能在成为书记后，有模有样地规划大事。当然也会创造出像堂兄赵礼平这样的不守规则秩序的“叛逆者”，聪明而蛮横，成为秩序的破坏者，也是未来历史发展中走向强势的人。对曾有的秩序的呈现，当然有格非所说的偏见，“唯有我打小生活过的这片土地，才是世界上最美的地方，才是值得终生守护的地方”。这种信念和“偏见”是历史真实，也是文化虚构之物，就像“我”母亲在最后一封长信中，把儿时的故乡视为世界上最美丽的地方。

折返之光所照射的“往昔”，并不是自然而然形成的，它是文化建构和再现的结果，由特定的动机、期待、希望、目标所主导，并且依照“当下”的相关框架得以建构，一个社会或者一个作家对过去的重塑实际上是整个社会的文化记忆框架下的自由组合。但关乎强烈情感的记忆总是有选择性的，无论是对1960年代至1970年代初期平静时光的选择和深描，还是对小说中重要人物父亲、赵德正、春琴等人的讲述，都印证着作家的折返心绪，但对乡村秩序的终结者比如赵礼平、具有更复杂的文化修养和神秘经历的唐文宽的内心呈现相对而言是比较弱的。福斯特说人与人之间的事，根本没找到什么可用的精密武器，恐怕只有人类的心灵来担当这项任务了。赵礼平、唐文宽等人依然半遮半掩的人生，或许可以承担更多的文本任务，或者也就是这种余闻旧事、欲说还休的方式才是非戏剧化的往昔真意。

“我们服侍过大地母亲 / 近来又敬拜过太阳的光辉 / 不觉之

中 / 支配万物的主 / 最爱被人精心护理 / 真真切切的文字把此在 / 诠释得清清楚楚”。（荷尔德林）时间出现了断裂，往昔之物和意义几成废墟，相关的人试图跨越这个裂痕与之前保持联系，《望春风》是为了联系的文本护理，需要那个被选中的“我”真真切切地书写。一本小说最后的考验是我们对它的情感，正如我们对友情或对其他无法解释的事情的考验那样。《望春风》单纯明晰一如时光掠过田野，忧伤不经遮掩地配备给每一个普通人，“我”（作家）的出身和愿望要拒绝和避开既有的文学套路，以自己的方式去打散和整理故乡的记忆，回到最基本的文学功能，回到普通人的心灵中去。文学浮现的是活生生的一个个人曾经的生命历程和他们的消失，《望春风》没有判断和指摘，它更不会去刻意营造自己的乌托邦，它用黄金时代的辉煌词汇包裹现时的废墟，让这些实有之物在时间河流中折返、唤醒进而升腾，冲决克制的情绪，悲伤和抒情恣意流淌。

《上海文化》2016 年 11 月号

石子投在水中

一

于一爽的小说和创作谈，还有散文集以及一些微博、博客片段，其实是一个整体，它们互相缠绕，自成一家。你会发现所有可能被想到的问题，她都让小说中的主人公或者自己说出来了，“别再谈论写作了以及未来，因为它是一件正经事儿，我知道我的问题挺多，我也不想说正是这些问题构成了我，这些都是借口。可是难道，现在不应该去动物园散步吗？”接着，小说中引用了一句歌词，在动物园散步才是正经事《动物园》。如此这般，对于想指摘问题的人，毫不客气地让人免开尊口。布罗茨基说，追忆往事有时候像是伸手去抓篮球的幼童，两只手总是不停地滑脱开去，对一个守卫得当的作家的理解也是，这个篮球会在每一次碰触到的时候，非常正确地滑走，落在不远的地方，诱惑你下一次再去抓它。当然最好的避免失败的方式是站着不动，原地欣赏表演，之后你的还是你的，我的还是我的，彼此无损，当然这是非常丧气的话，大家都很安全，上下都很平坦。但也正是这种以守护城墙似的以守为攻的写作，隐含了超于一般的激情、真诚和爱，以及它们可能的无法自成。

于一爽的小说都不那么像小说，她不那么煞有其事地告诉别人你在读的是小说。而在我们这个虚构热情大于虚构能力的时代，所有不像小说的小说写作都可能是值得珍惜的偶遇。《分手》的开头跳出一句跟剩下的故事没有一点关系的话，“所有写下来的就是发生过的”。这句话像是有意撒落到故事中去的，随性而至，意义不明，它们可能是作家在有意驱除虚构的魔障，也像是调戏读者，又或者是一种自我撇清，绝不夹带任何灵魂、精神、时艰等附送品，无论如何我们得承认，这种小零件和花边性的句子都有一种漏网之鱼的欢快感。这句话又有一种语义上的含混，没发生过、经历过或者无法真正理解的生活的不能写，那本质上是写作的虚伪？或者“写下”这个动作是如此隆重，写作不是模仿世界，而是创造一个世界。卡尔维诺说，人们写作时说的每一句话都不可能与写作本身无关，所揭示的真相都决不会与事关写作艺术的实情无关。这是对于一爽的序言“因为我刚好那样生活，我就只能那样去写”最好的诠释。

于一爽小说的开头几乎都没有故事开始了的预兆，就像毫无防备的情况下一个猛子直接扎到冷水里，有一种遭遇事故中场的刺激感，又好像不小心从窗户看到了别人家的活色生香躲闪不及一样。《鸡脖子》是这样开头的：“三个人。一男，两女，在一块儿啃鸡脖子。”《看电视》的开头一句是：“余虹和刘明闹了大半天别扭之后，刘明突然问刘虹饿不饿啊？余虹点了点头。”我们会对这样开始的小说世界心领神会，全盘接受，因为世界的确就是这样开始的，不是每一个故事都需要洞悉一切的全盘指挥者这样的叙述者。

于一爽小说中出现频率最多的表达情绪的词是“恶心”和“滑稽”，仔细检阅会发现，这两个词以及它们所代表的那种睥睨生活、拒绝和解、看穿世界的语气，几乎贯穿在所有小说中。比如，刘明会直言不讳地说，“让事情看上去恶心的是，有一些女孩还愿意跟他聊聊人生，这真是让人烦躁”（《打炮》）；在分手的关头，刘明说出“觉得再也不会再见了”了这样的话，余虹的反应是，作为两个成年人，就算两个人做过爱，也不反感，但也不能不觉得恶心（《分手》）；当有人告诉刘明，余虹脑袋削了一半儿的时候他也只是觉得一阵恶心（《同学聚会》）。恶心这个词在北京方言中是常用的，在文艺青年中则以萨特的《恶心》而扬名，那种对露出来的生存的感觉，主人公洛根丁感到浑身不适，开始了恶心感，也就是从那时候起，他意识到了自己的存在，恶心是对现实世界的体验，是因为认识到自己存在的荒谬感而生发的生理反应。萨特说，人只要认识自己的存在，就永远会有恶心感。在恶心的道路上于一爽并没有走萨特那么远，基本上是在两个层次上，一个是直接的生理反应，一个是在反拨那些“生死”“诗意”的时候。滑稽也是在反拨那些习惯性的爱情、感情的意义上出现的，两个人关系中最刻骨铭心的部分往往是最滑稽的部分；有时候能和过程一起保留下来的应该是某种滑稽，而非感情本身，年轻的女孩子总是能记住这些滑稽。

这是一个同义反复的过程，包括那些习惯性反问和补刀式否定的句子，“他再也没机会知道别人是爱他的钱还是其他，可是其他就一定比钱更值得爱吗？”（《单一的生活摇摆的性》）在酒吧遇到一个姑娘，“从第一眼开始，这是一种直觉，我想她是那样的姑娘，我从不认为这样的姑娘轻浮。因为不轻浮也没有任何价值”（《打炮》）。在遍地冷酷戏谑的语调中，小说中还是有一些把持不住的“认真的时刻”，那些可能属于“刻骨铭心”的部分，饭局中的康欣欣突然说出：“我是以什么样的心情在跟你们喝酒，不过你们怎么可能知道呢？”后来她就哭。“我”被她的眼泪弄得也觉得自己很苟且，“这个疯狂的世界正在努力把一些人甩出去，让他们站在生活的边缘，抓不到任何稻草。当我这么想的时候，我甚至愿意接受康欣欣，哪怕是作为最亲近的人，去照顾她。可是很快，我又觉得自己真是疯了”。在作家习惯性地解构和嘲弄大词的氛围中，也会突然闪现对这些大词的钟爱，比如在一起混的朋友中，“我”最看得起的就是曹大力，“我”觉得他内心有巨大的痛苦，这种表述非常可疑，叙述者要迅速挽回，“可是，我其实跟曹大力并不常见，一般来说，如果曹大力不见我，我也不主动见他。有时我想，他装得跟世外高人似的，哪儿能对我那么周到啊”。这是一种降调的叙述，升调的开端，好像眼看着眼泪和同情、理解就要把自己带到岔道上去了，随后要努力画一个圆，把那种不合规则的对人突然而生的怜悯、“痛苦”“看得起”赶紧又给补回来。因为说到底，“我”还是认同曹大力的话：“向上的路和向下的路是一样的，活人死人都够多余。人不要同情自己。当我们想离去或者被迫离去的时候，我们就离去，但是，一切努力都是徒劳的。”

于一爽的小说在同龄人的写作之中有卓然而立的风格感，但并没有提供什么新的文学质素，因为文学并不是“日日新，又日新”的领域，也不是空穴来风的领地，它是整体文学环境中每一个写作者自身和周遭多种元素的重新集结。于一爽多年浸染于京城文化圈，加上南京写作群体对她的影响，即使她不说，每一个对当代文学有所了解的人，都能嗅出她文字中的北京味道，断裂者一代的文字风韵。师出有名以及自觉地建造和完满自己的文字世界，在那些故作高深、盲目追风的同行们中间是诚实和勇敢的文学行为。当然，每一个内部可以自我完满的世界都有可能走向精致和高贵，世界当然是需要交流的，但自言自语之美正是在于它的断绝之处，每一句话都有渊源，因为找得到立身的理由。

二

于一爽在另一本书《云像没有犄角和尾巴腿瘸了的长颈鹿》中有一段话，谈作家大仙的作品，看起来更像是自己的小说“宣言”:“小说讲了什么都不是关键，故事无非就是那些故事，甚至都没有生死这么痛切，不过就是一些欲望和虚荣之类的。因为写的是文化圈的事儿，所以情节上串了一些文化活动，当然你要非说那些活动没什么文化其实也行，因为这里面的姿势主要是互相抚摸，也有不少沽名钓誉……小说提示的是一个生活形态。混的过程不是说有什么意义，而是和三教九流在一起所付出的这个时间中，身体里面浸透了各种各样的故事、千差万别的欲望，还有什么声音啦画面啦。而这一切构成了一个当代经验，这个过程复杂多义，有点意义。”

生活形态和当代的经验是什么呢？应该不是作为旁观者我的世界，而是那些被于一爽写进小说里去的年长于“我”的一代老炮们，他们身上发生的事情。于一爽说:“拿朋友写进小说主要在于我实在无所事事，而且觉得这不是一个罕见的事儿，我从来对罕见的事儿不感兴趣。我只感兴趣在她身上到底发生了什么”(《酒店》)。全世界都是一对叫刘明和余虹的男女，他们出现在这本集子的所有小说里，有一种生生世世、死而复生、肉体不灭的效果，也就是这本书原来的名字“因为他们都是夫妻”。有一本网络上比较有名的小说书名是《这个世界上的一切都是瘦子的》，瘦子可能也等同于对世界做减法，减来减去就剩下男女二人这样的世界根本，这样的减不掉的枝丫。他们都是作家周围的真人，他们“一个个都自我放弃，但是又深具智慧，自己玩自己，就算是角色扮演，十几几十年，也算难的了，有时候和这帮人待久了，觉得对于生活来讲，投降是唯一的真相，突围的都是傻X”（《三里屯》）；他们的生活日复一日没有改变，“我们认识有两年了，没发生过什么惊天动地的事情，大概以后也不太可能发生”（《地三鲜盖饭》）；“生活就是这样，每天如此，今天做完的事情，明天机会再做一遍”（《自行车》）。

当然他们生活中还有三件出现频率最高的事情：喝酒的饭局，男男女女（性爱或者类似爱情的东西）和死亡。于一爽在《一切坚固都烟消云散》的序言里说：“所有人物都会喝酒，谁都不知道酒是什么。我也不知道酒是什么，这也是我一直喝酒的原因”。关于喝酒这件事，无论作家怎么撇清“不会带着心事喝酒”，关于喝酒是什么始终迷茫，但她毕竟还是在《云像没有犄角和尾巴腿瘸了的长颈鹿》里写出了四十几场饭局的清单，在这种具体暗示无限的清单中，饭局和喝酒已经不是它之所是的东西。喝酒的文人形象一直都是文学家们衷爱的表达方式，但愿长醉不愿醒。布罗茨基在《小于一》里有一种对麻醉自我的解读：极权主义有某种好处，就是向个人暗示他自己有一个垂直式的等级制，意识高居其上，因此我们监视我们内部正在发生什么事；我们几乎向我们的意识报告我们的本能。然后我们惩罚自己。当我们弄明白这种惩罚与我们发现的内部那个下流胚不相称时，我们便求助于酒精，喝得烂醉如泥。而鲁迅在《魏晋风度及文章与药及酒之关系》中，一方面是对魏晋风度解毒，另一方面也是在说他们无声的反抗，“何晏王弼阮籍嵇康之流，因为他们的名位大，一般的人们就学起来，而所学的无非是表面，他们实在的内心，却不知道。因为只学他们的皮毛，于是社会上便很多了没意思的空谈和饮酒。许多人只会无端的空谈和饮酒，无力办事，也就影响到政治上，弄得玩‘空城计’，毫无实际了”。于一爽写的大部分都是文化人的互相按摩，布罗茨基的自我麻醉和鲁迅的“无端的空谈和饮酒”，各种深意应该都在喝酒的描写中，但那是从来不需要批评的世界，是一个需要互相怜悯和投掷热爱的世界。但是鲁迅对所谓“田园诗人”“山林诗人”陶渊明的说法很有意思，“完全超出于人间世的，也是没有的。既然是超出于世，则当然连诗文也没有。诗文也是人事，既有诗，就可以知道于世事未能忘情”。这也是堵住虚无主义的一条路径，完全的虚无也是没有的，否则就不会有“清单”以及清单背后对那一群人的爱。

于一爽在《一切坚固的都烟消云散》的序言里写:“因为强烈的死亡意识所以伴有强烈的性意识。并且谎话连篇，不是为了骗人，是不想让别人了解自己。但仅仅为了不让别人了解就骗人，是不是代价太大？她自己也没想清楚，但是我先给他们写出来了”。在这段话里，几乎可以看到她的写作逻辑，强烈的死亡意识，或者说对死亡的恐惧，以及由此而来的强烈的性意识，对性的视若寻常，对爱的能力之丧失。最后一个重点是，“我先给他们写出来了”，写这个字应该加上着重号。这些思绪和概念发自自身，但它们在故事中却是附魂到一群“老炮”身上，这是把这个不透明的世界和人生交付给说信任和欣赏的一群人身上，并以他们作为自己跟这个世界感情关切之汇合点：“他们善良，软弱，因为害怕被伤害，所以总是很刻薄。当然，这种人不会太多，太多的话，这个世界就完蛋了，而如果一个也没有，我想我会非常失望。”

于一爽的小说中几乎没有抒情短落和判断句，也很少有肯定性的句子，但她在其他文字（创作谈或者评论）中又是一个如此喜欢说肯定句的作家，这种自我分裂也许真是她的担忧之在，“担心别人看不懂”，比如她在小说中经常把死亡随便打发掉，不是“恶心”就是“差点笑出来”，居然在别处说出“生死那么痛切”这样具有判断性的话。于一爽的小说中涉及男女之事，如果可以借用爱情这个词形的话，它们也只是插曲性质，她在《头等舱》的创作谈里说：“因为过于认真就会失去，害怕失去，所以打算一开始就毁了自己和对方。一句话——所有人丧失了爱的能力。”既然是丧失了爱的能力的一群人，那么爱情就从来不是一个完整的故事，是首鼠两端、浅尝辄止、欲拒还迎、欲罢不能，所有在小说中呈现的都是爱情痕迹。余虹无意中透露自己电子邮箱的提示问题写的是——爱情是什么，余虹死后，“我突然有点后悔，我们在一起的一年中，差不多见了十几几十次，我都没问过余虹到底喜欢我什么，或者她压根一点儿也不喜欢我。我甚至进一步想到跟余虹做爱的细节，而现在这个人早已化成粉末”（《自行车》）。无论是喝酒、死亡还是爱情，在作家的抱负与小说中的具体呈现之间，如果真正有一个连接方式或者是卸下负担的方式的话，那应该就是痕迹了。毛姆的小说《刀锋》中有一句话，生命一朝结束之后，这一生留在世界上的痕迹，不比石子投在水中留下的多。如果文学的最终敌人是这一生的漫长时空，在生命的痕迹中去做功课，明知其虚无依然要写，这是你对这个世界的感情，就像《自行车》里的老土，他对世界的所有感情都表现在他的粗俗上。

三

作为读者，会觉得于一爽小说所提示的重要的甚至不是当代经验，而是当代经验的呈现方式，每一个人都在宣称自己拥有自己的当代经验，而且这几乎无可辩驳。说到每个人的当代经验，卡尔维诺在写作之初，也曾经把表现他们的时代当作是每一位青年作家必须履行的责任，他也曾满腔热情地尽力使自己投身到推动本世纪历史前进的艰苦奋斗之中去，献身集体的与个人的事业，努力在激荡的外部世界和那时而悲怆时而荒诞的景象与内心世界追求冒险的写作愿望之间进行协调，但他发现外部世界非常沉重，发现它具有惰性和不透明性。如果作家找不到克服这个矛盾的办法，外部世界的这些特性会立即反映在作家的作品中，这句话的意思跟最近一句非常流行的尼采的话应该是同义的，“当你凝视深渊的时候，深渊也在看着你”。

作为第一部小说集，其实没有什么可以指手画脚的，因为许多人的写作开始是很偶然的，过程不仅仅是“复杂多义”，而且其中的意象和幽微也是通过我们想象不到的“由我心传至你心”的过程，谁都无法预判被某个人的写作收留的东西要走到哪里去。但隐隐地在畅快的阅读之后，又会觉得这肯定是一个非常舒服的写作方式，很容易滑入慵懒，在一个非常容易占据制高点的位置。比如，于一爽很喜欢反问，在前言中她和作家苏瓷瓷聊天，“文体的界限是不是也在模糊”“如果只是写一个故事，什么也不表达呢”，这些都不是能够轻易被驳倒的立论，但却都是一个非常容易的提问方式，相比来说，我更赞赏实践这句话，而不是轻易说出这句话。一次性的任性的立论，就像毛姆说小说家如何描写一个人的外貌，这是所有小说家都觉得最棘手的一件事。最普通的方法当然是一本正经地列清单：身高、肤色、脸型、鼻子的大小、眼睛的颜色。还有作家喜欢用写意的手法，完全忽略客观事实，写到人物样貌时，妙语连珠，只用一两句隽语，或者只通过描写几个活跃的旁观者对他容貌的反应，就能让读者在心中构建出一个人物形象来。但毛姆说，这样的描述也就止步于此了，没法再深入下去了。他觉得那些作者对自己所塑造的人物根本没有勾勒出一个清晰的形象，只是他们写得轻松活泼，便掩盖了外貌特征有多重要。他们是在逃避困难。究竟怎样是好的小说或者好的人物外貌描写方式，毛姆没有给出答案，但批评了两种方式，又提出一个高级的要求：不能逃避困难。

如果你总是给出疑问外形包裹的结论，那就是一次又一次从海滩上溜走的波浪。年轻的作家撒娇任性是具有创造力的，但是总撒娇任性就很没劲，因为不能一直玩弄把语言、句子、情节动辄推至虚无的游戏。如果一直如此，自然要回答这样的疑问，既然世界是虚无的，作为"人事"的写作，我们撒娇给谁看呢？必须承认，解构和戏谑别人是有快感的，但很快会殃及自己，聪明的人立刻补刀斩断自己的优越感（以幽默的形式），但重复难免成为一种虚荣和表演，并且顾影自怜，或者是言辞的游戏，所推崇的真诚也就浮在唇齿之间。就像是卡尔维诺说我推崇轻绝对不是嘲弄重，相反他非常尊重"重"。布罗茨基《在但丁的阴影下》一文中说援引了蒙塔莱是一种诱惑，的确如此，因为他说，文字艺术"属于一个再也不能相信任何东西的世代，这对于任何深信这种虚无的终极高贵性或深信这种虚无需要某种神秘性的人来说，也许是一件值得骄傲的事，但它不可以成为任何人的这样一个借口，也即仅仅为了使自己有一种风格而把这种虚无转变成对生命的似是而非的肯定"。

于一爽写作最杀手锏的武器是祭出了"天真"和真诚的大

旗。小说中“很多人在20世纪90年代叱咤风云，随着新千年的到来，某种程度上说，已经被抛弃了。当然，如果不想被抛弃也很容易，但是因为太聪明、自我意识太强，所以把自己放置在了生活的边缘，觉得随时会被甩出去，有很强的宿命感。于是生活对他们来说成了一场接一场的饭局，总觉得人生不能是水的人生，铁打的饭局流水的姑娘，但愿长醉不愿醒，对自己感到了深深的失望，于是对世界整体瞧不起，偶尔也幻想自身的改变，但是已经没有了改变的能力。当然对比那些顺势而为的成功者，他们反而呈现出一种天真”(《头等舱》)。而说到自己为什么写作，于一爽是这样回答的，“我觉得总体来说我对生活也是颇为严肃的。怕死，总想留下点什么。还有，我觉得我要对我的生活真诚”。在对作家固守的城池感到窘迫狼狈，心生焦虑的时候，作家站出来揭底，宣称自己的真诚，也曾把那一代人的“天真”奉为至尊。真诚、天真这些经历了先锋派写作之后名誉不保的词，其实有一个非常漫长的历史演变历史，曾经这个世界是不能问真假的，但真诚被当作一个重要的事件需要自己宣称时，一定是到了某种时刻，因为真诚在某些时刻当然具有巨大的原创力。

特里林在《诚与真》一书中说:“为了获得真实，某种文化或某种文化之部分的协同努力生成了自己的陈规、自己的一般性、自己的陈词滥调、自己的格言警句，萨特从海德格尔那里借了一个词，就是饶舌。”于一爽的小说中隐藏了很多警句，装扮成其他方式借用小说人物的口说出来，毛姆《刀锋》中的句子“难道人逃避欲望的方式不应该是先满足欲望吗”，赫拉克利特的“下降的路与上升的路是一回事”，还有本书的标题马克思的话“一切坚固都烟消云散”，还有各种自我圆解的语句，可能都是一个饶舌的过程，不过这都是真诚付出的代价。但瓦莱里说，文学不是别的，而只是对语言某些内在品质的拓展和运用。于一爽在《头等舱》的创作谈里也说到语气对于一个作品的重要性，她愿意相信最表面的是最深刻，就像人和人之间的皮肤其实是最远的距离。词语和声音比意念和信念更重要，愿语言延伸她的路。

于一爽的小说集《一切坚固的都烟消云散》有一个出版说明：本书描绘了现代生活中的一类人，他们基本上把自己置于生活的边缘，过一种害怕伤害、颓废而空虚的日子。他们中的两性关系真真假假，分分合合，在这种关系中寻找情感的逃避，并获得一种存在感。这个貌似谦卑并后撤一步应承“不是生活的全部”的说明中，其实是在非常正式地宣称另一种边缘的“写实”及其存在的正当性，“揭示了传统价值观在社会现实生活中发生裂变的重大课题”。关于这一类人和生活的正当性，于一爽在《头等舱》创作谈中也有正名，“在这个时代，这个城市，尤其是在北京这样一座城市，当无数的外来者在写如何跑步穿过中关村的时候，我对北京的全部理解就是：因为它是一座政治权利太集中的城市，所以灯下黑，所以有足够的生存空间提供给寄生虫们”。以传统价值观的裂变、重大课题等词语去对接攀连于一爽那种非常个人化叙述的生活痕迹，中间有很多次滑脱的可能，但总还是不落窠臼，因为于一爽在粗糙、不恭的小说语调外面是有一种相对于其他存在方式的“理解”，一个拥有对立面的说话者、小说家，他就不是真正的随心所欲者，无论旁逸斜出到哪里，无论解构到哪里，还是有一个归途的，他的怕与爱。

《上海文化》2015 年 3 月号

徽章的力量

——《从你的全世界路过》和另外的写作

一

张嘉佳铺排华丽而揉捏到位的文艺腔调，孤注一掷坦白给世界看的风格，废话流般让人没有喘息空间的语速，让我们在集体妄图现实主义的焦虑中放了个风。如果我们把张嘉佳的作品称为小说，小说的本体论任务就在于为我们重新找回昆德拉漂亮地称之为“生命的散文”的东西，而“没有任何事物像生命的散文如此众说纷纭”。

一旦被列入“生命的散文”这样宽泛而没有现成章法的体裁，就会发现张嘉佳的小说世界也是丰满而又诱人的。《从你的全世界路过》是一部后青春回忆录，是一部掺杂了七情六欲的青春奏鸣曲，他的“全世界”从作品来看，就是爱情、青春、友情、游历、放荡、豪迈、不羁等等，形形色色的主人公到处串场，转身却又不见，有温暖的，有明亮的，有落单的，有疯狂的，有无聊的，也有莫名其妙的，还有信口乱侃、胡说八道的，每一个人之于这个“全世界”来说，都是飘荡的碎片，但它们拒绝成为漫长而有教益的人生故事，它们是“另外的写作”，却未必是另类的。

迈克尔·伍德在论及昆德拉的小说人物时，有一个说法，不管在小说里还是小说外，人物最重要的地方在于，他们的需要对我们而言是否真实，我们是否能够想象他们的人生。所有令人难忘的小说人物，既是真实的，也是想象的历史的片段，是搜集起来用语言重新创造的历史的片段，所以他们像我们见过的人，而且比这更好的是，也像我们还没有见到的人。

“他们的需要对我们而言是否真实”这个标准应该有两层意思。首先用毛姆的话说，可能就是人物的个性，他们的行为应该源于他们的性格，决不能让读者议论说，某某人决不会干那种事的，相反，要让读者不得不承认，某某人那样做，完全是情理之中的事情。其次，还是一个“他们是怎样的人”与“他们是谁”之间的差别，很多专注内心的小说一直缠绕的问题是他们是怎样的人，而有纵深感觉的小说才会关注他们是谁的问题。张嘉佳小说中形形色色的人物是怎样的人？我们可以简单组合一个群落：他们有过微时的落魄，他们说着废话流抵御着生活中的那些伤害，分手或者离婚；他们有过赚钱的幻想，被打击了之后沉迷于游戏；他们爱着一个男人或者一个姑娘，用全部的心血和热情，但有的成功共同回忆往事，有的失败完成自我成全；他们爱着自己的狗伙伴梅茜，他们知道不是狗离不开他们，而是他们离不开那只狗；他们爱着那些消失了的人，姐姐或者某个让你心动的姑娘；他们离开脚下的土地，去放开那个被捆缚住的自己。他们是一些面目不甚清爽、真实生活着的青年人，他们的生活因为张嘉佳的叙述而有了一种戏剧性，但万宗归一，他们就是书中第四章“那些细碎却美好的存在”中玄虚而言的那种普普通通的存在者，“不要多想那些虚伪的存在，这世界上同样有很多装逼犯，我偶尔也是其中一个。如果尚有余力，就去保护美好的东西”。

如果所谓的“历史”是重大事件的话，这一代人几乎没有进入过“历史”，张嘉佳不是去复制经历过的生活，而是有意识地制造一种历史感，来营造的一种与其说是差强人意的历史感觉，不如说是一种熟悉感。1990 年代末期 2000 年初期这一段时间内，异地恋的校园电话卡这种时光渐逝的见证物，初恋的兵荒马乱的情绪，还有那些具体而又潜藏着共同记忆的生命中的时间制造了一种熟悉感——比如“1999 年 5 月，大使馆被美国佬炸了。复读的我，旷课奔到南京大学，和正在读大一的老同学游行”；“2000 年，大学宿舍都在听《那些花儿》。九月的迎新晚会，文艺青年弹着吉他，悲伤地歌唱：‘啦啦啦啦，啦啦啦啦，啦啦啦啦去呀，她们已经被风吹走，散落在天涯……”；“2001 年 10 月 7 日，十强赛中国队在沈阳主场战胜阿曼，提前两轮出线。一切雄性动物都沸腾了，宿舍里的男生怪叫着点燃床单，扔出窗口”；“2002年底，非典出现，蔓延到2003年3月。我在电视台打工，被辅导员勒令回校。4月更加严重，新闻反复辟谣。学校禁止外出，不允许和校外人员有任何接触”。（《末等生》）

接下来一个更需要追问的话题是，他们是谁，他们来自哪里。可能是来自东北的一个姑娘，可能是江苏的某个小城市男孩，与当代中国电影电视剧中的小镇青年面目相似。他们所归属的是城市中的中等阶层，如今他们有着不差的收入，或者还有一些来历不明无需确证的富二代，他们能够转身就离开困境之地，下个决心就能做到去周游世界。比如在《骆驼的姑娘》中，朋友失恋了，就可以劝他，“老在家容易难过，出去走走吧。他点点头，开始筹备土耳其的旅行”。这不是一个普通凡俗的人可以拥有的选择，他们非常便利地追寻和享用旅行的意义：“美食和风景的意义，不是逃避，不是躲藏，不是获取，不是记录，而是在想象之外的环境里，去改变自己的世界观，从此慢慢改变心中真正觉得重要的东西。就算过几天就得回去，依旧上班，依旧吵闹，依旧心烦，可是我对世界有了新的看法。就算什么改变都没有发生，至少，人生就像一本书，我的这本也比别人多了几张彩页。”他们笃信“美食和风景，可以抵抗全世界所有的悲伤和迷惘”（《旅行的意义》）。

张嘉佳作品中的人物基本都接受了大学教育，无论对这个制度是嘲讽还是无动于衷，他们基本都坦然接受了大学教育。

除此之外，看不到更多的明晰的文化背景，或许从小说中人物的自我“坦白”可以瞥见某种端倪。《旅途需要二先生》中提到过早年看的《大话西游》和美国公路片，和泪共唱的《一生所爱》。《河面下的少年》中则有一大段关于我们青春的各种流行文化符号的排比堆砌，“我们喜欢《七龙珠》。我们喜欢北条司。我们喜欢猫眼失忆后的那一片海，我们喜欢马拉多纳。我们喜欢陈百强。我们喜欢《今宵多珍重》。我们喜欢乔峰。我们喜欢杨过在流浪中一天比一天冷清。我们喜欢远离四爷的程淮秀。我们喜欢《笑看风云》，郑伊健捧着陈松伶的手，在他哭泣的时候我们泪如雨下。我们喜欢夜晚。我们喜欢自己的青春”。张嘉佳的叙述是直白而坦诚的，这些人在流行文化中长养着，并被流行文化塑造了人生和世界，它们是这一代人的文化基础，是他们表达自己的情绪基础，也是他们情感共同体的入场券。男欢女爱的模式，对情感的态度，还有自我解脱的方式，戏谑而无奈的语调，基本上都是来自这种流行文化的滋养。

张嘉佳的作品不是这个时代的孤例，我们可以推而广之。韩寒的 APP“一个”，他新拍的电影《后会无期》，新媒体上的非虚构写作“记载人生”“果仁小说”等；写《谁的青春不迷茫》《你的孤独，虽败犹荣》，以“坦白说”作为口头语和个人标志，分享自己的成功与失败捕获大量在校生拥趸的刘同；《最小说》中厉害的写手安东尼，写作从来不加标点符号，擅长从平淡生活中发现闪光点，捕捉生活小情趣，笔下文字自成一统，充满童话梦幻色彩。他们都可以在一个宽泛的意义上归为同类。如果从"同时代人的写作"最表面的意思来看，他们的确是在制造一种半径最大的共同体情感，我们的青春，我们的爱恨情仇，我们的粗糙与不经，不悔与悲壮，寻找与迷茫。刘同的读者在给他的留言里说："《孤独》却让我深受震撼——正在经历的孤独，是迷茫；经历过后的孤独，是成长！青春是一本书，每一个阶段都会有一段刻骨铭心的故事，这些故事或悲伤，或愉悦，或留在记忆里成为不想触碰的红色区域，或成为随时都想与朋友分享的光辉事迹……不论是什么样的故事，都离不开亲情、友情、爱情的主题。"他们是以平等分享的方式来面对自我经验的，长期以来我们评判一件艺术品的价值，基本基于如下的原则，不是它能在哪些方面服务于我们，而是看它让我们摆脱怎样的思维定势。但张嘉佳们是逆行于这一原则的，它首先是服务于读者的，是体贴入微的写作，更重要的，他是跟你在一起的。尤其是对 1980 一代人来说，他非常朴素地唤起了一代人的共同生活图景，当然那也只能是一个曾经非常朴素的生活时代，才能在目下煊赫的时代，引来念念不忘之回响，"在空闲的时候，我和大家说睡前故事，从来不想告诉你解决问题的方法，只是告诉你活着会有这些问题。而这些问题，我们都会找到解决的办法，每个人都不同，所以不需要别人的教导。只需要时间，它像永不停歇的浪潮，在你不经意的一天，把你推上豁然开朗的海阔天空"(《写在三十三岁生日》)。

当然张嘉佳几乎每一个故事的最后必然有一颗对世界的炽热之心，拒绝指向虚无与悲观，这反而与严肃文学或者说文学杂志上的文学有一道明晰的界限。几乎所有文学期刊上的人生故事，都沉浸在一种青年失败者的氛围中，“这个时代有点糟”“我们是一群失败者”成为难以克服的最终反应，他们在强力的时代洪流和宏大的社会运转中，没有获得先机，于是随波逐流，陷入平庸与重复，跌入虚无的深渊中。在《猪头的爱情》这篇小说中，猪头的女友崔敏曾经被人怀疑偷了钱，猪头打工赚钱，想还给被偷的女孩，让她消除嫌疑，但等到攒够钱，彼时女孩已经转校。十年之后的聚会上猪头的男人誓言是，“一旦下雨，路上就有肮脏和泥泞，每个人都得踩过去。可是，我有一条命，我愿意努力工作，拼命赚钱，要让这个世界的一切苦难和艰涩，从此再也没有办法伤害到她”。虽然这个故事里面有命运的无常，生活中淡淡的艰辛，但张嘉佳始终让整个故事没有离开既有的跑道，这个无常并没有改变他们生活的本色，他们依旧有着回忆时刻的万丈光芒。张嘉佳这种毫无遮蔽之意的文字，大概是在这个时空中所能做到的最不虚无的，虽然这些文字的底色说到底还是虚无的，人终有一死，或者如奈保尔《河湾》的开篇所言“世界如其所是。人微不足道，人听任自己微不足道，人在这世界上没有位置”。在人生问题没有“根本”解决方法的时候，或者说这个部分是个人努力与奋斗所无法触动的铜墙铁壁的时候，这些可口的文字是精致包扎后送到跟前来的一个看上去完美但又粗糙、简单的生命“解释”:“过自己想要的生活，上帝会让你付出代价，照顾好自己，爱自己才能爱好别人。如果你压抑，痛苦，忧伤，不自由，又怎么可能在心里腾出温暖的房间，让重要的人住在里面。如果一颗心千疮百孔，住在里面的人就会被雨水打湿。……过自己想要的生活，上帝会让你付出代价，但最后，这个完整的自己，就是上帝还给你的利息。”(《写在三十三岁生日》)

纳博科夫说，风格与结构才是一部作品的精华所在。张嘉佳当然形成了自己的简单粗浅的风格，他喜欢机关枪一样的语速，乐在其中，奇异的排比句，句子空洞而炫丽，说过好像没有说过一样，可能他们与读者的快感全在于说出的这个华丽丽的过程。那些呢喃的话语的确具有按摩治愈的疗效，死于列车出轨的朋友多艳，就是靠着这种排比句，从悲痛、愧疚转而消弭到青春无悔的模式去中了，“纪念 2008 年 4 月 28 日。纪念至今未有妥善交代的 T195 次旅客列车。纪念写着博客的多艳。纪念多艳博客中的自己。纪念博客里孤独死去的女生。纪念苍白的面孔。纪念我喜欢你。纪念无法参加的葬礼。纪念青春里的乘客，和没有返程的旅行”(《青春里没有返程的旅行》)。

张嘉佳的语言文字以及唯美的故事容易让人沉迷，以至于我们会暂时搁浅这一代人不言自明的生活语境，憧憬着有一种生活如他们一样绽放或者放浪。他们无一例外都不谈时代的艰难，没有腐败、矿难、贫富差距、自我囚禁、时代板结，没有彻底的绝望，庞然怪物般的空虚，当然他们也很少以正面的方式谈论历史、政治，这些几乎都是一种简单的装饰性背景，毕竟无论写作者如何回避经验都无法抹擦干净历史的痕迹。比如“文革”，以他习惯的“镶嵌”方式出现在一篇故事中，一个老三届的妈妈，教训年轻儿子不敢表白爱情，说“我上山下乡，知青当过，饥荒挨过，这你们没办法体会。但我今儿平安喜乐，没事打几圈牌，早睡早起，你以为凭空得来的心静自然凉？老和尚说终归要见山是山，但你们经历见山不是山了吗？不趁着年轻拔腿就走，去刀山火海，不入世就自以为出世，以为自己是活佛涅槃来的？我的平平淡淡是苦出来的，你们的平平淡淡是懒惰，是害怕，是贪图安逸，是一条不敢见世面的土狗。女人留不住就不会去追？还把责任推到我老太婆身上！呆逼”(《老情书》)。沉重的历史、残酷的往事以一个老太太戏谑的方式拉平到爱情的俗套上，这是时下多数文学的一种通病，只不过有病理深浅的区别。

二

1947 年，阿尔贝·加缪创作了《鼠疫》，在法国文坛引来无数批评，主要批评者还是他的好朋友萨特和波伏瓦。他们认为当一个社会被一个作恶多端的无能政府制造出来的黑暗笼罩的时候，身处其中并拥有极大影响力的作家，其创作如果不涉及政治和历史立场，不主动担负起深厚的历史责任，不指认（即便是隐喻的形式）罪恶的来源，那么，他的写作就是不负责的，就是不道德的。由此推之，如果在一个涌动着无数暗流、贫富差距每天都制造不同故事的时代，不涉及现实，不主动担负起历史责任的写作也同样是不道德的。而在我们的潜意识中，这种道德基本是针对严肃文学的，也会在许多偶然时刻，比如通俗文学太招摇过市时，成为挥向它们的定制武器，虽然结果都是各说各话。从经典文学的角度来衡量、蔑视、忽视甚至鄙薄通俗文学是容易的，就像我们一直所做的那样，在这条道路上我们有历史传统，也有鲜明案例。而现在鸡汤文的命名是最便捷的方式，只要被归入这个范围，就像刺上红字的奸夫淫妇，如果愿意吐上一口骂上一句固然是正常的人类选择，最高傲的方式莫过于转过头去视而不见，当然这也是一句非常流行的鸡汤文。

无论我们如何谈论通俗流行文学，也或者避而不谈，都不能阻止这种文学的突然疯狂成长，或者一直成长。张嘉佳的睡前故事大概是今年最为畅销的文学类书，据说在上海书展期间销售量仅次于郭敬明。当有大约200万的人都在阅读一个“80后”作家絮叨睡前故事的时候，加上被王家卫拍成电影，这个数量还会以更狂暴的方式上升，还是有一种壮观的即视感。参加过这一次张嘉佳的见面会，从一个城市凑起来的人群里大部分是年轻的女人，年纪相差在五岁左右有过共同经历的一代人，当然还有一些老的小的文艺青年。伴随着柔和轻缓的音乐，饱含午夜电台文艺散文朗读腔调的女声读出张嘉佳的那些与狗狗梅茜的故事——《给我的女儿梅茜，生日快乐》:“我们要沿着一切风景美丽的道路开过去，带着你最喜欢的人，把那些影子甩在脑后。去看无限平静的湖水，去看白雪皑皑的山峰，去看芳香四溢的花地，去看阳光在唱歌的草原。去远方，而漫山遍野都是家乡。”一个爱护动物又不是激烈的猫狗平等主义者，一个情贴心灵的麦田守望者，一个敏感不屈满怀热情的灵魂，一个历经沧桑初心永葆的大众暖男的作家形象呼之欲出。

销量和影响大到成为现象的此类通俗大众文学，改革开放以后是从琼瑶风靡开始的，历经岑凯伦、安妮宝贝，知音体、读者文、张小娴、连岳、陆琪等，其实我怀疑村上春树、昆德拉也是部分被以通俗文学的方式接受的，在这个名单上似乎还可以加上王朔、王小波、石康等人，不管是经典作家，还是二流段子手，在大众读者接受的角度上可能都是被扯平了的，都是我们心灵的按摩师。而不得不说的是，现在的张嘉佳是一个定制版的综合体，我们可以在张嘉佳的暖男体小说中时时遇到熟悉的声调、故事，有波拉尼奥式漫游的不羁，有王朔式的痞气，有青春的粗糙杂乱，也有周星驰式的戏谑无厘头，有琼瑶爱情女神的执着，有连岳、陆琪的鸡汤风范，还有韩寒电影中的类似的“没有看过世界，怎么会有世界观”的行动哲学，还有许多其他面目熟悉的二手哲学，总之这个张嘉佳不是横空出世，而是慢慢浸染中成长出来的一颗饱满硕大的果实。

每一个文学青年都知道阅读文学名著的重要性，要读经典和名著几乎成为文艺青年的标配，它们是营养和方法。而当下流行的书，最好勿听勿看，都是速朽的。经典是什么？卡尔维诺为此给经典下了十二个定义："经典作品是这样一些书，它们对读过并喜爱它们的人构成一种宝贵的经验；但是对那些保留这个机会，等到享受它们的最佳状态来临时才阅读它们的人，它们也仍然是一种丰富的经验。""经典作品是一些产生某种特殊影响的书，它们要么自己以遗忘的方式给我们的想像力打下印记，要么乔装成个人或集体的无意识隐藏在深层记忆中。""经典作品是这样一些书，它们带着以前的解释的特殊气氛走向我们，背后拖着它们经过文化或多种文化（或只是多种语言和风俗习惯）时留下的足迹。"……经典的定义流毒深远，经典几乎成为了一个精神桀骜的标杆。韦勒克、沃伦合著的《文学理论》一书中提到，"我们怀疑这种只读经典的读书原则对于文学研究的实用性。这种读书原则恐怕只是对于科学、历史或其他累积性和渐进性的科目来说才值得严格地遵守。在考察想象性的文学的发展历史时，如果只限于阅读名著，不仅要失去对社会的、语言的和意识形态的背景以及其他左右文学的环境因素的清晰认识，而且也无法了解文学传统的连续性、文学类型的演化和文学创作过程的本质。在历史、哲学和其他类似的科目上，阅读名著的主张实际上是采取了过分'审美'的观点”。文学当然也是如此，张嘉佳的畅销书这一类文学作品可能是过分“审美”的观点之外，与现实最短兵相接的部位。

三

张嘉佳，1980 年出生在江苏省南通市的姜灶乡，典型的南方小镇，母亲是教师，父亲是公务员，一个非常典型的中国小康家庭的唯一的孩子。张嘉佳的个人生活除了因学习成绩忽上忽下无奈去复读外，看起来没有什么坎坷，他不是那种备受压抑、心绪发达、内心敏感、带着痞气的挣扎在社会边缘的众多文学作品中典型的小镇青年。张嘉佳在接受采访的时候，把自己描述成一个小镇神童，3 岁时候就通过识字卡片认齐了基本汉字，开读《神雕侠侣》，小学之前，把小镇上能找到的金庸小说都读完了。虽然母亲是数学老师，但张嘉佳的数学却很少及格，母亲甚至有时帮他做作业。四年级时，参加学校举办的书法、围棋、作文等各种各样的比赛，张嘉佳说：“第二天升旗仪式，所有比赛（我）都是第一名，在小镇出名了。”小镇生活留给他的另一部分回忆就是稻田、河流、村庄的炊烟、金灿灿的油菜花；抓知了、摸田螺、偷鸭子，率领 300 条草狗在马路上冲锋……小镇是张嘉佳心中的童话世界，日后在自己的小说里反复出现。而张嘉佳在小镇上的人生以升入大学划上句号，跟所有当代中国的小镇青年一样，他们都迅速融入城市的生活圈子，但张嘉佳似乎并没有经历过城市与乡村的巨大的心理差距（至少从他作品中的人物身上看不出来）。这种心理落差几乎是近 50 年来当代文学中一个最为重要的母题，并且成为支撑起当代文学半壁江山的故事原型，从《霓虹灯下的哨兵》到路遥《人生》、李佩甫《羊的门》，甚至“80 后”的作家韩寒这种上海周边小镇出生的作家，几乎也都在作品和言谈中先天有一种对都市反抗的意味。另外，张嘉佳小说中也没有都市在地青年的那种天然的存在感以及故作声张的“地方志”心态，这些东西日后都以迷茫自恋（怜）、沉溺式的都市青春小说的方式发泄出来，所以张嘉佳的小说几乎没有特别鲜明的都市志痕迹，城市只是他小说故事的发生地。除了几个南京地名，我们很难看到他对都市生活巨细靡遗的细节性的热爱以及由此产生的对城市生活本身的表述。由此，那种寓居都市生活的屈辱、奋斗、挣扎的心态都可以略去不表，都市生活文学呈现的陈词滥调省略不说，这就造就了一种极为简洁、流畅、语速极高，具有速度美的故事流线和抒情语流，也为他小说中的自由随意的心态提供了一种合理性，为小说的轻逸摆脱了多重负累。连人物形象他都开始拒绝往人性深处伸展了，这几乎也是当代文学的另一个母题（人性的复杂、人心的暗夜等），他的小说人物都是那种具有“飞蛾扑火”式美学意味的人物，他们说走就走，不计得失，甚至没有了现代人的算计，离婚的男人动不动就净身出户，以表示对曾经爱情的尊重；暗恋的女人们也都深埋爱情，为那个感受不到爱的男人付出到底。这一切让在现实中翻滚的人们看来，的确是一个具有诱惑力、幻想性，并且因为小说中生活语境的铺陈有了一定现实可行性的类“仙境”。

张嘉佳原本的网络写作中还有另外一些类型，比如鬼怪奇谈《和我长跑十年的鬼，他去哪儿了》，从故事原本的意义上来说，这些文字可能更适合作为睡前故事，据说是为了迎合市场和读者，还是被删掉了。而这些野史怪谈味道的故事，或许可能重新伸张一种文学的趣味，复原一种不同于流俗的小镇青年成长史。所以，张嘉佳体当然是经过选择、包装、打造的一种文学口味，但在严肃文学（或者说杂志、出版社文学）之外，当代中国一直有一批拥趸众多的作家，他们很难说属于通俗文学，但他们属于和鸣最多的作家，他们轻剪人们心翼上的星点，有时候也不过是蹈常袭故，但他们始终是体察时代人心的一条明晰的线索。从张嘉佳到刘同、安东尼以及新的微信写作，好像我们都在诉说自己，对忠实地想象他人的生活，失去了兴趣，或者丧失了这种能力。莫里斯·迪克斯坦特别关注美国文学中60年代作品中的坦白趋势，这种趋势试图把文学从某种停滞不前的形式主义中解放出来，使他接近于个体的体验。张嘉佳类似的创作倾向当然无法与美国60年代文学倾向的历史相类比，但大体的历史情境颇多类似之处。我们也面临某种停滞不前的文学形式，作家们延续着重新模拟事实发生的世界，并由此模仿前辈作家们的思想承担，并幻想获得道德和责任上的光荣与梦想，对现实发出一种声音。此外，新的文学形式比如网络小说等以乖张庞杂的形式吸引了大量欲与欲求的读者，但这又很难获得渴望精神食粮的青年一代的芳心。张嘉佳们的作品拒绝、回避承担透视生活的窗口的作用，它是写给自己和同类的，就像公众微信号“记载人生”的口号，“和对的人在一起”。相对于想象他人的生活，为自我构想一个可能的人类情境，这些作家更在意自己同类人的世界。在形式上，他们的作品更像是随笔或是小品文而不是小说式的叙述，每一个人都有许多故事要诉说，每一个人都有许多情感要倾吐。

“唯我一代”可能是由于作者的懈怠，过于关注自我，或者缺乏想象力而造成的，但也可能和某种贬低技艺和创新、鼓励自我表达的文化氛围有关。将创作者带入作品，可以消除幻想和对生活的平庸模仿，使得读者听众更加关注形式。坦白式的写作方式，不需要辛辛苦苦地设计故事情节、刻画人物性格和周遭环境，也不需要提出曾经让现实主义小说荣耀一时的历史洞见。莫里斯·迪克斯坦说这些小说的作家“仅仅只是作者自己，而不是就现实和再现的关系提出问题，进行反思。他们没有让我们走到幕后，去看艺术创作的过程，看作品在表述中如何观看自身，但是他们也不是完全虚构出来的人物，拥有无限可能的神秘和意外，他们只是写作的人：对他们而言，当务之急是要将那些素材写下来，尽管他们也让故事的主人公陷入爱情与战争，但人物角色只可能生活在作者无处不在的光环之下”。

郭敬明为安东尼《陪安东尼度过漫长岁月》写过一个序言：

> 他一直有一只玩具兔子，他取名字叫不二，走哪儿都带着，一直带去了墨尔本。他会和兔子说话，和它聊心事，和它分享心情，为它拍照（……），带它出去散步（……），并且在我有一次称呼不二为玩具的时候，和我闹了一个星期的脾气。
>
> 他甚至养了一棵像是食人花一样的植物，并取名字叫 GUZZI（好像是这个名字吧，忘记了）。他也会和它说话……他有一天告诉我 GUZZI 心情不好，我问他：“GUZZI 是你女朋友啊？”他说：“不是啊，你看！”于是他开了视频，把摄像头转向他房间的角落，于是我看见了一棵心情不好的食人花……

这是一段非常呆萌的文字和一个让人无法自矜的形象，让人萌生出促狭短暂的爱与温柔，为了一只玩具兔子闹一个星期的脾气，又或者跟一株植物说话，这都是唯我的气息，我们可以体会那种短暂的气息停留与眼神顾盼，或者也竟能付之于荡气回肠的爱与战争，最重要的是它们就是生活与空气，即使外面的人一直呐喊着要戳破生活的假象与幻影。但他们所写下的爱情故事，细节的真实，萌动的思绪，还有大城市夜晚的每一条街道，广袤世界的任何一个为我而存在的地方，都是一枚掷地有声的徽章，散发着它微小而顽强持久的力量。奈保尔说，“每个作家都是带着一个社会、一种文化以及这种文化给予他的安全感来写作，他被这样一个自给自足的世界所保护，所支撑”，他“永远也做不到像海明威那样去写巴黎，带着探险家的自得其乐去描写狂斟豪饮和性奇遇，却从不涉及街上究竟发生了什么”。海明威能够以一个作家的身份来简化上世纪二三十年代的巴黎，而奈保尔却无法把自己放在一个类似的位置上，他心里清楚30年代一个像他这样出身的人绝无可能去到巴黎，就在这样简单的层次上已被拒绝。张嘉佳他们当然也是在许多简单层次上已经被拒绝的作家，依靠着自己的安全感来写作是许多作家没有选择的选择，它只能是袖子上的一枚徽章，不会成为一具躯体，但我们能看到它各个角度的闪亮。

罗兰·巴特说过自己的任务是探索一种文学记号的历史，他讲过一件轶事，法国大革命时期的政论家埃贝尔在写作时，总爱用一些“见鬼！”和“妈的！”这样的字眼，这些粗俗的字眼并不表达什么，然而，这种写作方式却是当时革命形式的需要，它把一种语言之外的东西强加给读者，形式的历史表现了写作与社会历史的深层联系。“张嘉佳们”的小说、散文是我们这个时代有意义的一种文学记号，或者是肩膀上徽章，或许正是靠着他们所提示的形式，才会指引下一次文学形式的变革，如果还会有变革的话。小说家卡萨塔尔不只把作家看作艺术家，也看作见证者，看作有偏见、有人性、愿意学习的人，他认为我们需要从关心这个世界的人身上反观这个世界。有时候不只是关心，也享受这个世界，从唯我一代这种写作倾向的作家身上，似乎看不到对世界的关心，却有享受的热情和耐心。在平滑、鲜亮、炙热、奶白色的光韵之外，伸展的是一片雾气和不安的深渊。但有时候，“却顾所来径，苍苍横翠微”。

《上海文化》2015年1月号

生活充满偏见，和对的人在一起
——新媒体时代的札记

最早开始对新媒体文学有所关注，是源于与一个微博账号“right”的相遇，后来它在微信改名为“记载文本”，是全国最大文艺自媒体组织“文艺连萌”[1]的成员之一。“right”每天发布一篇原创的拥有数字版权的非虚构作品，发表的作品偏好“故事性”，它们宣告于众的是这样的主张：“希望以个体命运在大历史背景下的生活状态与态度为切入点，还原当下社会生态。它不喜欢暴力，对极端亦不感兴趣。它相信世界持有偏见，并鼓励和对的人在一起。希望以个体命运在大历史背景下的生活状态与态度为切入点，利用非虚构、特写、传记、速写、调查等方式，来还原当下社会的生态。它希望的方式是柔软的，轻逸的，优美而不失力量地去观察与反映生活”。在当代文学期

[1] “文艺连萌”的口号是“覆盖千万文艺生活实践者”，这也是所有自媒体特别具有竞争性的一种表现，这个自媒体组织以其庞大的成员队伍如“世相”“读首诗再睡觉”“花边阅读”“机器诗人”等，和庞大的手机端用户群，已经基本成为众多文艺生活实践者的家园。

刊界或者出版界，关于什么是好的文学这个基本的问题，其实更多地是依靠个人的判断和沉默不语的共识，已经很少有这种汇聚一体的表达。亮出自己的宣言这个行为本身即是挑战与区分，它用非常文学化的语言表述自己的叙事半径，“不会第一时间直接进入一个事件或者热点的真相核心，如果别的新闻媒体热衷于侵入一个具象报道热点对象本身，那我们可能一直想到的是，追逐它投射在大地的影子……它是对移动互联时代信息碎片化，以及时效性冲击下的一次反思以及决定好后的彻底背离”。

我们常常对新生事物寄托无妄的理想和渴望，对那些能够刹住习惯性运转的事物谓之以新时代，而新媒体时代这个称呼，因为我们尚且置身其中，磨谷的碾盘还在重复转圈的过程中，必然是一个模糊而宽泛的概念。而背后的潜台词则是，每一个时代都有它吁求、期待的与它合拍而共鸣的文学形式，就像我们以后续描述的方式从历史上习得的诗词之于唐宋，曲之于元朝。而诗词曲在它们自己的时代从来就不仅仅是审美的、文艺的，它们是互致问候，牵肠挂肚，试探问路，应酬答谢，甚至还可能是咒骂发泄，当把诗词从这些人情世故的牵连中抽取出来，典之以文学的最高荣誉时，文学形式的生活意味已经在被遮蔽和消磨。如果真有一个新媒体时代，由于还在延伸和生产之中，我们才能发现那些由生活而产生的尚未精致化的带着生气的文学形式。

“right”的非虚构故事就像我们置身的社会生活一样不修边幅，五花八门，最常见的是“文革”故事，还有各种在传统文学故事中出现但并没有如此逼真的社会情态，比如气功、斗狗、被警察抓、看手相、抑郁症、无人区生活、县城的摇滚青年、编辑部的故事等等，有着“我”的亲身经历和忧伤青春故事的底子，但还没有被抒情现实主义所吸纳，粗糙、凌乱、未经仔细打磨，带着一种类似乡野被主流所关注时的那种殷切和急迫，好多文章都充斥着强烈的倾诉欲望，而不是对自己生活的认真审视。殷罗毕的《那些年，想抓住子弹的气功少年》是一篇较为成熟的作品，记录了曾经在中国人生活中烜赫一时的气功现象，在一个少年的心中留下的印记，在描述这个印记的过程中，一个与当代文学中的“上海”形象对话的地域形象和地方志呈现出来，这是这篇非虚构文章的超越之处：

那时候，我家还住在郊区，三林镇，属于现今早已从所有人记忆中淹没的一个地方——上海县。隔壁的杨思乡则属于另一个也不复存在的地方——川沙县。如今，杨思、三林全部归为了三林街道。这两个县也统统归并到了一个全新的地名里——浦东新区。在这里念叨这些不复存在的地名，因为在我的记忆中，练拳、练功、练气功都是与这些地名和年代连在一起的。当这些地名消失，上海县、川沙县都成为了浦东新区之后，似乎练气功的那些人也都消失不见了。这是在2000年左右的事情。似乎那些农民的楼房被拆迁之后，也就没有客堂那样空大的场地，自然也就没人练拳或者练气功了。

最打动人的一篇是魏新的《那些唱摇滚的曹县青年人》，这篇作品的推荐语里说："刚刚结束的五一音乐节季，爆出诸多狗血新闻，在消费主义的时代里，这大抵已是摇滚常态。但来自山东某县城的魏新，却展开了一幅城市青年所陌生的摇滚图景：乡镇青年用大嗓门吼着过时的Beyond、崔健、唐朝，音乐之外的生活里则是江湖、梦想、成长烦恼、生存问题、爱与性……这种时而黑色幽默，时而荒诞的生活，又何止是乡镇摇滚青年们逃不出的困境。"县城与摇滚这个非常错落的搭配，让这部作品充满荒诞落寞和哀伤的可视感，一方面作者抒发着时下青年作家们陈词滥调式的感情"为什么我每次回到故乡，都感到它一点一点在苍老"，另一方面他又执着于对此地摇滚青年的人生关注，他们和大城市、乡村、家庭、周围的同龄人、流行音乐、观众都有着值得细致描摹的关系和故事，这一切让这个人群的弹跳具有弹性和广度。魏新使用的方式也是对比式的，由一个潜在的对话目标引出这一群落的人生故事，"有人给中国的摇滚人分代，我想，县城的玩摇滚的人，是不是也能分代？如果说给县城玩摇滚的人分代的话，这个红发小伙要排到第几代呢？前面那些代，他们去了哪里？如今在做些什么？"

"right"的非虚构故事比许多小说有"看头"，因为它们很少陷入常见的套路，但与成熟的"非虚构"这种文学形式还有诸多差异。卡波特在《冷血》的记者招待会中，称自己发明了一种新的文学样式："非虚构小说"（nonfiction novel），他强调《冷血》不是"纯粹的新闻写作"，而是"一种严肃的新艺术形式"。这是"非虚构"在美国流行的开始，其后，诺曼·梅勒、汤姆·沃尔夫、《村声》杂志都开始了各自的非虚构尝试，最终形成了一场被称为"新新闻主义"的文学运动。其后，非虚构被定格为文学的一个新类别，而美国新闻的样式也被彻底改变。非虚构写作近年来涌现了一批有影响的作品，如梁鸿的梁庄系列作品、阿来的《瞻对》、李娟的《我的阿勒泰》、薛舒的《远去的人》等等，他们都是在实践一种不同于日渐疲惫和程式化小说写作的严肃的新艺术形式。与出版界"非虚构"文学的声名鹊起不一样，新媒体上非虚构是一种类似于个人志的文体，介于虚构与非虚构之间，带着个人体温，又能在大概念与小自我之间穿插躲闪，并且迅速集结起以共同人群为基础的共鸣感。这种文体是自媒体时代诞生的，篇幅、写作方式都考虑到读者的阅读感受和习惯，从文体上看是一种区别于小说、诗歌、散文、新闻报道等传统权威文体的、既新且旧的文体，更接近广义上的"文章"。

在这种非虚构个人志式的写作中，"真实"依然是一个不能回避的问题，纳博科夫对这个问题的见解在我们这个"信息"

为王的时代或可援用，在他那里，真实既不是真正的艺术的主体，也不是它的客体，艺术创造它自己的真实。他说：“真实是一种非常主观的东西。我只能将它定义为：信息的一种逐步累积和特殊化。举个例子，如一枝百合，或任何其他自然物体，一枝百合在博物学家那儿要比在普通人那儿真实。而对一个植物学家来说，它更真实得多。要是这位植物学家是个百合花专家，那这种真实更胜一筹。这样，你离真实就越来越近，但你不可能完全达到真实，因为真实是不同阶段、认识水平和‘底层’的无限延续，因为不断深入、永无止境。你可能对某件事情知道得越来越多，但你难以对这件事情无所不知。这是没有希望的。所以，我们的生活多少被幽灵般的客体所包围。”新媒体的重要之意即是所有人对所有人的传播，已经突破了传统文学的互动性差的藩篱，并且打开了传统文学和真实的定义，虚构、非虚构、写作在这个意义上已经失去了一部分原有的意义，正是在这个向度上，不断深入、永无止境成为一种写作的品味和取向。

何谓文学在任何时代都是一种意识形态装置，日积月累获得习焉不察的普遍性，并且规约着我们对文学和作家的想象。新媒体时代的文学，因为其工具性的命名所暗示的广阔性，必然是复杂难明的状态，但有一个倾向是确定的，文学从理念高蹈之地向朴素平实和细分的转向。当我们指摘一个时代文学的时候，最流行的方式就是批评它脱离时代的疾苦，或者没有对历史承担的勇气和没有对时代发言的欲望，以及对信仰、真理的探索，民族、家国的意识差等等。现在的文学已经不复1980年代充满理想主义和参与意识的文学，也不再是万众仰慕的事业，作家也不可能承担社会灵魂的工程师的重任，对公众发言并获得积极的响应。它的边缘化已是不争的事实，但由此也获得了一种更接近自己朴素本质的机遇，卸掉了过多的重负。这样说并不是要放弃文学的传承，当然要保持对那种天才文学的向往和尊重，对苦难的理解，对社会的关怀，对自我的反思，但这些文学的高贵品质永远不可能在口号的阶段开花结果，它们必定要落实在想象的空间、故事的讲述、细节的记录、叙事的语调中，并且需要朴素而不是喧闹浮躁的文学土壤。

同时，新媒体文学对地理空间的影响也逐渐显现出来。韩寒曾经讥笑郭敬明的小说是写给城乡接合部的青少年看的，这个说法是符合中国城乡二元结构的国情的。大都市以其现代的形象一直在引领和塑造卫星城市、小城镇和乡村的发展方向，它们以文化和资本的力量创造着生活方式、审美趣味、艺术形象，吸引并能辐射到其他区域去。由此也衍生了都市写作群的一种写作方式和写作内容，对都市生活和细节的某种分享式写作，对异域风光、旅行生活的记录，并且呈现出一种变相的巴尔扎克式写作。网络红人几乎都有一本旅行的书，或者用文学术语说是行走的记录，它们不同于旅行手册，而是在尽力营造和传达一种生活方式。当然在更大的范围内说，这也可能是消费主义的一种规训，不仅要规划你的消费，而且要占据你的业余空间和时间，但他们使用的是没有侵略性的，带着自己体温的方式，并且在传达一种有限的对日常生活压力和制式化生活的抵抗，可能正是这种混杂的情感契中当代中国青年的内心需要。另一方面是微博、微信的出现又在消弭这种城乡二元结构以及背后的经济文化鸿沟，我们有可能重新发现另一个世界和另外的生活——返璞归真、回归自然，比如豆瓣空间上对乡村、小城镇、古典空间的重新发现和文学叙述，这又会形成另一种向度的引领和回归，从文学上营造共鸣、情感共同体、意义共同体、价值共同体以及一种知识的共同体。

李敬泽在《格格不入，或短篇小说》一文中对当代短篇小说的危机有过系统的描述，认为它在当代中国处境尴尬，无法像长篇一样因为模仿我们涣散感官所能触及的生活，而成为单面生活的表征和安慰，以书写的方式确认和肯定这种生活，继而成为人们的心头所爱。它也无法像段子、故事和小小说，回到文学的另一个源头——笔记、流言蜚语、闲谈，从而归依于这个时代的生活世界。短篇小说在这个时代的可能性存在于一种更根本的意识：它的确与我们的生活格格不入，它是喧闹中一个意外的沉默，因此它们的落寞和不合时宜就成了心照不宣的事实。

但新媒体的发力点好多都是落脚在“短”上，传播最多的文类是评论、散文、短篇小说、诗歌，首先是因为它们的短而从传播意义上获得优势的，尤其是微信，首先考虑的是受众的生理上的阅读需要。《果仁小说》[1] 主编阿丁在微博上发起过一个小调查："1. 你想在手机上或 iPad 上读到多长篇幅的小说？（字数）2. 花多少钱读一篇原创小说你认为合适？ 3. 你喜欢读什么类型的小说？" 匿名的读者对这三个问题的回答并没有很大的代表性，他们的回答有的甚至已经远离问题，但从提问者的角度看，这是寻觅和探索某种共同的规约，或者替内在的判断寻求印证，"出于从移动终端作为阅读工具的普世性和大趋势考虑，敝店仅有一种商品出售，即短篇小说。它是最适合碎片化阅读的文体，比如上班途中在公交地铁上就可以读完一个短篇，中长篇耗时费眼，本店暂不经营。如今人类拥有太多的碎片时间，但碎片时间并不等同于垃圾时间。假如被它的主人利用好了，无异于黄金时间。好的短篇小说恰恰具有这一力量。这种短促而精准的文体，最适合作为变废为宝的工具，果仁的使命之一，就是协助热爱阅读的人，把垃圾时间转化为金色质地"[2]。另外一个短篇小说公号"小的说"，也是一个致力于推广和发掘原创的平台，它的口号是"拥抱移动互联网，扛起华语短篇小说复兴的大旗；让写短篇的作者，不但有前途，而

---

[1] 《果仁小说》是国内最有声色的短篇小说阅读平台，国内第一个专注于刊发原创短篇小说的收费阅读 APP，刊发了大量的原创短篇小说，也分享国内外的经典短篇小说。

[2] 阿丁:《有关果仁 APP》, http://blog.sina.com.cn/s/blog_61dfa4850101onp8.html。

且有钱途；让读短篇的读者，不但能读到别人，而且能读到自己”[1]。“小的说”对小说的要求是题材不限，故事性、趣味性、文学性优先。创办者万小刀还给出了一个他本人喜欢的国内小说的参考书目：余华《十八岁出门远行》、苏童《白雪猪头》、安妮宝贝《八月未央》、朱文《我爱美元》、薛忆沩《出租车司机》、李傻傻《一个拍巴掌的男孩》、小饭《为什么没人跟我讨论天气》、韩寒《一起沉默》、蒋峰《我打电话的地方》、路内《十七岁的轻骑兵》、葛亮作品集《七声》等，对篇幅的要求非常明确，万字以内的华语短篇小说。“小的说”还有一套培养作家的计划，给在平台上发表原创小说的作家出书，举办面向更年轻写作群体的小说大赛，这背后都有一种挑战主流文学体制的欲望。“小的说”给出参考书目的行为本身其实是在传达暂时难以明确表述的文学趣味，《果仁小说》在这个方面走得更远，主编阿丁对这项事业有了一个更清晰的规划：“向热爱阅读的用户推介不同于所谓主流文学的优秀小说；致力于成为被传统文学期刊选稿标准拒之门外的写作者之发表平台；把用户的碎片时间变废为宝，以阅读抵抗虚无；让文学更有尊严；无害的阅读使用户离自由更近，而非更远”。无论是区别于“主流文学”的姿态、对抗虚无的旨归，还是对作家尊严的考虑，都具备了一个成熟的共同体设计的框架。很难说，新媒体对“短篇

[1] 引自“小的说”APP 首页。

小说”的热衷与推崇会迅速改变短篇小说的处境，但“短”篇小说或者短篇故事具备“所有人向所有人传播”时代的一切便利，新媒体的加持应该会加速这个文类内部的自我更新和丰富。

没有哪个时代的青年像今天这样与网络新媒体的关系如此亲密共处，并且几乎没有可以后退的路，就像如今没有办法再复原毛笔、繁体字的日常使用一样。尽管新旧媒体对文学的影响一直是争端焦点所在，但毋庸置疑的是，每一个人都在时代中，不会因为暂时的回避和个人态度而改变大势，在这个意义上，没有人自外于新媒体时代。以 1980 年代出生的人为例，网络世界对他们来说，从来就不是一种简单的传播工具和平台，而是塑造并组成他们生命、生活的一部分，他们的青春与成长跟中国网络社会的发展几乎是同步的，而写作的成熟期又与自媒体时代的到来契合。可以说网络既是生命空间，也是群体精神的栖息地，还是进行文学创作和阅读的“共同体”。以豆瓣读书为例，尽管受众群十分广泛，但青年还是占据了大部分空间，自 2004 年出现以后，迅速成为青年读书、交流、写作的一个重要平台，它以小组、发言、收藏等功能，成为写作、读书、思考的一个重要集散地。到 2005 年增加“和你口味最像的人”，还在部分书的介绍页里开通了“豆瓣成员认为类似的书”等功能，成为文学青年寻找族类认同的重要途径。青年在自己的文化空间产生自己的文学想象、理念和认同就有了各种铺垫和支撑，而在新媒体时代究竟会产生什么样的文学是我们需要进一步去观察和探究的话题。

博客、微博、微信等新媒体便捷的交流阅读模式，使作家个人的传播能力得到强化和扩张，在此过程中，既有天下大同的感觉，也会逐渐形成不同的阅读群体和文学风格，无论作家有没有意识到，都会在无形中强化作家的读者意识和自我暗示，并且走在一条不断规约的路上。新媒介除了日常生活的互动性，也在继续深入个人生活空间的阅读、思考和写作，“生活充满偏见，和对的人在一起”，“对的人”可能是对读者的族群认同最简单直接的概括。与传统媒体的论战、网络大战不同，新媒体时代的文学写作，很少涉及尖锐的议题和观点，或者是在论战的历史中淘洗出来的一份平静。和对的人共享某种精神，分享某种情感，至于和对的人在一起之后，再要做什么，随着各种作家作品的出现会给出更多提示，比如豆瓣上邓安庆的散文、小说，沈书枝的古典知识化的散文，我们可以从中看到一种古典意蕴的复苏以及一种自我知识和世界的重新梳理，这是豆瓣这种媒体打开的文学世界。微信公号“上海那摩温”，致力于一种人文志的写法，重建上海的记忆和知识，叙述语调上的诚恳，不虚浮，抱诚守真的一面，让文学的世界更扎实。

在我们这个时代，需要警惕的是巨大的信息含量、广播式的推介方式，这些毫无疑问也会带来一种阅读的虚假繁荣。说句拂逆时代的话，有效的阅读也许在根本上并无改观，尤其是对已经形成自己文学视野的几代人来说，不同文学观念的族群因为接触到其他的文学讯息而改旗易帜的概率并不会很大，而更可能是在信息海洋中重新找到有利自己的例证，巩固自己的文学理念。但无疑分散了焦点和对立，于是在分享的意义上，所有人都是有效的，分享喜怒哀乐，分享我们的生活经验，分享我的世界，在日益壁垒森严、互相隔膜的现代社会中，告诉你陌生人是如何生活的，无论是从文学上还是心灵慰藉的意义上，都成为一种需求，我想这也是为什么最近几年非虚构文学声名鹊起的一个重要原因。所有人都分享艰难的时代，共享一个未来前景的可能越来越小，那么和对的人在一起，就成为最小公倍数式的文学理念。至于这个观念是不是懦弱者的精神鸦片，还有的是时间让我们边走边看，就像雷蒙·威廉斯在《漫长的革命》中所说的："我觉得我们就像是在经历一次漫长的革命，关于这场革命，我们最好的描述也只是局部性的解释。"[1]

部分刊于《文学》2015 年春夏卷

修改刊发于《花城》2016 年第 2 期

---

[1] ［英］雷蒙·威廉斯：《漫长的革命》，倪伟译，上海人民出版社，2013。

第二辑

我们如何呈现历史
——重读王安忆早期小说[1]

1984年初，王安忆从美国回来，“思想感情、世界观、人生观、艺术观等方面都经历了极大的冲击和变化”，甚至出现六个月的创作中断，直到1985年出版“有着非同寻常的意义”的中篇小说集《小鲍庄》，才开始摆脱当时笼罩着她的不安情绪。这个转折对王安忆本人有着非同寻常的意义，既是一个创作阶段的结束，也意味着另一个创作阶段的开始，但是这一转折在文学评论中却并没有受到太多的关注。王安忆作品开始备受瞩目是因为在此之后不断变化的风格与积极的探索姿态，而且她的小说暗合了当时文坛的“寻根文学”“现代主义”“女性主义”“欲望”“张爱玲热”“上海怀旧”等等，成为许多理论与思潮寻找的恰逢其时的解读对象。实际上我们会发现，这些新潮

[1] 基本包括:《69届初中生》，中国青年出版社，1986;《黄河故道人》，四川文艺出版社，1986;《扬起理想的风帆》，中国青年出版社，1983;《流逝》，四川人民出版社，1983;《王安忆中短篇小说集》，中国青年出版社，1983;《尾声》，四川人民出版社，1982;《雨，沙沙沙》，百花文艺出版社，1981。

的概念与符号的分门别类的解析可能有着套搬的痕迹，从而失去了理解一个作家鲜活与生动的写作活动的可能，并切断了所有创作现象的来龙去脉。本文选择重读王安忆早期的小说，一方面是因为对王安忆早期小说评论的不满足，大多数涉及这个时期的小说的论述基本都是一笔带过，或称之为“雯雯系列”，天真诗意，平实细腻，忧伤的情绪与叙述上的心理描写即“心态小说”，或者用后来者的眼光赋予王安忆早期的创作以女性主义的意义，强调她对女性心理和生存状态的持续关注，对普通女性审美趣味的把握等。另一方面，王安忆在回望早期阶段的写作时说：“回顾我十年的写作小说的过程……在最初的时期，我写小说，只是因为有话要说，我倾诉我的感情，我走过的人生道路所获得的经验与感想……在那时，我写小说正处在一个类似童年时期的协调一致的情景之中，我要倾诉的情感带有自然的情态，好比瓜熟蒂落。”[1] 那么这些带有自然情态的“感情”与“经验与感想”，在新的时间点上（与当时的历史拉开一段距离，新问题叠呈的时代）来观察可能有新的感受是考虑重读她的早期小说的另一个原因。

鲍曼在《通过社会学去思考》一书中有这样一段话：“我的叙述走的是循环之路，而不是按照直线发展。一些主题后来又回来了，借助于我们先前所讨论的东西，这些主题得到了再

[1] 王安忆：《故事和讲故事》，浙江文艺出版社，1991。

次关注。这就是理解的所有努力是如何发挥作用的。在理解上每前进一步都是朝先前的必要阶段的一个回归。我们认为我们过去完全理解的东西显示出新的问题的印记，而先前我们对它们没有注意。这种过程永无止境，但在其进程中能收获良多。”这段话在一定意义上也可以作为阅读王安忆小说的某种理论参考。20 世纪 90 年代王安忆写作了数目较多的中短篇小说，[1] 其中相当多的小说是对早期小说主题（知青插队生活、文工团生活、“文革”时期，改革初萌时代的世俗人情）的重新书写：上海市区一条民工聚集的小弄堂里一家小饭店的日常情景，边边角角都在眼前（《小饭店》）；苏南农村一位乡村教师的婚宴，对场面上的人物和喜气体察入微（《喜宴》）；风俗画一般的农村生活风俗（《姊妹们》《文工团》《隐居的时代》）；一对在村里落户的知识青年曲折奋斗中的悲欢交集，乌云一样厚重的生活气氛（《招工》）；屋外是震耳欲聋的政治吼声，屋内却努力经营着没落的资本家家庭中的小资式的暧昧情调（《“文革”轶事》）；粗俗而激烈的生活方式迅速改变着的时代（《长恨歌》）。这些小说，虽然背景和故事各不相同，但是似乎刻意敞开了胸襟要回到早期小说写作的那些主题中去，然而王安忆又是非常避讳说自己是怀旧的，“老是有人说我怀旧，应该讲，我从来不写过去！即便《长恨歌》第一卷也只不过是个引子。我都写

[1] 主要收入中短篇小说集《隐居的时代》《剃度》《稻香楼》。

的是很近的事”[1]。既然不是怀旧，也许只能在“新问题的印记”上理解对“过去”的回归了。那么对“过去”的叙述，换句话说“文学如何呈现历史”[2]就是循环叙述的核心问题。所以我们有必要回顾一下王安忆早期小说对历史的呈现方式，特别是对一些重大历史节点的叙述，以便更好地理解这些被作者循环叙述的主题的意义。

一、知青　改革　“文革”

王安忆正式步入小说创作的时间正是“文革”结束，一个混沌与朦胧的新时代开始的时候，一段历史似乎要尘埃落定，许多匆忙行走的人也要开始摆脱梦魇书写新的篇章了。在这个时间点上，共和国短暂的历史，以各种不同的面貌但大致相同的声音出现在文学作品中，最多的主题就是对“文革”的控诉，对“知识青年上山下乡”伟大号召的怀疑，对知青苦难的陈述，或者对昔日理想情怀的不悔高歌，对“改革”毫无保留的赞誉。这真是一个情绪高涨的时代，如此多的感情与经验需要倾诉，时代文化为作家提供了多种情节类型，作家之间的差异体现在从时代文化所提供的情节类型中进行选择的不同，并通过选取

[1] 木叶:《王安忆：我大概是那种象牙塔里的作家》,《上海电视》2006年第11期。

[2] 王安忆、张旭东:《理论与实践：文学如何呈现历史？——王安忆、张旭东对话》,《文艺研究》2005年第2期。

的情节类型赋予事件以不同的意义。

许多作家最初创作的时候都难以摆脱自己的影子。王安忆刚开始写的小说大部分都以知青为主人公，多少有着自己的生活印记，比如《广阔天地一角》《本次列车终点》《雨，沙沙沙》等，记录那个时代的知青的生活，有单纯的理想，也有勾心斗角的世故。王安忆这些洋溢着青春期苦恼感伤与理想信念的小说带给文坛一股新鲜气息，获得不少赞誉。相比之下《冷土》倒是不那么显山露水，而现在看来《冷土》倒是一篇比较特别的小说，它描写了一个乡村女子，如何经由“工农兵大学生”这一途径，从农村来到城市，她生活的窘迫、困顿与迷茫都和乡村、乡村的人息息相关。推荐进大学，进入城市，在一种生活方式与水准的悬殊中度日，刘以萍实在是个坚韧的女子，她顽强地生存着，但是终于也有情感崩溃的瞬间：同学中的插队青年谈起农村那几年，好似在忆苦思甜；有的人犯了错误，最严重的便是退回农村去改造思想。农村真是十八层地狱。大学毕业之后要重新回到自己的家乡，“只有他们农村来的同学，无可活动，无可争取。他们完全彻底地是从农村来，怎么也赖不掉，只能坐等着被发回农村”。“她感到很悲哀，这世界上最不幸的人要算是农民了。她想到报社那刚调回的右派，诉说起在农村的日子是如何地悲愤，好像是下地狱走了一遭。可是农民他们的祖先、后代却永远在这里，他们该向谁去哭诉呢？”小说自始至终弥漫着一种“身世”的凄苦况味，可以说是一个

"阶层"的苦楚，也可以说是一个被所谓的"文明"唤醒了的人的挣扎奋斗却无法挣脱的苦楚，毫无疑问的是，这个苦楚是不能用"文明"与"愚昧"的两分法来解释的。同时，知青与右派，作为刘以萍的对立面的参照人物，在时代大叙述中被逐渐建构起来的悲情形象在这里也有了可疑的成分。在多年以后的著名小说《叔叔的故事》里，我们还能听到这个声音的回荡：叔叔是一个被错划的右派，遭到历史的不公正待遇，他是中国苦难历程的亲历者、见证人，由于他阅历的丰富及自身的勤勉，最终成为文坛上精神领袖一类的人物。但是，这一历史是依靠叔叔成名以后的讲述及写作来呈现的，叔叔在动乱以前就形成的世界观，高昂的英雄主义和理想主义，随着外在因素的冲击逐渐丧失，沦落为虚无。这个虚无自然不是叔叔们自己意识到的，《叔叔的故事》中还有一个叙述人——"我们"。"我们"以戏谑的口气拆解了叔叔的故事与叙述，"我们"发现"叔叔"的堡垒不是那么坚强与伟大，而是不堪一击。

《冷土》与《叔叔的故事》相比，还是单纯的现实主义的笔法，但是视角的选择上实在有着不可多得的创新之处，其实是与《叔叔的故事》在相同的维度上质疑了历史叙述的单一性和社会公认的叙事版本。《冷土》发表之后引起过不少好评，论者普遍认为作者摆脱了"雯雯系列"的单纯与天真，开始迈向更广阔的天地，但是除了张承志的《九座宫殿》、史铁生的《我的遥远的清平湾》等少数作品外，我们实在很难在之后的文学叙述中找到更多更优秀的继续这一主题的叙事作品。延安文艺座谈会以后所确立的以工农兵为主体的文学叙述模式，迅速被另外的叙述取代，一个明显的标志就是“知识分子型”的叙述者的大规模出现，“叔叔”就是一个典型。“他们”所叙述的中国故事开始游离出原来区域，并且因为实现现代化的时代焦灼感而有了“更大”的指向，“他们”要对这一段历史进行自己的言说与解释，并为自己的青春作证。

这一时期的中国在某种程度上重演了历史的戏剧，中国的上空自 1840 年以后一直徘徊着一个“向何处去”的幽灵，经过“文革”的动乱后，整个中国空前团结一致地出现在“改革”周围。“改革”成为每一个阶层都可以分享幸福的承诺，在这个承诺里，从“文革”中走出的人们终于达成了一个心照不宣的共识，尽管不同的阶层在改革中有不同的利益诉求，但是在改善物质生活、政治民主化、文化开放等许诺下，“改革”本身被赋予了一种神圣性。无论是城市还是农村的改革都在当时的小说中成为核心的叙事主题：国家政策引导下的改革给社会带来了新的变化，“人性”“尊严”的恢复，农村物质生活的改善，大刀阔斧的改革者形象与新时期的“能人”形象的确立。在这场改革的攻坚战中不乏悲壮，不乏喜悦，但总的来说，一种打破迷惘的确定感或方向感被重新确立了。王安忆的小说《新来的教练》《尾声》直接或者间接涉及了改革的主题。或许由于经验的限制，她并没有如其他作家一样着力于对具体的改革实践的呈现，她的改革主题主要体现在塑造了“新人”“能人”形象：谷中（《新来的教练》）和老宋（《尾声》）。谷中是排球队新来的教练，他技术过硬，英俊潇洒，深得女生喜欢，带给球队许多新鲜的花样：海燕式的发型、探戈舞会，但是他也给球队带来了新的早恋问题——一个漂亮的女生爱上了他。小说里谷中的对立面是原来的教练玉华，勤奋认真，纪律性强，把国家的荣誉看得高于一切，但是在球队的成绩上却收效甚微，整篇小说也是以玉华为叙述者的，她对谷中一直抱着困惑的态度，“这究竟是个什么样的人？是好，还是不好……她不懂，还是让组织上来考察吧，她的责任是向组织忠实地汇报一切”。小说的结尾是玉华坚定地把情况汇报交给了组织，有评论者认为，她是阻碍改革的一个形象，因为玉华最终“告发”了谷中。我觉得不应该这么简单地去看，改革者和阻碍者的二元对立是叙述改革的文学的一个基本模式，但是在这个小说中叙述者和作者的道德立场始终都是游离不定的，一会儿是同情式的理解，一会儿是本能的排斥，没有落在哪一方，而是把这个“烫手山芋”交给了组织。也就是说王安忆是带着迷茫超越了这个框架的，没有加入“改革”的“合唱团”，这也可以从另一篇小说《尾声》中得到印证。《尾声》的人物设计基本上和《新来的教练》是一样的，团长老魏忠厚实在，面对新的形势力不从心，团里的经费花销成了头等大事，在金钱当道的社会里处处碰壁；副团长老宋则是一个比较新式的人物，他看得懂形势，爱走些旁门左道，但是能解决一些问题。按照习惯的逻辑，老宋应该是一个扮演拯救者角色的英雄，但是小说的结尾却以一个悲剧式的“历史误会”，混淆了改革者与保守者的区别，“咱们这个团的存在，本来就是一场历史的误会”，“所以，谁当团长，也许都挡不住要垮”。

改革的神圣性在文学作品中主要体现为一种新的道德激情的想象性建立，因此，文学长廊里涌现了大批的“改革者”[1]。在改革中出现的“夫妻反目”“道德滑坡”“手足相残”都被处理成改革的必由之路、改革的阵痛，或者改革的“不和谐之音”。所以《鲁班的子孙》里的矛盾被这个叙述模式化解掉了，于是许多小说都表现出“结尾”的意识形态化，改革与保守的矛盾最终化解，或者间接暗示未来的希望。但是，王安忆小说的结尾却把改革的神圣性消解掉了，“改革者”的命运被悬空搁置，“结尾”就是把整个故事的叙述打一个结，但是在打结的时候就不自觉地解结了。这是许多优秀小说的特点，许多疑问还在路上，“改革”到底在王安忆的小说中如何定位“打结”？《长恨歌》出现，“改革”的草蛇灰线才算有一个结尾，许多读者不明白为什么要写第三章，王琦瑶风雨苍莽一路走来，怎么就在改革后的年代里匆匆被结束了生命。王安忆的回答是“如果没有第三章，就是通俗爱情小说”，可见她是着力写“改革”

[1] 参阅小说《鸡窝洼人家》《燕赵悲歌》《啊，索伦河谷的枪声》《改革者》《花园街 5 号》《鲁班的子孙》。

的，也表达了自己对改革的思考。

不能理解“文革”也就不能理解“改革”，当时有许多关于“文革”的小说、话剧、诗歌，有与主流叙述一致的，也有背离的，比如《重逢》[1] 等，但是关于“文革”复杂内涵及其成因的讨论到现在为止还是一个比较灰色的地带。《流逝》呈现“文革”的方式也许可以回答王安忆为什么对“改革”的叙述会游离于当时的主流叙事之外。《流逝》讲述了欧阳端丽在“文革”十年中的遭遇，她由张家少奶奶落入生活底层，成为张家主要的支撑者，为了养家糊口不得不四处奔走，去寻觅一份她过去根本不屑一顾的最卑微的工作，从而担负起维持一个家庭的重任。“文革”结束后，她重新回到了以前的生活方式中（一种闲适的少奶奶生活），但是在经历了人生的大起大落后，这种生活方式的回归却给她带来了新的困惑与烦恼。她苦苦思索生活的目的与意义，经历了一段思想的斗争后，她终于在舒适安逸的生活与投身于创造性的社会劳动之间，做出了郑重的选择，并且从自食其力的生活中逐渐体会到一种新的人生价值观，这种生活远比她过去的享乐生活清苦，却使她的生活更充实。以这个角度去观察“文革”，就不再是仅仅表现“文革”的危害与疯狂，而是它在一个人的生活中留存下的痕迹，“时间在过去，悄悄地替换着昨天和明天……它终究要留给人们一些什么，它

[1] 金河：《重逢》，《上海文学》1979 年第 4 期。

不会白白地流逝——应当使流逝的岁月留下些什么”。有些东西是变化的，有些则是顽固地保持着，或者说恢复到原来的样子。同样写“文革”时期的小说《墙基》，叙述了两个弄堂里不同人群之间的隔膜与差异，墙基是一个象征物，十分明晰地凸显了隔绝主旨。四九九弄和五〇一弄的人们因文化教养、身份地位相差悬殊而难以互相认同，历史机缘（“文革”）使得理解首先在阿年和独醒两个孩子之间达成，心灵间的冰河融化，墙亦于无形中拆除。这场沟通继而波及两弄居民，傲慢与偏见被友好、平等替代，隔膜和仇恨为了解和尊重置换。然而，十年浩劫过后，畅流的心河却再度封冻，墙基“还在，横着，高出地面一二厘米，固执地沉默着”[1]。改革的神圣性的想象性建立是基于这样的集体共识：“文革”时期是混乱、极权政治、理性丧失、生产破坏的年代，以上两篇小说里的“文革”并没有脱离大时代对它基本的定性与判断，它们的特异之处在于都是从日常生活里寻常百姓的感受出发去表现这些重大的历史事件，细微的情感波动，微妙的难以言说的忧伤惆怅是小说的主要立足点。

这两篇小说，就思想深度而言，《墙基》比《流逝》反映的问题要尖锐得多，虽然后者是年度优秀中篇小说获奖作品。《流逝》的获奖可能是因为它的结尾色彩比较明亮，张家少奶奶毕

[1] 王安忆:《墙基》，载《王安忆中短篇小说集》，中国青年出版社，1983。

竟在历史流逝中获得了自己的一种生活态度，《墙基》则比较灰暗，阶层差异在经历了短暂的和解后重新回到原来的状态。小说就是把现实的墙壁打破后，再赋予它寓言的外形，在这个意义上我们甚至可以扩大这篇小说的外延，两个弄堂可以扩大到城乡之间、第三世界与第一世界之间，可以延伸到另外的小说里，那些削尖了头要改变自己身份的主人公（80 年代的刘以萍，90 年代的阿三等）却永远不能在王安忆的小说里顺遂人愿。在美好的“人性”“人道主义”的关怀成为 80 年代初期文学中塑造人物形象的主流价值标准的时候，阶级、身份差异曾像瘟疫一样使小说家避之唯恐不及，但是王安忆的小说，一直到最近的《发廊情话》《民工刘建华》等，一直延续着这种对不同阶层的人的焦点式描写。她在描写许多下层女性时比较喜欢用一个词——“乡气”，把一个人的品位、趣味、衣着、思维、文化教养甚至内心的一丝触动都考究地掂来量去，这当然有她说的“对象的审美性质决定了我写什么”的原因，那些“庸常之辈”或者市井女性都是她比较擅长的，阶层差异或者说某个阶层的生活方式也一直是她关注的对象。

作家的身份是理解一个作家的必要前提，但是作家同时也拒斥他人对自己身份的固定化言说，因为这里有符号化的危险，也会产生一些难以预期的效果，影响到作家的写作与读者期待。王安忆也会拒绝别人把自己与上海都市、张氏传人、上海怀旧生硬联系起来，但是在另外的方面却不属于此例。在一次访谈中，她说“我恐怕就是共和国的产物，在个人的历史里面，无论是迁徙的状态、受教育的状态、写作的状态，都和共和国的历史有关系”[1]。这样大剌剌的态度，一方面是自信自得，另一方面是真诚，正如她自己所说的，“‘我’是我们看世界的立足点，‘我’也是我们想象世界的立足点。小说是一个虚无的存在，但它利用的是这个世界的相似性，这是通向人们的理解与同情的桥梁。所以，对这个世界认识的真实性就是我们创造的基础。而认识世界的主体——我，首先必须真实”[2]。王安忆并不讳言自己与共和国历史的紧密关系，所以在某种意义上，她的小说也是一种共和国文学，共和国的政治、文化、日常生活经验在对她的小说的理解中是不可或缺的。正是由于以“我”为想象世界的立足点，共和国历史中那些曾经恢宏一时的重要事件，在王安忆的小说里就不仅仅是背景，还是一种成长期的夯实的底子，仔细地洇染在一个“想象的世界”的结构中，而且因着“真实”的态度，这个“想象的世界”摆脱了“众生合唱”的诱惑，在喧嚣中保持着孤独的姿势。张旭东说王安忆“在某种意义上，你就是共和国历史的一个产物，产物也就是成果，就能看到中国历史产生过什么东西，生长过什么东西，这特别重要。在文化史的意义上，对正当性是一个印证，正当性就是

[1] 王安忆、张旭东:《理论与实践：文学如何呈现历史？——王安忆、张旭东对话》。

[2] 王安忆:《充满梦幻的时代》，2000年美国数所大学演讲。

这样建立起来的”。王安忆的小说是可以担当此任的，对共和国历史的审美化的形式处理不仅是内容主题上的，在对小说里具体时间空间的处理上也形成了自己的特点。

二、历史时间与个人生活时间

亨利·詹姆斯说“小说乃是历史，这是唯一相当准确地反映着小说本质的定义”[1]，他所强调的是对故事的一种叙述。小说所叙述的故事及其所负载的人性符码，又都是被规定在特定的时空背景中，也就是说作家需要某种凭据来建构故事的情节。王安忆这一时期的小说都是遵循自然的时间观念，并且前瞻性地开拓了自己的空间，“我的写作是因循了我的自然的成长，这成长包括年龄、经历和经验”[2]。时间和空间既是世界的存在方式，又是人感知生命存在的秩序状态。小说是时间的容器，它能够物化时间、储存时间。王安忆是一位对时间和空间极为敏感的作家，她自己曾经说过，“有时候我想描绘小说这东西的形状。它的时间状态是无疑的，就是讲述的过程，那么空间的状态呢，空间是个令人茫然的概念，它好像很难物化似的，而我知道，空间其实是无时不在的，它是时间的容器，我们存在的本身就证实并使用了它”。空间是融于时间的，在一定意义上时

[1] ［美］亨利·詹姆斯:《小说的艺术》，朱雯等译，上海译文出版社，2001。
[2] 王安忆:《乘火车旅行》，中国华侨出版社，1995。

间与空间是一体的。时间在这个时期的小说中有两个分区——个人时间与历史时间。这两个时间之间的关系勾勒了小说的时间轴心，进而影响了小说呈现世界的方式，体现了一位从共和国的历史中成长出来的作家的潜力与历史的印记。

一方面，历史时间是小说得以结构与谋篇布局的显在框架。1978 年，理论界展开的关于真理标准问题的大讨论与中共十一届三中全会的召开，这两件大事掀起的思想解放潮流波及社会各个领域，“重新估价”“重新命名”、再思考、再定位，是当时反响最为强烈的呼声。革命时期的叙述时间虽然失去了效力，但是它只是在内容上被颠倒了，形式上却延续了革命历史时间叙述。“雯雯”系列、《墙基》《庸常之辈》《本次列车终点》等都是以时代的主题作为展开情节的动力的，这个特征是时代的共性。80 年代新时期文学开端的时候，作家们都有对时代发言的冲动，而且也成为一种时代“意义”。另外，在王安忆的小说里，与作家自然的成长时间相伴随的是历史时间的名誉不再，理想时代的失落，最为突出的是对历史时间之外的时间维度的表现，日常生活里的个人时间开始在历史时间的框架里成为主要的审美对象。《墙基》中有这样一段话：“生命是神秘的，而又是最实际的，生活在世界上，需要有最合理的形式、组织结构，从而才能生活得好。”作家把理解、同情和尊重转向对社会庸常之辈的人生价值和人格尊严的评价，在对普通人生、日常生活的从容描述中，赋予庸常人生以一种人类普遍尊严和价值层面上的崇高感，从而补偿一种巨型崇高感的失落。《庸常之辈》《野菊花》《分母》等篇叙述的是里弄生产组、工厂间的俗男女，三流学校里被充作“分母”的差等生。他们像星星点点开遍田野沟坎的野菊花一样众多，平凡到有些卑微，不经意间就会被忽视，被遗忘。但“尽管它多，它贱，它不起眼、不好看，可是细细打量，也是一朵完完整整的花”。而尊严“是这样重要，如果得不到，灵魂是多么痛苦”，它“本是每个人的权利，随生存而赋有的权利”。人在长期的被封闭，被禁锢乃至被愚化之后，外在压制力量消失或减弱，使得人之生命力、创造性即以不可遏抑之势喷薄而出，对人的本质力量的崇仰，对人文精神的呼唤即迅速蔚为风气。但是，王安忆小说里的“人”缺少这种耀眼的光芒，何芸、陈信都是回城知青、里弄生产组工人，他们的生活沦陷在吃穿住行的战争中。何芸现在一心希望并全力以赴的，就是她的婚事，虽凡俗，但“婚事”作为一种目标，却闪耀着理想固有的那种庄重、神圣的光泽。这种追求与一种务实、积极的生存态度紧密相联，它带有社会基础的性质，况且“这种追求还超越了具体目标本身，它是作为一种人格宣言、价值确证来进行的。何芸所有的辛苦劳碌指向一场婚礼，又不仅仅是婚礼”。我们能感受到作者顽固地要赋予这些个人时间一种“意义”的决心，也就是隐藏在琐碎庸常的行为之后的人之价值与尊严。

王安忆早期小说一个重要建设性的功能就是呈现了个人

时间里的历史时间，虽然宏大的历史时间受到了诸多质疑，但是，《雨，沙沙沙》里的雯雯对希望不灭不绝，“这只是自己一个美丽的幻想，而她却是怎样地信任这个幻想啊！”“假如没有它，世界会成什么样子？假如没有那些对事业的追求，对爱情的梦想，对人与人友爱相帮的向往，生活又会成什么样？”《本次列车终点》中的陈信，下乡十年，放弃了许多属于他的东西，唯一的奋斗目标是回上海，因为那里有许多美好的记忆在召唤他。而当他付出很多代价，历尽艰辛回来之后，现实生活又打破了他对上海留下的那“一片金色的回忆”，使他觉得回到上海是一个错误。他意识到，失去的永远失去了，而“自己追求的目的地，应该再扩大一点”，这是陈信经过十年的奋斗才悟出的人生真谛，同时也是王安忆对人生意义的新的理解。人应该找到一个更远更大的目标。也许跋涉的时间不止是一个十年，要两个、三个，甚至整整一辈子，但有了这个目标，“就不会惶惑，不会苦恼，不会怅然若失，而是真正找到了归宿”。当时的文学批评会把这样的“希望”当作年轻作家天真的歌唱，甚至有点幼稚病的意味，但是从信仰与虚无的中间位置来看，这些“信念”无疑是文学仓库中的一些宝贵颗粒。“改革”以及随之而来的整个社会风气的转变，使得原来的信仰和理想化为虚无，青年们既不能回到以前没有“理想”的时代，也不能回复到理想高蹈的年代，这个“信念”的坚持似乎是唯一可以做到的。

三、结语

1985年以后特别是90年代，王安忆的小说创作日臻成熟，早期小说创作中一些不甚明了的倾向与趋势逐渐成为她自己的创作理念和历史观，这些观念渗透在《小鲍庄》《叔叔的故事》《长恨歌》《乌托邦诗篇》《富萍》等作品中，形成了比较成熟的写作形式。“历史面目不是由若干重大事件构成的，历史是日复一日点点滴滴的生活的演变……小说这种艺术形式就应该表现日常生活……无论多么大的问题，到小说中都应该是真实、具体的日常生活。”[1]作家的历史观念不像早期小说里那么直白与显露，一方面作家的历史观已经包含在内，具体到个人生活时间的维度里去了，另一方面历史观已经进入到了写作技巧与审美的层面上。也许是由于离开了当时历史的现场，焦躁与愤怒、天真与执着都被蒙上了理性的光辉，知青时代、“文革”、改革这些重大的事件尽管再次成为叙述的对象，但当时称之为“未来”的时代已经成为现实，并且这个“未来”也是重新叙述的重要资源。《“文革”轶事》《长恨歌》《富萍》等小说里涉及1949年到80年代的历史，因为有着90年代大众消费社会，甚至新世纪的观照视角，历史不再仅仅是共和国历史上的探索期，而是获得了新的价值意义，所以《长恨歌》里面王琦瑶骄傲地

---

[1] 王安忆:《我眼中的历史是日常的》，载《王安忆说》，湖南文艺出版社，2003。

对她女儿说："你们穿得一点儿都没样，我们50年代虽然穿得灰土土，但是干干净净，大大方方的。""以前朴素大方的中国，相对于现在相对富裕，但是花里胡哨、没有品位的平民化的自由的中国，反倒显得更高贵。而现在不少人拼命追求小康、白领、成功人士，好像很想要高雅的东西，其实却是在追求一种非常庸俗的、平均化的东西。"[1]

"文学如何呈现历史"是一个大问题，尤其是共和国历史时期，"知青下乡""文革""改革"都是引起整个社会共鸣的历史事件，我们可以在众多的小说中还原出一个个"故事"，找到时间上连贯的叙事模式，我们甚至可以受制于逼真性的逻辑，去一一解释历史上的秘密。但是，历史不仅仅是按照时间意义排列的"故事"，它还是一个打碎了时间顺序，凭借前后的参照反映与暗示组合起来的空间"情势"，无论读者作者多么努力，我们所能发现的只是从不同角度探究到的该情势的各个层面。约瑟夫·弗兰克在分析朱娜·巴恩斯的小说《夜间的丛林》时说，"（小说的）八章就像探照灯，每一章都从一个不同的方面探查了黑暗，但是，他们最终都把焦点集中在并且照亮了同一个人类精神的纠结"[2]。尽管如此，我们仍然可以看到当时许多论者对王安忆的批评指摘，甚至指导与期望，本文并不是夸大她早

[1] 王安忆、张旭东：《理论与实践：文学如何呈现历史？——王安忆张旭东对话》。

[2] ［美］约瑟夫·弗兰克等：《现代小说中的空间形式》，秦林芳编译，北京大学出版社，1991。

期小说的价值，回避幼稚与单薄，而是探寻王安忆早期小说对历史的呈现做出的努力与探索，并且期望这种作为一条潜隐的河流泽被其后的创作，对当代历史的呈现与思考达到新的高度。

《当代作家评论》2007年第3期

经验与书写：一个人在路上
——林白的写作

一

林白始终给人一种青春型作家的印象，她的独异之处恰在此，几乎每一部作品都毫无遮掩地推出那个与作家形貌相似的“我”的形象来，尽管她一再划清两者之间的界限，防止那些对号入座的猜测。林白生于1958年，广西北流人。当代文学的批评实践中不自觉形成的代际观念，可能比作家的生平给予我们想象的空间更大。1950年代诞生了一群作家，自1980年代一直到现在，他们一直是中国文学的中坚力量，尤其是在长篇小说的创作上，无论就其艺术探索还是思想容量来看，几乎无出其右者。林白的出场方式跟这些同龄人有些不同，时间上晚了近十年，几乎没有参与到文学与时代的合唱潮流中去，而远离文学与政治的甜蜜期。在一个后辈看来，她似乎更“年轻时尚”，完全是另一个话语系统的产物，是在这些人组成的1980

年代文学繁荣中，左冲右突，寻找到了一条小路，炸裂出一个出口，经过数十年的经营，终于形成了一条宽阔的道路。

与广西北流远离文化中心不同，1950 年代出生的一批作家都是从汉语文化中心地域走出来的，他们写作风格相对成熟稳健，具有明确清晰的文化逻辑和追求，并且或多或少已经参与到当代文学品格的塑造和确立中去。阴郁黯淡的世界、女人们歇斯底里的情绪、女人们的身体和欲望、极端化的男人形象和剔骨般疼痛的叙事语调，在 1980 年代的文学世界中很难找到合适的出场方式。林白说："跟北京相比，北流是蛮荒之地。这种边民的身份就是我生命的底色。"[1] 边地中国与准备脱胎换骨的政治中国、陷于全球化焦虑的经济中国距离遥远。虽然同是知青，与从北京、上海等大城市流放到天南海北的知青相比，她的知青生活失去典型性和落差感；朦胧诗、先锋派诗歌塑造了林白的语言，却没有在诗歌中形成独有的声音。直至今日重新阅读林白的作品，是一次从边地到中心，从私语的女性到万物花开，是离开与回归的悖反，是反复往回的上升调。

讨论作家林白，有两部作品是绕不开的，《一个人的战争》与《妇女闲聊录》，这两部作品在片段式的叙述中撒下预示性的种子。孔飞力在《叫魂：1768 年中国妖术大恐慌》中提到文化中的预示性震颤，它们战战兢兢地为我们所要创造的那个社会

[1] 林白：《我的人生笔记：前世的黄金》，时代文艺出版社，2006。

提供目前还难以解读的信息。文学也属此例，构成未来文学的种种条件就存在于我们周围。当然它们似乎也都被加上了密码，使我们在没有密码本的情况下难以解读。（当这本子终于到了我们手中时，却又已经太迟了。）可是确实可以看到难以为我们解读的种种支离片段，并必须赋予它们某种意义。在赋予意义的过程中有误读，有过度解读，有疏漏增添，这是文学在接受过程中的意义漂移，作品有它自己的命运。《一个人的战争》和《妇女闲聊录》都给当代文学带来过一定程度的震颤，有生命的文学在漂移中脱离了作家、批评家的试图赋予意义的努力，而每一次脱离都是在向无穷的不可知性迈步。

2004 年林白写出《妇女闲聊录》，批评界众口交赞，它的出现似乎是突兀的，超出预期的，同时也带来震撼和惊喜。一部口述实录式的妇女闲聊的片段集锦，它口语、粗糙、拖沓、重复而又单调，一改作家诗意自我的语言风格，有人质疑这是不是文学，或者究竟谁应该是作者？林白还是那个叫木珍的乡村妇女，整部小说都是以她的语气在闲聊。这让我们想起另一个突兀，《一个人的战争》之于 1994 年的文学。与现在相比，那是当代文学极为繁华的年代，刚刚过去的 1993 年出版的重要文学作品有王安忆的《纪实与虚构》与《荒山之恋》、张承志的《心灵史》、陈忠实的《白鹿原》、贾平凹的《废都》、张炜的《九月寓言》、刘震云“故乡系列”、扎西达娃的《西藏，隐秘岁月》、孙甘露的《访问梦境》、苏童的《刺青时代》、马原的《虚构》、洪峰的《重返家园》等等。各种文学思潮都在冒头，并且以自己的实绩做出宣言。林白的《一个人的战争》以自白的方式把暗涌着的、处于混沌状态下的女性成长中的身体感觉和内心的隐秘、黑暗以直白无碍的方式撕裂式地呈现出来，作者、叙述者、作品主人公之间暧昧地交叉有一种斗士般的姿势。卫道士的道德攻击现在看来时过境迁，不值一提，但《一个人的战争》也面临文学上的质疑，女性主义研究专家戴锦华在《犹在镜中》一书中在女性自传、女性写作的意义上肯定了小说所展示的女性世界深刻的矛盾和绝望中的反抗，同时她又不满意小说的文学价值，与杜拉斯、波伏瓦、张爱玲、王安忆等作家相比，戴锦华认为这些作家是一种更为成熟自信，也许更为痛苦的女性表述，同时也是一种极为优美的文学的表述。林白的写作被《一个人的战争》打上厚重的女性主义写作的标签，这是一个作家的幸福，也是不幸。标签可以凸显和放大一个作家的“声音”，带给作品更多的关注，也会掩盖和打击作家其他探索的勇气。软弱的作家可能深陷在评论家和读者的期待中，制造自己的安全感，而自主性强的作家，会一直同命名的力量和自我惯性交战。

从现在往前看，我们会发现林白是一个跟批评界的语言颇多交锋的作家，无论是女性主义写作、个人化写作，还是对底层、纯文学的讨论，都能看到她的作品被卷入讨论的事实。作家的创作历程跟成长历程一样，受到众多偶然因素的影响，一个偶然因素可能就改变了作家的创作思路，我们可以追溯一下林白的创作历程。林白早期小说《十六岁少女的漫长夏天》《四月》《黑裙》等已经初步显露了敏感的女性气质。《十六岁少女的漫长夏天》(《当代》1989 年第 3 期)以一个插队少女的视角，小心翼翼地重述了结伴挖圆形氨水池的少女罗小英的死亡事件，情绪晶莹透亮，像一面担心随时被打坏的玻璃。《四月》(《人民文学》1988 年第 7 期)写了一个突然在四月里唱歌的老姑娘，遭遇单位同事的窥探，小说中流淌的是淡淡的倔强与不恭的况味。《黑裙》(《上海文学》1988 年第 12 期)也是女人的世界，男人是很虚弱的形象，一个是终生没结婚的舅舅，在遮盖和虚掩中别扭地过着生活，另一个是梅兰爱上的一个精神暴发户男人。女人是绝对的主角，一个曾经的新女性被时间吞噬，成为粗糙枯萎的老太婆，一个在男人和都市面前自卑、土气的边地女孩梅兰，心里纠缠着很多关于死亡、爱情、美和现代的问题，梅兰的发小，爆红的小歌星兰妮，倾心地投入时尚的生活，又快速地过时被淘汰。这一期编者的话对这篇小说的解读是:“解剖某种变态的人格……健康人格的丧失，不仅会发生在不正常的政治关系中，同时也可出现在商品关系里。我们的文学已经注意到了民族精神面临的新的难题与新的考验”。1989 年第 10 期《上海文学》刊载的《同心爱者不能分手》是三个女人的故事，“沙街暗黄色的木楼和土灰色的砖房前，像开花似地出现的一个女人”，她穿着月白色绸衣，妖冶动人，诡秘虚幻，跟一只无牙的狗、哑巴女孩、清秀的男教师混在一起；另一个是“我”，跟一个天秤座不婚主义的男人纠缠于的比死残酷的爱之中；最后一个是坏女孩都噜，她大胆地直来直去展示着自己的爱恨和欲望，顽皮自如地应对着生活和世界。神秘女人连同她的世界消失在一场大火中，都噜出国，只剩下“我”——“本世纪最后一位浪漫主义者”。这一期的《上海文学》编者按把大量篇幅给予了写企业改革、时代面貌的小说，完全没有提及这篇小说。事实上，这篇小说是《一个人的战争》的前奏，也具备了故事的雏形。林白应该是杂志比较看重的作者，1994年以前《上海文学》是发表林白小说最多的杂志，该杂志也是90年代思想性、探索性最强的杂志，不置一词的现象还是令人费解，或许可以解释为，评论界或者编辑还没有发现来解读这种小说的语言和概念。

从这个时段的创作来看，林白还是有很多种写作的可能路径的，无论是个人敏感情绪的展示，还是民族精神的难题，以及小说中那个轻微阖动的心灵，与尖锐、躁动、紧张的《一个人的战争》还有一段距离，总之，我们还看不到一个退避到女人生活的“私语”和“个人化写作”的林白。

1994年世界妇女代表大会的召开，对中国女性主义文学思潮是一次有益的推动，各种女性写作都被收拾到一个篮子里，集中面世。“女性”成为一个文学的重要视角，是文学体裁，也是文学方法，还是写作风格。受到这一思潮的启示是在同一间屋子里写作的作家们不可避免的功课，林白不仅仅是受到影响，更以自己的创作引导了女性文学的讨论。林白让我们看她从历史深处和神秘黑洞中打捞出来的女性及女性经验，女同性恋、手淫、性感觉……而这些是从来没有以女性视角中的内容物出现于历史地表之上的，它们隐于历史的幽深处，晦暗不明，是林白让它们浮出了历史地表。林白现在肯定不会认同女性主义写作的概括，她近年的写作已经不是女性主义所能涵盖的，她说："可能潜意识里有，但我不是一个从理念出发的人，《一个人的战争》和《说吧，房间》，别人都说我是严格按照西方女权主义理论来创作的。实际上我不懂女权主义，我买过波伏瓦《第二性》，但我从来没有读过，我写的都是我自身的生命感受。这部小说也有人说我更关注底层，反艺术的精致化的思潮吻合。我其实不知道什么潮流，就是我们家里来了这么一个人，跟我聊天我觉得很有意思，觉得这就是文学，就写下来了。"但1994年的林白会反对被观看的姿势，反对被私人化的写作，但她没有反驳女性主义写作标签，严格按照概念出发的作家应该也不多，多数情况下，概念是一种暗示和召唤。女性主义的召唤力在当代文学中确凿无疑地存在过，也打开了一种写作的向度，比如说女性身体的语言、感觉、意象、潜意识。这个写作的小传统在现代文学的历史上也曾经出现过张爱玲、丁玲等尝试型的作品，但没有获得持续的创作支持，在文学启蒙与救亡的双重变奏中，此道不通，也后继乏人。

即使在最符合女性主义写作标签的作品中，林白也已经溢出这些概念所能统辖的范围。有论者注意到林白作品中的自我质疑色彩，她的叙述始终把叙述人与被叙述人及人物所处的环境剥离开来，这使她的叙述贯穿着一种自由穿越的力量。她的叙述人与人物的自我意识，构成一种奇特的二元反讽关系。她的主人公（自我认同）的形象永远处于生活的弱势状态，她总是恰当地意识到自身的缺陷以及自身的弱势地位，因而她的人物天然拒绝主流社会，与主流社会若即若离，既是一种自怜、自我分配制度，也是反权势的抗议和嘲讽。从这一意义来说，林白的叙事就不是简单直接的女性身份认同，而是不断地拆解，拆解女性最内在的自我——它不是走向肯定，毋宁说是走向更多的疑虑。[1] 女性的身份是什么？女性有身份（性别的、社会的、文化的）吗？林白始终充满了疑虑，她没有驻守女性身份的堡垒，因而也始终保持着一份清醒。最具有女性主义文学色彩的《一个人的战争》《说吧，房间》，小说的叙述路向都不是走向一个终点，逃跑的主人公也决不会遁世不归，或者走入同性的乌托邦，她自慰或者化作一声叫喊。林多米在《一个人的战争》中找到了北京这个辉煌的逃离之地，在《说吧，房间》里下岗失业后从一个人变成一只老鼠，但她自尊而独立地承受着一切。正是这份质疑使得林白的叙事空间和写作维度更宽阔，

[1] 陈晓明:《暧昧的身份认同》,《大家》2000 年第 11 期。

而没有封闭在自我、身体、性这些概念上，而又获得了这些概念所带来的写作的能量和宽度。这也可以用林白自己的话来说："个人化的写作是一种真正的生命的涌动，是个人感情与知性、记忆与想象、心灵与身体的飞翔与跳跃，在这种飞翔中真正的、本质的人获得前所未有的解放。"[1] 飞翔和解放不仅仅是一种身体和精神上的感受，同时也是写作自身的属性。

除了文学价值上的质疑，还有论者把写作中的这种个人解放与自由放置到 1990 年代与 1980 年代个人化写作的背景中对比，认为林白和陈染的女性主义写作是在制造一种秘而不宣的快感机制，"以一种超过直接快乐的最痴迷强度"去欣赏"残缺"的快感。在此过程中，生命"完满性"或"无限性"的理想图景被装置为一个永远不可能抵达的彼岸，而主体则带着一种人类最为久远的忧郁心理和悲剧意识去远远地观望它，在这一观望的最深处，恰恰是主体对观望动作的自我欣赏和痴迷，它构成了 1990 年代以来无数个人的一种新的快感形态，一种带着苦恼的对"残缺"的领受，一种既痛又快的巨大享乐。[2] 放弃重新结构完满性存在的努力和尝试，进而彻底放弃与大叙事相关的一切瓜葛，遑论相关实践的可能性，或者说是对国家政

[1] 林白:《代跋：选择的过程与追忆》，载《致命的飞翔》，长江出版社，1996。

[2] 某些后现代主义者的快乐大本营或许也正在此处，因为单纯的原子式、差异性、碎片化的生存人类自古就有，只有对现代"完满性"或"无限性"理想的解构与超脱才构成了这些后现代主义者最为核心的气质。

治与经济实践的麻木顺应或无所抵抗，最后甚至放弃某些个人曾经认为是自己必需的“有意义的他者”[1]，成为独白（自白）的风格。这也是林白一直自我认可的风格，继续制造单性增殖的私语疆域。

2000年左右，批评界开始对“纯文学”概念进行一些讨论。对林白女性私语式个人化的文学的不满，应该不是针对她一个人，而是批评家对整个90年代以来的文学氛围的不满。除了极其特殊年代的集体创作外，任何一个作家的写作都是个人化写作，个人化之所以成为一个问题，关涉到整个90年代文学写作的大环境以及“纯文学”概念的统摄性影响，“纯文学”概念在80年代表达了知识分子的权利要求，即把文学从政治的捆绑中解救出来，还包括要求文学（实指精神）的独立地位，自由的思想和言说，个人存在及选择的多样性，对极左政治或者同一性的拒绝和反抗，以及公共领域的扩大和开放，等等。“纯文学”从具有强烈的现实关怀和意识形态色彩的文化政治概念，到90年代转而成为拒绝进入公共领域的文学主张。就演变成一种“自恋”式的文字游戏，林白、陈染等女性作家的写作因对传统的现实主义编码方式的破坏而发展出一种新

[1] “有意义的他者”，查尔斯·泰勒曾借用此概念来说明“人类思想的起源不是独白式的，不是每一个人独自完成的，而是对话式的”，并且借之强调：“更重要的是，这不仅是一个关于起源的问题，一个一旦产生之后就可以忽略不计的问题”，那只是因为操持独白理想的人们严重地低估“对话在人的生活中的地位”。参见汪晖、陈燕谷主编《文化与公共性》，生活·读书·新知三联书店，2005，第296—300页。

的写作可能，不失为一个有效的文学主张，但是一旦失去其反抗前提，或者这个前提不再那么明显，也就自然转化成形式至上，而其保守性也就愈加明显地暴露出来，同时对于写作者来说也会出现写作上的疲倦和自我重复。林白对自己写作的反思应该是与批评家同步的，《玻璃虫》与以前的作品相比，有一种洒脱的气象，戏谑式地解构了自己的人生之路，自嘲是打开自我的一条途径，这是《一个人的战争》封闭的自我所不能呈现的。

林白说1999年写完《玻璃虫》，“感觉很空虚，就参加了作家走黄河的活动，不得不跟人沟通，这一通下来，我就能够听到别人的声音了。以前我是一个很封闭的人。2000年底我写完了《枕黄记》”[1]。林白对自己的写作方式已有反省，那种撕裂自我、自我掏空式的写作极限就在眼前，对作家也会带来巨大的倦怠，她认为是从《枕黄记》开始才打破封闭，其实《说吧，房间》已经可以算是女性主义写作的一次突破。房间的意象，看起来是封闭的，凡墙都是门，与女人的一间房子这些女性主义典型的意象强化了作品的封闭性。实际上《说吧，房间》并不是完全朝向自我的，这是忧郁敏感反抗的女主角们的一次现实之旅。主人公多米结婚五年，无法承受繁琐、单调、窒息、无爱的家庭生活，选择离婚，随之而来的是下岗和养活女儿的

[1] 林白:《我的写作有内在的逻辑线》,《新京报》2005年4月13日。

压力，她四处寻找出路到处碰壁，这是由于世俗生活的困境而带来的压抑和焦虑，小说设置了两个维度，这也是林白的习惯，世界不是由“我”统领的，即使在女人的世界，也还有另外的面貌。多米的好友南红的生活是小说中的另一个支流，看起来跟“家”中的多米完全不同，南红永远在外漂泊和闯荡，梦想着南非（南红的理想之地），她无视公众的禁忌，奇装异服示人，利用男人获得想要的工作和地位，她集纯洁与放纵、轻信与执拗、冷漠与激情于一身。南红的转折是失去了依附的男朋友和工作，并且身患疾病。两个人遇阻的女人躲到赤尾村的一个出租房，这个穷途末路的地方，这才是女人们最后的“房间”，是不肯屈就现实生活的女人们被男人和社会意识形态合谋驱赶到的边缘之所。多米最后返回北京，南红落拓而亡。

多米是小说的主人公，也是南红故事的叙述者和记录者，在 1990 年代的工人下岗、企业改革的大众事件中，她再现了女人在历史时刻遭遇的困境，并且以女性躯体的记忆试图去接近历史碾压的声音，尽管这种声音在林白一贯的行文风格中可能尴尬地落空，不合时宜，不容易被人听到，但对于林白自己的写作，南红是一个有意义的形象，她的“南非”之梦，她行走中国的故事，她刚劲执着的灵魂会生长到其他的小说中去，比如《北去来辞》里的不肯妥协、上下求索的海红。

二

我们不能以现实主义编码的方式去诘难林白，林白是一个有特色作家，文学一向欢迎异类，也排除异类，林白执着地宣称为自己写作，写作成为作家的一种需要，生理和精神，安顿自己成为最重要的文学主题。她多次说过这样的话——“不写作我会陷入抑郁，情绪低落、焦虑、烦躁不安，就像一个吸毒的人断了顿。”“写作顺利的时候我感到身体健康，人生美好，愿意活到一百岁。就这样，写作冲淡了我的恐惧感，它使我看到了另一个世界，这个世界并不像我生命早期看到的那样处处黑暗。”“好在文学收留了我，我无根的病态和焦虑，以及与人隔绝的空虚感，都在文学中得到了安放。”当然，有时候作家说什么并不重要，重要的是说话的语境。说这些话的时候，林白已经不是当初那个写作时刻的“自己”，已经是写出了《妇女闲聊录》的林白，她有足够的自信来为“自己”说话，但《妇女闲聊录》的出现的确让人惊艳，为什么是以安顿自我为写作追求的林白？林白带来了一个怎样新鲜的文学世界？有论者认为这是非常个人化的林白物极必反后的一种低姿态，她之所以“能够呈现出这个世界，恰恰跟她原来是非常个人化的作家有很大关系，这刚好是一种相反相成的关系。越是这样的作家，她因为某种机缘，或是对自己过去的世界感到厌倦的时候，她越是能发现这个外面的广阔天地，对之发生浓厚的兴趣，也越是能在这个世界面前保持一种低姿态，尽量过滤掉自己的主观性”[1]。低姿态的写作的确能够带来惊喜，比如金宇澄的《繁花》，以说书人的姿态用上海话写了上海市井生活，克服了文学的遗忘机制和忽略机制，新鲜的生活和故事跳跃而来。但《妇女闲聊录》《繁花》很难被复制和继续下去，这种小说是一种引子，是搅局者，是打破僵局的人，是惊鸿一瞥，所以林白说《妇女闲聊录》只有一部。

《万物花开》后记说，“木珍的农村，跟我过去的经验相去甚远。这使我意识到，自己对中国大地上发生的事情知道的实在太少了”。林白的叙述激活了乡村生活的实感经验，提供了乡土叙事所很难看到的部分，并且以一种极致的方式激活了文学的遗忘机制和习惯性沉湎。《妇女闲聊录》里的乡村是一个无法被理念梳理清楚的世界，无法被我们现在拥有的概念和形象所捕获，作者以内在的讲述者现场说话的方式，强化了其生活的热度和鲜度，使得其他乡村图像显露出刻意和人为的弊病。这也是当代文学的一大症结，我们有浩繁的乡土文学，然而我们依然对乡土陌生。“闲聊录”是这部小说最关键的地方，兴之所至，随意流淌，低姿态，界面更宽，认识的价值由此呈现，兴观群怨，识于草木虫鱼，“王榨（风俗与事物）”一章基本上满足了我们对于正在进行中的乡村生活的“识”，话语习惯、日常

---

[1] 张新颖、刘志荣:《打开我们的文学理解和打开文学的生活视野》,《当代作家评论》2005 年 1 期。

生活吃喝拉撒睡、斤斤计较，像巴尔扎克、左拉小说里的账目，虽然这在一定意义上已经呈现了“陌生的中国”，而这些也许是离木珍的感情比较远的事物。

木珍最感兴趣谈得最多的是生活中的人际关系，包括自己的情感生活。比如涉及男女关系问题时是淡然的，老公跟冬梅相好，她不去管，实际上是管不到，分居两地，不过回家过年的时候她跟自己老公主动谈及冬梅，要他去看她，还调侃他们的关系，而且木珍强调这一切都是“笑着说”。木珍继续跟冬梅打牌，对别人的劝解和掩盖满不在乎，木珍一直在描述事件，从不分析自己，这个部分应该是有所修饰和隐藏的，她一直处于讲述者的位置，本能地回避了一些细节和情绪，这也可以理解为一种自我陈述时的拘谨和自尊。而在谈别人事的时候，她一方面不自觉地显露出自己或者说乡村世界无形的道德红线，同时对人与事的态度也比较多面立体，比如对闲聊录着力最多的人物冬梅。冬梅是一个跟众多男人有染的女人，通奸被抓，木珍说：“我们那时候真是天真，想着他出来怎么见人啊，有时候我们说着说着，她就来了，她也笑眯眯地跟你打招呼，跟没事一样。等她走了，我们就，哎呀她怎么也不怕丑啊。”这是木珍所不能理解和认同的冬梅，不过她却认可冬梅的德行，“66年生的。长得也一般。她就是德行好，你怎么说她她也不生气，你家有忙，她乐意帮。她从来不议论别人的风流事，她不像线火儿（另一个女人），自己是歪的，还老议论别人，冬梅不干”。

木珍甚至还从男人的角度去看冬梅，“跟冬梅打牌，跟她说，来，亲一下，她就跟你亲一下，还让人摸。到了她输了，她就可以不给钱。跟你们不一样，你们不让亲”。

关于木珍自己的背景，林白曾经在访谈中说她是一个天生的文学人物，能说会道，语言风趣。木珍也有对自己文化和阅读背景的介绍：

> 看金庸、琼瑶、岑凯伦，还有就是《家庭》。《家庭》是村里订的，杂志一来，我们几个都抢着看。村里有几个爱看书的，都是女的。最小的一个是73年生的，读过一年初中，我是65年生的，小学毕业，在村里算是有文化的人。小王会写自己的名字，不会写信。

木珍不是一张白纸，她是一个爱读书的农村妇女，在北京打工生活，知道城市与乡村的差别，在对一个都市人讲述乡村的时候，她的讲述必然带有潜在的立场和讲述的缝隙。木珍的叙述中间，有许多从语言逻辑来说看起来戛然断掉的内容，可能是片段式的碎语，也可能是她的说话方式与修辞方式，有这些语言自在的语境与语义，对于不同文化语境和机制中的人来说就有不同的解读方式。而木珍自己的世界还是半遮半掩的，尽管她说了很多，似乎巨细靡遗，例如谈及冬梅的女儿：“其实大家心里都明白，整个村子都知道，什么干爹，就是当二奶。”“她一边拖着旅行箱，穿着大红的皮夹克，一边走，一边玩手机，也是一个红的手机，那么多孩子，都没人理她，就是大嫂看见了说，苗回来了苗，她就是抬头看了一下，也没吭声。走了。”说出“走了”二字的木珍的表情和心理，只能依赖我们自己的理解和想象。从这个意义上可以理解林白说《妇女闲聊录》跟《一个人的战争》是有统一性的，从林白的自我世界到木珍的自我世界，其实距离并没有我们想象的那样很远，而林白只是找到了打开那个世界之门的一把钥匙。对于木珍的世界，林白和我们都是观察者，窥见的是我们自己想看见的部分，略去了方言，略去了放不下的那些故事，声调语音消失在文字背后，这个世界自己的伦理以及变形、藏掖的地方，仍在沉默之中，这也是阅读《妇女闲聊录》应该谨记的地方。木珍的世界并不是等同于乡土中国、底层、真实的乡村，二者之间有悖论与疏离，也有印证与重合，这个世界依然是林白创造出来的世界，漂浮在实在的乡土与作家心灵世界的上空。对林白的过度褒奖是批评家对时代和文学的反思所寻到的一个出口，林白所呈现出来的新世界或许并不能承载这些厚重的意义和期许。

《妇女闲聊录》之前，林白虽然一直在求变的路上，但黏稠过度的叙述风格也让一部分读者望而生畏，这也即单性增殖的私语疆域的弊端显示。叙述者、故事主人公、作家自我的形象之间的跳跃穿插，尤其是追忆视角的频繁应用，使得林白的小说拖沓冗长，无限制地拉长镜头，在向极限的方向廓张那些自我视域中的故事和情感，而自我无论是内在的深度还是外在的广度，毕竟都是受制于一个人的世界，随着叙述频率的增长，自我重复的问题就不可避免，《妇女闲聊录》是一次彻底的颠覆，是一次物极必反的反拨。不过文学风格上，《妇女闲聊录》的确开林白作品的新风，文字朴素、直白、俭省，但又有一种直面的简洁利落，尤其是与《说吧，房间》《致一九七五》等作品的拖沓和繁重相比。

三

林白小说中一直有那种潜滋暗长的因子，《同心爱者不能分手》中“一个人的战争”引导了《一个人的战争》，《万物花开》中妇女闲聊的附录顺产了《妇女闲聊录》《北去来辞》。某种类型的人物形象或者经验、意象，会在不同的作品中成长、关联、互补，这也是她保持持续创作力的原因。因着这种自我成长的自然流淌以及与之匹配的作品表达，林白二十余年的创作虽有突破转折，但总体上仍然可以找到与自我经历互文性的文学线索。林白所能拥有的人生经验几乎都被反复编织到小说中，童年经验、女性成长经验、出走、家庭生活、知青经验和革命记忆等，浓墨重彩的生活都附加在女人身上，男人形象相对较弱，或者符号化，直到《北去来辞》让一个男人史道良跟林白小说中的女人一样，地位均等平分秋色，不再是一个符号和假想敌。

早期的女性主义作品中林白警惕于男权语言的侵略性，《玻璃虫》中曾对这种无所不在的控制有一个细节的描写：

> 女人很容易因为意识到自己不好看，或衣服太土、发型不时髦而缺乏自信，这种情况太普遍了，只要有一个男人在场，所有的女人就会用这个男人的目光来挑剔自己，平添许多压抑和不自在，空气中就是这样渐渐积存了越来越多的男人的眼睛，即使没有男人在场，女人们也会无意识地感到这些眼光，这些场。
>
> 在我年轻的时候，我几乎没有感到过来自相貌、衣服方面的压抑，这并不是因为我得到了某种先进理论的武装，思想超前，而是因为我经常意识不到自己是女性。

男性的语言和视角统摄主宰了一切，女人没有自己的语言，只能通过男人的眼睛观察世界和表达自己。所以林白对男性语言是抗拒的，对崇高的“男性”采取了故意的忽略，给他们安上“天秤男”和“M 男”“N 男”的符码。小说《致命的飞翔》，设置了双层套构的结构，两个情爱故事都在铺陈一件事——男权对女人的诱惑和胁迫，女性对此的忍辱和复仇。在极限的惊悚到来之前，林白采取了戏谑和游戏的心态，让女人个人的语言穿插在男性政治符号和话语之中。李莴的情人登陆是个作家，“像一个父亲而不是一个情人”，“我站在他身边，就像一个抗议的姿势，是一个寸步不让的立场”。登陆所关心的是社会主义成长过程中派系的角力，也就是这个国家建立起来的细枝末节：毛泽东和高岗、高岗和苏联、高岗和斯大林等。而李萬是准备以“刘少奇是谁？”这盆冷水泼在情人头上。小说中在大段关于高岗的史料轶事之后，紧接着是关于女人化妆、照镜的大段叙述——“这是已被我们确认的一种快乐，长久以来我们把它隐藏在内心，我们是不许出声的一类。长久以来我们只对自己说，或者对我们的镜子说……”女人以嘲讽和回到自我快乐来对抗男人的“政治游戏”，也是对政治和宏大叙事的逃离，但这段历史又是林白这一代人不能逃避的宿命，是她所有的故事不能剔除的肌肉，也是林白一直希望能重述的历史。《致一九七五》原名《漫游革命年代》，从漫游的字面意思即可知道，这部小说其实以“轻”碰“重”，是聪明和投机的写法。作品大量的篇幅写到了革命记忆，却多是以诗和歌、电影的方式，抚摸了那一代人共同的情感结构。

《北去来辞》这部小说依然是那个面目熟悉的女人的成长史，在成长的过程中出现了一个男人，他带着“革命”和“历史”的负担，他不是一个符号和假想敌，他成为一个人，一个与林白小说中所有女人一样地位的男人——史道良。

被时代抛弃的左派知识分子史道良，有他所固守的政治信仰，他关心世界局势，他认为奥巴马是黑人的叛徒，他觉得自己的儿子替美国资本家卖命是件令人痛心的事，他希望全世界弱小国家联合起来，共同对抗世界霸权，他热爱《国际歌》的旋律，他诅咒这个被金钱和强权所控制的世界，“这是最后的斗争”，他一边唱一边感到绝望，心情压抑。1999 年是一个有隐喻性质的年份，20 世纪的最后一年，史道良光荣退休，这意味着在崭新的 20 世纪他是一个落伍者，他清高自尊愤世嫉俗事事看不惯，再加上文化界山头林立，他左右不沾，于是两头不靠。他一个人冷在了家里，各种热闹的研讨会、策划会、论证会、文化新闻都没有了他。史道良尽管有左派的信仰，但他是一个在矛盾中挣扎的左派，他既不去认识世界，也不去试图改造世界，他一直有一种走向彼岸的冲动，对此岸是鄙视的，他会认为左边的和右边的邻居、楼上的和楼下的邻居，一概“都不是人”，他无法接受和认同这种庸俗的日常生活。他甚至拒绝乌有之乡的信息，他固守自己的判断和观点，对别人的世界不屑一顾。退休和封闭使得他从一个昂扬的、男性的指点江山激扬文字的世界退回到家庭，他的面容越来越苍茫，灰扑扑的，他背对了世界，世界更背对了他。他变得肮脏了，不修边幅，不洗脸不刮胡子。他回到了自己那间房子，呆坐在他的纸堆中间，摞摞书纸，专注于陈年版本，年谱索引、研究资料、报纸杂志，用放大镜看古钱币，写他的字帖。

史道良生活中也有为数不多的烟花和稀有的光彩，这是他维持生活和存在价值的一个意义系统。他对世界表达他的愤怒，愤怒带给他生活的意义感，所以他对一切看不惯的东西都愤怒和批判。同时，他又保持着模糊的对革命的向往和因循的革命语言，他喜欢说“上山打游击啊”，唱“革命人永远是年轻，好比那大树常青”，不过这些都是不能回转的时间，对于现实来说俱往矣。另外还有他对美好的、有尊严的生活颠扑不灭的记忆，比如史道良记忆中的1963年。他用单位的信笺给乡下老家写信，让周围的人肃然起敬，给史家争了无限的风光。无论是史道良还是他哥哥，都喜欢回忆1963年，在三年大饥荒的时候，史道良从北京回家过年，带回了许多吃的。1963年他父亲第一次使用暖水袋代替了烘炉。1963年，史道良一个人守着七八只旅行袋在火车上过了一天一夜。1963年，道良给父亲捎了一只手电筒。这是一个个人史上对物质丰满的记忆，也是个人往昔的光荣，尽管这与革命的记忆几乎是背道而驰的，但他奉若珍宝。第三个是感情上期待，对女儿春泱的爱和塑造，他的心头肉和乖女儿，是他在这世上最大的亮光，他希望女儿能在自己的培养和教育下，继续焕发他已经无力参与其中的光彩。但事实是，他与女儿日渐隔膜，只能隔着鸿沟遥遥相望。在鸿沟那头，那个年轻的身影越走越远，与他背道而驰，史道良认为女儿胸无大志混日子，女儿则坚决不愿再重复父母的生活——这种生活没有希望，通向死寂。最后，这些生活的光亮之处都变得暗淡无光，无法勾住他企图攀附，甚至是求救的手。

在这个断裂的社会，疏离了国家、组织、信仰的知识分子迅速成为无所依附的自由的漂浮者，无目的无意义的漂浮意味着自我放弃，自我罗列起来的不坚强的堡垒不堪一击，来自各个方向的打击总会有一次击沉你。于是，“我们的道良”留下“去意已决，不必再找”的字条。史道良就是海红的从前，即使他们相信或者迷恋的信念不同，他们两个都是一个战壕里的，海红要去认识和爱这个世界，海红是寻找。史道良则是逃避，他逃避左邻右舍的“粗人”，逃避外在世界的规则，逃避日益更新的世界，他不接受这个异己的世界，只好放弃自己。史道良是一个沉重的历史负担，林白让他走向自杀，但他无处不在，他依然是海红生活的底色，就像社会主义的历史是今日中国无法逃避的底色一样。

亨利·詹姆斯说：“他能够想到的附在小说写作上的唯一条件，只是它必须真挚而已。”[1] 在这个意义上，林白是一位成功的小说家，她制造了混淆自我与叙述者、主人公的小说世界，她诚实地投入自己的形象，让我们看到了一颗敏感的心灵留在泥泞的大地上的足迹。而对于批评者来说，永远没有任何东西可以代替“喜欢”或“不喜欢”一件艺术品这个老办法，即使改进得最好的评论也决不会废除这种原始的、具有根本性的检验标准。我喜欢林白这种一直成长，遵从内心的作家，同时也将她作品中迈不动脚步的拖沓节奏视为畏途的表现。《妇女闲聊录》是一种拯救的姿势，它带来明快而短暂的欢乐，《北去来

---

[1] ［美］亨利·詹姆斯：《小说的艺术》，朱雯等译，上海译文出版社，2001，第 30 页。

辞》又回归到作家的个人史系列，每个人在面对自己的时候，都会存在暗区，而暗夜无光，拖沓的脚步是上帝都可以原谅的。但林白对生活的热情值得信赖，《北去来辞》里已经在自我和木珍们的世界之外，出现了一群可以命名为新世界的孩子们，林白的目光已经朝向他们，她应该还会以血肉之躯参与到他们的世界中去。青春型的作家就是有这种无畏的征伐与探求之心，没有守成之地。

《当代作家评论》2016 年第 2 期

如何处理劫后余生的生活

陈永和的《一九七九年纪事》是一部特殊的小说，放在1970年代末以来大量的表现这一历史阶段的文学作品中间，即使与其他小说存在众多历史背景的重合，人物经历的相似，思想情绪的雷同，它依然有一种殊异的身姿。陈永和这部小说几乎是不太掩饰叙事者的自我情绪的，许多成熟的小说家特别避忌的直白情绪，她在小说中几乎没有任何躲闪，而是非常朴素地跟进。小说一开头就奠定了这种基调，海外归来处理家事，站在新时代的深情回望，故乡的三坊七巷面临翻修，她觉得如今的世界“崭新而沉重。不属于我。我已经渐渐老去”。

一种非常伤感的现代怀旧情绪迎面而来，有对这种盲目更新的不满，也有自我坚持，“我属于过去。过去的书，跟过去了的时间。它们都沾满灰尘，但它们有历史，这使它们非同一般”。因为回望的姿态和对历史的倚重，让“非同一般”具有了刚强而具体的特质。过去是什么样子？小说采用了一种特别老派的开场方式，以一张发黄的纸条开始，1979年12月15日写的夹在20世纪70年代出版的《外国文艺》之中，“翻了几页，翻到萨特的《肮脏的手》，发现了一张发黄的纸条，上面有我熟悉的字。我过去写的字：萨特/神经病院/梅娘，芳表姐，儒谨……”“过去”是精神上的指向，萨特这个曾经作为中国一代知识青年标配的西方知识分子作家，他所提倡的“自由、选择、存在”以及他本身所散发的那种精神气氛，曾经像探照灯照亮时代废墟一样，在叙述者的世界中熠熠闪光。关于时代的精神氛围，我们多年来已经在各种叙事文本中接受了一整套精英版本的故事，比如《沉沦的圣殿》《半生为人》《持灯的使者》等书都有涉及，关于那个年代文学圈子里地下阅读等往事也几乎成为一种共识和固定叙述。而在新世纪陈永和再次讲述这个年代，阅读期待中关于1979年这样一个特殊历史年代，福州这个远离中心区域的地方知识分子的精神世界，其实是可以大书特书的。但小说并没有从更宽阔的向度和向既往文学成规挑战的角度去接近这个问题，而是走了一条小路，采集了一个人物作为标本。与这个精神指向最有关联的可能就是小说的主人公儒谨，本地颇有名气的一位作家，但整部小说中对这个人物精神世界的表现，就像叙述者对萨特“似懂非懂，却自鸣得意”一样，几乎没有看到可以更进一步的可能，有点虚晃一枪的感觉，只剩下哀悼的气氛，“时过境迁，变得非常陌生，对我，似乎就不曾存在过，却有种新鲜感，仿佛掀开一个密封的瓶盖，使我想起一些往事”。如今萨特这个名字只是一个催化剂，不再具有实际的意义，这是小说非常让人遗憾的部分，“过去”具体实际的部分，是由梅娘、芳表姐、儒谨之间错综复杂的感情关联以及他们各自洞穴般的内心世界来承担的。还有另外一个线索就是叙事者“我”的家族故事，包括在火葬场工作的“我”和守护祖坟的陈师傅，背弃家庭的父亲寻找外婆祖传戒指两条线索。

一

这篇小说是有悬疑倾向的，无论是纸条的开端，还是故事里人物的出场方式，都因为这种特殊的题材鲜少使用，给人一种陌生和新奇感，尤其对一个相对陌生化的作者，最基本的期待就是有一个不同于所有以往的故事。叙述者的火葬场员工身份，又使得这种开场方式具有神秘性引导想象的成分，另外一个重要地点是精神病院，在“文革”刚刚结束之后，这也是一个让人充满想象的地点。叙述者交代儒谨出场时是这样描写的：

> 乌云散开了，月光冷冷地撒在地上，在停尸房前面透下了一个巨大的长方型的影子，突然，这个影子朝门的那一头长了一点出来，然后又长了一点，渐渐越长越长，然后它和巨大的影子分开。一个影子，我简直不敢相信自己的眼睛，一个人影，面朝着我穿过操场，很慢很慢地走了过来。

这种写法特别像流行的网络悬疑小说，语气和描写方式又有武侠小说的影子，跟我们习惯的以追求深刻意义和严肃话题为主的“文革”小说明显是两种不同的思路。小说中人物的出场方式，是扯秧子式的，一个人拉出一串人，最后串成一个关系网，每一个人都有许多关联人物和故事，就像小说中交代过的一次经历，“我去了精神病院，本来只想弄清儒谨的事情，却认识了梅娘”。小说中的叙述者“我”特别重要，几乎是一个中枢神经，除了是芳表姐、梅娘的爱慕者，最重要的身份就是一个旁观者，一个好奇于世界和故事的青年人，一个懵懂不明的年轻人，所以才能参与到这个错综复杂的故事圈里去。他在小说中经常表达这种困惑：“芳表姐母亲，儒谨、芳表姐、梅娘，也像是一个怪圈，我觉得自己陷进去了”“在弄清哑巴所谓真相的同时，我陷进了更深的黑暗中去了”。叙述者总像一个面对复杂世界的无知而又充满探求心的少年，跟着未知一步一步前行，这种追随未知旅程的阅读体验是跟叙述者同步同调的。小说中必然时时会有角色来打破这种程式，比如儒谨，他先警告“我”说不要想试图弄清楚事情的来龙去脉，按照他的观点，陷害一个人最好的办法就是让他去弄清某件事情的真相，因为他已经花了好几年时间去厘清里面的头绪，可是毫无结果。他劝“我”放弃参与到他们的人生网络中去，可是“我”非常坚持，要去了解。这种行动的生成动机是不明了的，不是高端的探索“文革”的生成机制，也没有任何的利益诉求，更不是切身相关的感情，我们只能把这种冲动、好奇看成一个青年人对世界的热爱，是对周遭世界理解的需求，是个人成长的需求，从这个意义上来说，这是一部成长小说。

所谓的怪圈、黑暗也是暂时无法理解的世界的另一个代称。儒谨、梅娘、芳表姐等都是比我大几岁，甚至十几岁的成年人，在这部小说里，几乎没有比我小的人物，尽管“我”已经成年工作，开始思考人生和社会，但是“我”依然是一个半成年人，用一个类似于儿童的视角在观看世界，尤其重要的是，对于“文革”中的那些惨痛他没有切身经历过，他是一个旁观者，作为一个关注的朋友去关心参与者、受害者，“尽可能努力把自己置身于对方的处境之中，设身处地地考虑可能使受害者感到苦恼的每一种微小的情况，他会接受他同伴的所有事实，哪怕是最小的细节；尽可能完善地描述想象中变化了的处境，他的同情就建立在这种处境之上”[1]。当然“我”也有自己的批判和认知，在小说所讲述的错综复杂的故事中，“我”始终保持着一种超越性的清醒，这种清醒很可能是来自今天的判断和认知。比如对于儒谨，他会提醒芳表姐，儒谨的表现有投机和讨好官方的成分，对于他把“向前看”这个当代政治术语跟美拉到一起表示疑问，反感他演讲中把他过去的经历完全讲述成苦难史，“苦难在言语中被多次过滤，就会渐渐由血淡化成水。麻木是双

---

[1] ［美］玛莎·努斯鲍姆:《诗性正义：文学想象与公共生活》，丁晓东译，北京大学出版社，2010，第 110 页。

向的。我觉得他是在利用苦难话题来哗众取宠。我宁愿看到他有一张饱经沧桑的脸，那些由岁月刻下的沧桑”。

在小说的结尾，成长小说的特征就更加明显，交代完毕人物的归属之后浓墨重彩地表达了叙述者的绝望和迷茫，“我不懂要怎样活下去了”，“生活中发生的这一连串事件彻底打乱了我的思维，使我无法再做一个自信的萨特青年。但是我虽然开始怀疑自己，怀疑生活，但是我还没有能力深入思考，我甚至不懂得什么叫思考了”。这也是叙述者非常重要的内心转折，也导致了他内心的成长和改变，虽然从表面上看外表是好好的，但内心里“我不再相信眼睛看到的人的样子，行义的行不义的，后面都有一个更复杂的世界。但这对于我，却并不是成熟，而是更隐秘的迷乱。社会上百废待兴，我却找不到一点那样的感觉”。从整体上看，小说中每一个人物都经历了生活的改变，甚至思想上的转变，不可阻抑地主动或被动卷入时代的车轮之下，碾压之下，生长艰难地完成。

二

随着这个思想上清醒但涉世不深的旁观者越来越进入故事中，生活世界（故事和经验）几乎完全遮住了少得可怜的思考，人们到底经历了什么，就成为这部小说故事情节最大的推进动力。“文革”结束是一个突然性事件，一种价值观念被宣布失效，又没有建立起另外一种，而一些陈旧的观念在继续起作用。这部小说最不同于其他“文革”小说的地方，就是它所关注的是 1979 年这个特殊时间上的“文革”生活的后遗症，一场全社会性的事件在某个时间点上被宣布终止，一切都是个错误，但人们的感情世界没有可能立刻来一个休止符，它遗留下许多问题需要解决。爱恨情仇，伤害死亡，都依然在现实的逻辑中保存着，比如儒谨到底有没有打那个电话，有没有告密，是不是清白的？都是无法说清楚的历史问题，当事人各自的证供都是利己并且可以自圆其说的。

躲在精神病院但思维清晰的梅娘说：“死并不可怕，死很单纯。可怕的是这种软软绵绵的东西，它会漫漫长长地延续下去，使你变得优柔寡断，使你对生命产生一种留恋，可是你又不知道该怎样活下去，简单说没法活下去。一天天的二十四个小时，对你来说是一种煎熬。”这是一个类似于革命的第二天的问题，革命之后怎么办。日常生活如何规划，尤其是被宣布为“荒谬”“浩劫”之后，如何为自己参与其中的大历史和个人小历史正名，或者说理顺逻辑关系。菲利普·罗斯在与犹太作家阿佩菲尔德的对话中提到他的《不朽的巴特法斯》这部小说，巴特法斯“无礼”地问其垂死情妇的前夫：“我们这些大屠杀的幸存者们都做了什么？我们那超乎寻常的经历改变了我们吗？”[1] 对

[1] ［美］菲利普·罗斯：《行话：与名作家论文艺》，蒋道超译，译林出版社，2010，第 44 页。

于战争之后从事走私和黑市交易的犹太幸存者，他们的感叹是“没有人知道如何处理那些劫后余生的生活”，陈永和的这部小说大部分章节其实也是在回答这个问题。

劫后余生的生活出现了许多后遗症和人生病态。儒谨恢复身份，成为夜校老师、著名作家，但是“过去”没有消失，梅娘还在精神病院里把他错认为银棣而排斥，接受他的替身，却不肯接受他的本来面目，儒谨需要夜游到火葬场去拥抱尸体来发泄内心的黑暗。梅娘的保护神关根身亡，众人心中的强奸犯银棣高升，芳表姐因为的畸形的家庭关系而患上的对爱的癫狂式渴望，芳表姐的母亲和后父之间的互相折磨，“我”算是这些人中比较轻微的，只不过是工作不理想，分到大多数人十分避忌的火葬场工作。除了这些人外，还有这些故事之外的人，比如梅娘的病友，五十来岁，剃着光头，皮肤发黑，露出上半身灰条纹的病衣，他眼睛朝天，一只手放在胸前，一只手一上一下地挥动着红皮的毛主席语录，每挥动三下就停住，嘴里念念有词，然后再举起手，脸上带着疯子那种特有的麻木和认真，就像“文革”开始每天早请示晚汇报时人脸上的表情一样。这个普通的青年工人因为把一本毛主席语录掉到粪坑里而被吓出了精神病，在时代被扭转之后，他是那个年代病态的一个象征，是普通人生活被打乱，无法恢复秩序的一个样本。

“我”是跟着三个主要人物芳表姐、儒谨、梅娘走进这个劫后余生的世界的，这个世界最明显的一个划分标准是知识分子与粗人，粗人的世界又根据不同的修辞需要，被转化命名为普通人、劳动者甚至是工人。小说中处处流露出那种简单原始的阶级划分，强调两个世界的对立和不可融合。首先是从居住区域开始划分的，1949 年前这种区分就存在，三坊七巷多住官家，上下杭多住商家。官家看不起商家，三坊七巷人看不起上下杭人，更不用说上下杭路后街的三保。三保离码头很近，除了商贩以外，还杂居着各种各样的苦力、娼妓、外地来打临时工的农民，在台江中又算是等而下之的。1949 年以后，旧家不断衰败下去，新政府设在鼓楼区，他们的官员和家属许多住进了那些旧家，三坊七巷的居民，仍觉得自己比台江人档次高。其次是品味和生活格调的不同，宫巷老宅在建筑专家们的讲解中，精致的门雕、墙雕、窗户、梁、柱子，每一件东西都是不可多得的艺术品。可是在迁进来的下层社会人们的生活中，这些都被淹没在各种破破烂烂的污物里，十来户新住户，彻底把它住成了贫苦人的房子，到处是垃圾。“我”妈妈说这些人住不惯，听不懂这些房子的声音。这是一种阶级和品味鸿沟的隐喻。

如果说“文革”改变了什么的话，在这部小说里首先是不同世界生活的翻转，人们生活方式的交集，比如芳表姐和她的妈妈，为了现世安稳，屈尊嫁到工人阶级的三保，从宫巷嫁到三保在一些人看来就等于从天堂落到地狱，所以芳表姐母亲的这个举动引起了宫巷陈家女人们的公愤。还有另外一些阶级的人，在政治的整合之下，住进了三坊七巷，比如收破烂的看眼睛疯婆，专门在城内三坊七巷转，挨家收破烂，他们搬进宫巷大院，也把自己的生活方式搬进去。这两个世界的人表现出了不可融合的决绝，最极端的就是芳表姐妈妈和继父林家驹，“我”第一次看到他们便觉得，从外表上就是完全不能融合的，芳表姐妈妈皮肤白净细腻，神态优雅自傲，也可以说尊贵，浑身上下充满了宫巷人自尊自重的气质，颇有韵味，这使她完全不同于住在同一地区的人。而她的工人丈夫，四十五六岁模样，秃头，黑黑的脸，眉毛又粗又黑，穿着灰色的的确良衬衫，敞开着胸口，露出厚厚两块肉——胸部和挺出来的肚子，一双粗大的手抓住一个小酒杯在喝酒。叙述者随后发出如下的感叹：“这两个人怎么会在一个屋檐底下生活呢？无论身体气质，都相差太大。一个身体强壮，一个体弱多病，一个粗俗一个精雅，天上地下，毫无共通之处。”叙述者有时候又会制造出一种阶级和解的景象，比如那个单纯美好的阿灵是贫农出身，标准的红五类，而“我”父亲是反革命，“我”不想见她，她使“我”想起学校的遭遇，但又有点高兴，她看“我”的眼神没变，带着关心崇拜。小说还塑造了一个为了芳表姐的妈妈痴心守候，为赎罪自戕，并最后与之同归于尽的义仆阿升。阿灵和阿升就像他们的名字一样，模糊而微不足道，尽管两个人不同于两个阶层之间那些金刚怒目的人们，但宫巷家庭的高傲和自尊还是一目了然。

另一方面，作家对跟宫巷出身有千丝万缕联系的苦难意识，一直是持怀疑态度的，只不过这种质疑是一种自然朴素而直接的反应。小说最重要的角色儒谨除了消费自己的苦难，似乎也没有什么其他理念和信仰可以把他从黑暗中拯救出来，在停尸房对着尸体痛骂或者拥抱，可能是一种最懦弱的反应。但就是这个场面，让“我”产生了最大的质疑，它就和文化大革命中红卫兵斗人一模一样，残忍，蛮不讲理，“只不过在黑暗中，对方是个尸体。他现在做的就和关根他们当年对他一样，我不知道他这时候是清醒还是不清醒，这根本不是平日的儒谨，而是个魔鬼。他现在就站在银棣他们当年的位置上，原来他要有了权力也会做银棣、关根他们做过的事，我觉得好像一股冰水从我头上浇下”。这个细节其实也完全可以看作是对所有“文革”苦难化叙述的一种讽刺。

还有像“我”、儒谨这种知识分子的懦弱也借着黎明和银棣的口表达出来，他们两个人都认为正是儒谨这种优柔寡断，“我”这种追根究底，幼稚地自以为可以拯救她们的想法，甚至是这些女孩子自身的身份等级意识，让她们自己成为受害者而不得安宁，而不仅仅是时代或者习惯上认为的那些“迫害者”。这些想法都是在二元对立的世界里，玩简单翻转的游戏，权且一说是可以的，在有限视角的叙事中也是一种真实的方式，但作家的视角和态度有时一旦跟这些限制性的叙事重合，就会损害小说的艺术性。对小说中最虐心的芳表姐的坎坷故事，“我”的反应也是跟她的身份意识有关，宫巷的身份让她作茧自缚。

但是支持这种立论的例子是火葬场老关的老婆，她在新中国成立前是妓女，她的事儿大家都知道，他们自己也不在乎，“他们哪有什么苦难感，我都怀疑他们是不是有自豪感。假定她被人强奸，她会在乎，会有苦难感？”诸如此类的纯粹自然的反应，小说中有多处，有一种男性中心主义衍生出来的简单粗暴，经不起深层的推敲。

三

小说中还有一条跟其他故事交集不多的故事线，叙述者的爸爸陈孝通寻找妈妈家族的传世戒指，除了这枚戒指价值连城，代表着妈妈家族的纪念，我们几乎找不到固执地寻找这枚戒指的理由。爸爸是宫巷陈家的后人，属于那个讲究品位和家族观念的知识阶层，他已经形成了一套自己理顺世界和自我道路的方式，比如他的价值体系是“科学—机器—人”，人永远排在科学和机器的后面。年轻时他以为振兴了机器制造业就可以振兴中国，选学了机器制造。大学毕业之后，党把他当作机器的螺丝钉安到了民政局，他一生的悲剧就在于一辈子没制造过机器，总在跟他认为最没有价值的人打交道，而这又是他最不擅长的，这也是他不愿意去正视的现实。而他的性格又是认死理、一条道走到黑的类型，所以他的许多行为都可以在这个性格上找到解释。像强迫症患者一样的戒指寻找者不是妈妈，而是爸爸，就更耐人寻味，他到处寻找线索，一个人一个人地在全国各地寻访，而妈妈代表着大家族旧有的那种高贵和雍容，“该来的东西一定会来，该去的东西也一定会去”。这个反常行为可以看作是对另外行为的潜在替代，比如爸爸对自己身世的讳莫如深，不肯承认，即使在听闻陈师傅孤守家族墓地之后，依然坚持不肯相认，到死也没有续族谱，去拜见宗祖，一辈子守住他在一九五几年跟家族断绝关系的誓言。这是价值混乱、破旧立新时代的一种人心标本，无法简单地回头去否定自己，如果迅速转向就是对过去、历史、自我选择的背叛，陷入价值的虚无。寻找戒指的过程，也是一个社会微观化的过程，爸爸带领读者重新看到了与戒指有关的人们的社会生态，比如看眼睛疯婆其实一点不疯，从新中国建立前到建立后一直收破烂，一九五几年他们跟阿五一批搬进宫巷大院。哪个时代都有破烂让她捡，捡了的破烂也都有地方让她卖。有人问她哪个时代最好，她说“文革”，因为“文革”她捡的破烂最多，也最值钱。她有着与儒谨、梅娘、芳表姐等人的世界完全不同的世界，而这也是“文革”生活的一部分。

叙述者的妈妈像唐僧一样念叨陈家的家规，“就像孙悟空逃不出如来佛掌心一样，谁也逃不出陈家男人运数。无数个星座，就像无数个家族，构成了庞大的宇宙和社会。假定有一个人，想脱离家族的宿命，跳出星座的轨道，那他就会像陨石一样，可能灿烂一闪，但终究会掉到地球上毁灭掉”。最后，妈妈家族的传世戒指最终找到了，这也可以看作爸爸终于回到了陈家，回到了他不肯在现实中回归的地方。

这篇小说另一个非常有意思的地方，是有意无意地在发掘奇崛、陌生化的生活场域，比如火葬场，在这个小世界中，没有人打小报告整人，没有人争权夺利，开会的时候老林一个人在上面念报纸，大家就在下面议论着怎样找老婆（这是职业病，火葬场唯一的一件大事）。这个场域里面的人是放松的，甚至可以避免掉外界的纷争，有时候甚至是外部血雨腥风的拯救者，世界上每个角落都有智者，在火葬场这个小小的世界里，老陈师傅就是这样的人，他与父亲跟家族断裂或者其他人的起起伏伏不同，他选择了曲折地守护家族的墓地，默默地维护家族的荣光，他是人鬼变幻不定的世界中一个恒常的指数，同时也代表着另外一种世界观。陈师傅爱着自己的工作和火葬场的那些尸体，并且影响了“我”的世界观，尸体不再是可怕的、死的东西，而是有生命的，可以与之沟通的，人可以跟尸体建立一种感情。关于如何评价林家驹和芳表姐妈妈之间畸形仇恨式的折磨关系，老陈师傅与“我”表现出了和小说中其他人表现出来的愤恨完全不同的宽容和理解，“他（林家驹）是条牛，芳表姐妈是只鸡。他骂她有理，她骂他也有理。是他们命不好，被关在一个棚里……那谁又毁了他的一生呢？他连儿子都没有，以后死了谁给他抱头？福州城的习惯，死人得由长子抱头上棺，没人抱头的人是最不幸的”。

小说中的另一个女生，是所有女性角色中命运相对平静和稳定的黎明，她与陈师傅在性格上有一定程度的相似性，她对周遭人物的命运也采取了不同于其他当事人的理解。比如对于梅娘被银棣强奸一事的前因后果，她认为“不了解情况的人，总把那件事解释为权力关系，想银棣是利用权力来获得梅娘，像原始人运用武力来达到目的一样，可是我知道得太清楚了，这里并不是权力，要说有权力在起作用的话，那就是权力提高了银棣的自我感觉，要不然他会对梅娘望而生畏的，权力给了他胆量，使他觉得自己配得上她。他是真动了感情，想想他也可怜，没有人能够理解他，谁看他都是先看到权力，他的感情总是被人忽视的”。黎明眼里的儒谨、银棣和“我”看到的好似风马牛不相及，她有着另外一番理解，世界可能根本就不是我们眼睛看到的样子，为什么梅娘宁死也不接受银棣？为什么对儒谨却能那样一往情深？难道仅仅因为抵制暴力和出身吗？黎明是一个没有什么黑暗的人，她接受了跟自己出身不同的老公，也理解了舍弃自己和父亲而去的母亲。她拥有另外的智慧和宽容，而这也是叙述者最为看重的一个隐微的部分，“多年以后，我走过很多国家，每个国家都可以看到黎明似的同胞。她们现实，开朗，热情，精力充沛，对环境有种天生的适应能力，像没有水可以游的鱼，没有土可以长的根，世界上发生的任何事，都影响不了她们投入生活，生儿育女，繁衍子孙。她们扎扎实实地生存着，她们身体就是她们生存的动力”。这部多年以后重返1979年的小说，不可能是为了清算爱恨情仇，而是对个人的成长和社会发展的纪念，也是发掘和铭记这个复杂的民族继续向前的根基，之所以把时间点定在1979年，大概也就在于此吧，于混乱中整理自己，孕育希望和成长。

黎明既是见证者，也是故事的收束者，她是不同阶层大和解故事的点睛之人。她把“文革”的刺激性作用比作一瓶酒，谁喝谁醉，只是醉态各不同，酒会使老实人变成无赖，会使循规蹈矩的人变成凶手。这种理解一部分是对那个年代的最终解释，也代表了一部分的内心真实，这篇小说以诚实的写作方式、限制性视角来书写一个沉重的话题——灾难之后，如何活下去。但站在新世纪回望的时候，把所有故事收束干净，对往事有一种封存的感觉，应该必然有一种勾连存在于过去与现在之间，否则再多一个人的怀旧与回望并没有多大价值。故事眼花缭乱，但最后都能绕回到自己的逻辑上来，比如和解、宽容、理解，各得其所，各得其安。这是作家自己的完满，而一部优秀的小说，应该不止于此，小说应该是世界的可能性和启示，而不是仅仅是发生过什么的历史，更不是封存往事，着急去划上完美解读的句号。

2015年《收获》长篇小说（秋冬卷）

在他者的目光下：乡土中国的叙事变迁
——以高晓声为中心

张鸣在《乡土心路八十年——中国近代化过程中农民意识的变迁》[1]中谈到中国自近代以来思想界的精英化倾向："现在的学术界，讲到中国近代的思想变迁，一般只着眼于上层的精英，其中谈得最多的还是思想家，从王韬、冯桂芬到孙中山和章炳麟，尽管免不了加上诸如'局限性''软弱性'的尾巴，但骨子里还是认为只有这些人才有思想，或者说才值得一论。晚清加上民初八十年风风雨雨——工厂冒烟，皇冠落地——仿佛都与农民没什么关系。"书中谈到一个吊诡的现象，在庚子（1900年）以前，至少在表面上，上层精英与农民的行为意向在时空次序上呈现截然相反的趋势：精英的绝大多数在仇"夷"的时候，下层太平天国的农民们却对西方文化采取迎合态度；随后，上层的先进分子越来越热衷于"洋务"（也存在清流党煞风景式

---

[1] 张鸣：《乡土心路八十年——中国近代化过程中农民意识的变迁》，上海三联书店，1997，第3页。

是指责），而农民却在打教闹教中日益积蕴了对西方人与物（工业品和物化形态的技术）的恐慌和敌视；与知识界向西方第一次大学习的维新变法前后脚，义和团则掀起了一场排外的狂潮。天鹰的《中国民间故事初探》提及，在太平天国之前，出现的民间故事多半反映民众与封建统治者的矛盾。在太平天国失败后，反映人民与帝国主义的民间故事才多了起来。而太平天国以前的民间故事多为“英雄传奇”，主角为林则徐、关天培、陈化成、石达开等，但太平天国后的民间故事的主角多为普通人，庄稼汉、打工的、打渔打猎的，甚至儿童妇女。这种现象间接表明，在中国乡土上，耕渔樵猎辈与西方列强的冲突恰是以英法联军入侵为标志，同时也表明，与西方遭遇这个历史事件已经影响到和农民、乡村有关的文学叙事，也提示了农民自己叙述与知识分子叙述的差异。

创造非知识分子阶层叙述自己的可能性是“五四”以来的一个重要文学话题。从左翼文学开始先是要替农民、工人等底层阶级代言，后来又发展到要他们自己发言，发展他们自己的文学，这是文学史上具有开创意义的可贵尝试。当时的“大众语”运动也是基于这个考虑，1934年，曹聚仁、陈望道、叶圣陶、陈子展、徐懋庸、乐嗣炳、夏丏尊共同发起了“大众语”运动，提出大众语文学不仅是写给大众看、大众听的，而且是大众自己所写的。以往的文言文和白话文，可说是知识分子（士大夫）的专利品，运用文字这工具的人，至多不过占大众的百分之五。现在要使大众来运用这工具，由大众来创作大众语文学，所以开宗明义第一件事，就是要从农民、工人、店员中训练起大众作家来。另外，大众语文学不仅是形式问题，也是意识问题，我们并不必“言必雅驯”，却不妨如“引车卖浆之徒”，大胆采用口头语。这些主张得到了包括鲁迅、胡适、黎锦熙、吴稚晖等学者不同程度的支持，这个文学理想是一个中国“左翼文学”关于文学的乌托邦，充满了差异乃至对抗的梦想的乌托邦。新中国成立后，受到政策的支持，出现了旷日持久的蓬勃发展的实验，如以“工人作家”为主体的“工业题材”的写作，出现了方纪、胡万春等著名的工人作家；“村村都有郭沫若”诗歌运动等，以至于到 90 年代还余韵不断；又如老作家浩然亲自指导京郊农民作家群的写作，帮助他们出版自己的期刊。[1]

---

[1] 浩然主编的《苍生文学》季刊于 1991 年初创刊至今，共收到 6620 多人次的来稿 1.2 万篇（首），约 2375 万字。出版了一套填补三河文学史空白的“三河泥土文学丛书”和“文艺绿化”系列丛书。随着文艺绿化的发展，浩然十分注重对有“灵感”“悟性”强，又勤奋“高产”作者的重点培养和扶持。从 1994 年春开始他着手筹划主编“三河泥土文学丛书”。历经一年半，由陈利争（农民）、朱立弘（教师）、阎少先（干部）、张桂茹（农民）4 名新成长起来的青年作者分别创作的两册小说集、两册诗歌集，共 33 万字付梓出版。浩然还策划主编了“北京泥土文学丛书”、山东“潍坊泥土文学丛书”，从 1998 年开始，又主编“文艺绿化丛书”第一辑和第二辑，共收入 20 位作者作品集 23 册。其中三河市青年作者阎少先、中年干部侯宝善散文集各一册，退休干部孟昭葆诗集 1 册，共 45 万字，于 1999 年 12 月出版。此外，他还为青年职工作者徐文静的小说集（16 万字）、中年职工作者王联友的报告文学集（24 万字）写序题字。实现了浩然在“文艺绿化工程”实施之初发出的要让三河这块文学荒地“出作家，出诗人”的夙愿。

高晓声是从中国共产党的文学政策的浸染中成长起来的作家，对这个传统有着天然的亲近，高晓声在《希望努力为农民写作》中说：

> 自从“四人帮”粉碎以后，这两三年内，农村经济正在逐步好转，出现了初步繁荣的景象我们必须抓紧时机，认真注意发现和培养农民创作队伍，不但要培养出大批的农民业余作家，而且要培养出一批专业的农民作家。八亿农民中有人才，有大批的人才，这是不必怀疑的。在党的领导下，这样的创作队伍是能够建成的……写作对于农民本身的重要性，它是获得精神上自主的一种方式，使得他们受到鼓舞，获得一种主体性。[1]

但是，工人、农民作家的作品确实在一定程度上，特别是特殊历史时期成为意识形态的工具，作为乌托邦想象的“对抗差异”的功能并没有得到发挥。另外，农民作家还有另一个问题，高晓声在《扎根在生活的土壤里》中坦然指出，在当时的历史条件下，农民缺乏文化，不能够用文学来表现自己，“其他阶层的作家，就应该明白自己和农民的关系，应该明白农民同整个社会的关系，主动地去做好启蒙工作，这是历史的要求，

---

[1] 高晓声：《希望努力为农民写作》，载《高晓声文集 · 散文随笔卷》，作家出版社，2001，第 411 页。

责无旁贷”[1]。

实际上，新时期以来，关于农村农民的文学作品基本上都是知识分子的作品，作品主题内容也都是知识分子与国家所关心的问题。70 年代末的农村题材小说基本上延续了“伤痕文学”的思路，着重于揭露“文革”期间极左路线给农村带来的深重灾难。农民不仅在物质生活和精神生活上陷入极度贫困，甚至连追求爱情这样的基本人权也遭到剥夺，人性被摧残、扭曲，家庭失去了和睦。一些基层干部横行乡里，为所欲为，贫苦无告的农民只能仰其鼻息，唯求自保。这就是包括《许茂和他的女儿们》《李顺大造屋》《被爱情遗忘的角落》等一批获奖作品所描绘的一幅阴暗悲惨的农村社会画卷。从 1980 年起，农村改革直接影响到了当时的文学创作，农村题材小说开始着重描写改革给农民生活带来的变化。最有代表性的作品是何士光的短篇小说《乡场上》，因为吃不饱肚子常年低头做人的冯幺爸，终于第一次直起腰杆，说出了掷地有声的公道话。因为实行家庭联产承包责任制后，粮食多打了，日子有了盼头，不用再像往年那样求曹支书要返销粮了。这篇小说通过对农村生活中一件小事的刻画，反映了国家政策的变更给农村带来的切实可见的变化，它首先体现在农民个体人格尊严的失而复得上。从个体“人性”的复归写出时代的变化，是这篇小说最令人称

[1] 高晓声:《扎根在生活的土壤里》，载《创作谈》，花城出版社，1981，第 117 页。

道的地方，而“个体”“人性”恰恰是当时思想界、知识界所极力鼓吹的两个核心价值，也是整个80年代思想的两面旗帜。与此同时，刘绍棠、孙犁、汪曾祺带有人道主义、人情美色彩的乡土小说全面开花，给读者营造了具有浓郁的田园诗意的乡村世界。

但是，乡村或者农民作为一个被叙述的对象，在遭遇西方时，在文学中所呈现出来的整体形象及其演变过程，还是体现出独特的文学价值，对他们的叙述是观察中国现代化进程的一个重要角度，叙述方式的改变也与整个社会对西方认知的改变具有直接的联系。

一、田园中国

按照雷蒙·威廉斯《乡村与城市》中的定义，乡村（country）一词“本意指在观察者眼前展开的土地”相应的中文词汇也暗指“土地”“乡土”“乡村”，它们也被赋予了强烈的情感价值，例如“家乡”“思乡”；在英文中，乡村还有一个表述是rural，意指乡野的、牧歌的、田园的；中文中还有一个“农村”与之对应，农业区域或农业社区与城市工业贸易区相对。[1]在中国文学中，乡村的意义是最丰富的，基本上也是可以延续

---

[1] 张英进：《中国现代文学与电影中的城市》，江苏人民出版社，2007，第8页。

这两层意思的。

在中国几乎所有重要的有关现代性的对话和实践中，西方的都市文化都是潜在的对话者，在资本主义压倒性刺激方式的压力下，许多作家选择了乡土作为回应方式。这个惯性的操作方式在中国文学传统中源远流长，它是古代文人的避世传统，以沈从文为代表的现代乡土文学，延安文艺讲话以来的乡土文学传统等多种乡土叙述的复杂混合物。它是面对外来强势文化的应激反应，也是文化传统的为数不多的选择之一。同时也与这一代作家[1]的特殊经历有关，从他们的文学作品中我们都能感受到他们强烈的人民认同[2]和对乡土的精神倚重，从他们的作品或者非虚构性记述中经常可以发现“人民”的动人时刻。高晓声说：“我能够正常地度过那么艰难困苦的二十多年岁月，主要是从他们身上得到的力量。正是他们在困难中表现出来的坚韧性和积极性成了我的精神支柱。”“在长期的体力劳动中，

---

[1] 主要是指“四五”一代的作家，刘小枫在《关于“四五”一代的社会思考札记》中将中国现代知识分子分为四组代群：“五四”一代，即20世纪末至21世纪初生长，20—40年代进入社会文化角色的一代，这一代人中还有极少数成员尚在角色之中；第二代群为“解放一代”，即30—40年代生长，50—60年代进入社会文化角色，至今尚未退出角色的一代；第三代群为“四五”一代，即40年代末至50年代末生长，70—80年代进入社会文化角色的一代；第四代群称之为“游戏的一代”，即60—70年代生长，90年代至21世纪初将全面进入社会文化角色的一代。

[2] 关于这些作家的“人民认同”，参考何言宏《中国书写当代知识分子写作与现代性问题》，在“右派作家”以及一些中青年作家和“四五”一代的作家以及知青作家的非虚构性记述中，能够感受到他们强烈的“人民认同”，何言宏先生称之为“发现人民的动人时刻”。

他逐渐获得了一种固定的生活习惯，习惯顽强地按照自己的模式塑造他，久而久之，过去的一切就隐退成了一场模糊的梦，又好似是从书上读到的关于别人的故事……那在大城市里的生活变得虚幻起来，他的记忆也被这固定的生活习惯和与以前截然不同的生活方式拦腰截断了。”[1]

《灵与肉》在80年代曾经轰动一时，后被改编成电影《牧马人》，感动了一代人。小说对现代化物质景观的描写是当时小说中少见的，西方在作品中以都市的面目呈现，同时强化了乡土中国的自我认知，作品中对都市的描写方式套用了“五四”时代的流行话语，作家的道德趋向上混杂着浪漫主义对都市的批判，对自然的淳朴的乡村的赞美，对帝国主义本能道德上的厌恶，在知识分子的自我改造中形成的对人民的深厚感情，对社会主义道德体系无条件的尊重等各种情状。这在80年代的写作中几乎成为乡土中国的一个自我指认源头。但是寻找“乡土”毕竟只是一个应激的反应，在“改革”文学中，“乡土”中国已经开始出现了新的面目，一方面充盈着追赶上西方世界的乐观主义调子，另一方面也开始暴露现代化的后果，比如张炜的“芦青河”边出现了大型钻井机、现代化的厂房和烟囱，“田园中国”的想象几乎在事实上失败了，乡土的、田园的中国或许只能为叙事者提供精神的暂时栖居地。在《芦青河告诉我》

[1] 高晓声:《且说陈奂生》,《人民文学》1980年第6期。

的后记中，张炜说：“我厌恶嘈杂、肮脏、黑暗，就抒写宁静、美好、光明；我仇恨龌龊、阴险、卑劣，就赞颂纯洁、善良、崇高。我描写着芦青河两岸的那种古朴和宁静，心中却从来没有宁静过。”这段话道出了张炜创作的悖论，在诗意和道德化的乡村想象中，一个急剧变化的时代已经来临，一个“世界”被打开的时代已经成为“自我”世界的一部分，心灵已经难以宁静了。

但是，毕竟不可能总是重复性地书写这种田园牧歌式的乡村，每一次书写都是一次能量的流失，所包含的美学价值也会次第流失。而且作家们对西方的认识也在不断变化，最初的物质凶猛所带来的应激反应会慢慢平复，甚至已经体味到物质的不可缺少。在一封写给丛维熙的信（《关于时代与文学的思考——致维熙》）中，张贤亮对自己先前对西方的理解做了检讨，“对目前西方流行的‘社会病’，如吸毒、酗酒、迷信、形形色色的犯罪案猛增等等，我们解释这是资本主义制度不可避免的恶果，是生活于其中的人们精神空虚的表现。诚然，就因私有制而产生的根本矛盾所造成的社会现象来说，如此解释是合理的。但是，我们在作如此解释的同时，也应该承认西方在各门科学与文学艺术上，直到今天仍然不断地涌现出具有创造性的优秀人才，其数量之多，成效之优，还是我们要向它看齐的。所以，现代人所谓的‘精神空虚’究竟有什么历史内容，它和社会制度的联系点在那里，是我们必须搞清楚，才能扬其长、避其短的。从欧洲回来，我重温了马克思有关现代社会的论断。这里，篇幅不允许我大段引述马克思著作的原文，我只想请你注意一下《马克思恩格斯全集》第四十六卷，上册，第四八五至四八七页与一〇九页上的几段话。那几段话会给我们很大启发。原来，现代人，即生活在工业社会的人的‘精神空虚’是一种因不满足而产生的空虚，是基于人要追求自己的全面性而暂时不得的空虚。这种‘精神空虚’要大大高于古代农业社会的人的‘原始的丰富’。工业社会所创造的牛产力与财富，一方面因其资产阶级形式会派生出种种‘社会病’，另一方面，又会激发起人空前活跃的创造力。而人开始不满足，开始追求自己的全面性，则是农业社会向工业社会转型后的普遍心理状态”。从这些话来看，道德化的包含革命中国“人民认同”的“乡土中国”已经开始让位于对现代化的认识，在小心翼翼地被现代所吸引的过程中，作家们笔下的“乡土中国”的写法势必会得到修正。

二、漫画式乡土的活力与“废乡”

在中国当代文学中，都市中心主义就像西方中心主义，乡村就像第三世界。农民向都市迁移与都市人向海外迁移本质上也是一回事，在关于农民的文学叙述中，城乡二元对立成为一个非常重要的框架，农民与西方还构不成一个有现实意义的叙事框架，基本上是在意识形态宣传的意义上出现在一起，在报告文学中农民走向世界的故事基本上是按照这种叙事方式进行叙述的，如《从田园走向世界》[1]《站起来的农民》[2]等，都是叙述农民在党的改革开放政策下，大胆改革，思想开放，终于实现了物质与精神上的进步，自己的产品走向了世界，赢得了尊重。

文学作品中叙述农民对西方的想象，比较典型的还有张一弓的《黑娃照相》[3]，靠喂养长毛兔有了点钱的年轻农民黑娃进城，看到一位梳大背头，戴着墨镜，穿人造革拉链夹克衫的青年摄影师，正高高地站在花坛上，举着一部照相机，对着花坛前边的人群说："这是最新进口的美国机子，照一照，十年少，找对象的年轻人照这最好！"后文接着写道：

> 西方的光学技术对中岳嵩山之下的年轻山民们，立即产生了巨大的诱惑。大家蜂拥而上，睁大眼睛审视着，仰着下巴惊叹着，烧窑匠大声喊叫着："咳咳，咱俩也算'美'了一回！"

此时小说还有一段对黑娃的心理活动的细致描述：

---

[1] 京隆：《从田园走向世界》，《清明》1985年1期。
[2] 牟崇光：《站起来的农民》，《人民文学》1984年6期。
[3] 张一弓：《黑娃照相》，《上海文学》1981年第7期。以下引文出处相同。

难道只兴俺张黑娃辛辛苦苦喂养长毛兔，剪下一寸七的特级纤维，给你们外国人做那啥“开司米”的花毛衣，就不兴你们外国人为俺张黑娃服务一回吗？不中不中！你这美国造的照相机也得为俺中华人民年共和国不大不小的社员张黑娃“咔嚓”一下，俺也得“美一回”，“美”定了！

接着黑娃遭遇了摄影师和周围群众的不信任的眼光，他们怀疑黑娃的经济实力，黑娃把钞票摔在桌子上，摄影师先是愕然相视，继而肃然起敬。看热闹的人们也都收敛声息，对这个穿着补丁袄的小伙儿刮目相看了。其实，在甩出钱去的时候黑娃心里猛地一沉，但他望着人们瞠目结舌的样子，又感到无比的快意。直到拍出照片来，黑娃和围观的山民都被黑娃的影像给震惊了：

相片上的黑娃，是那样的英俊、富有、容光焕发，庄重的仪态，嘲讽的眼神，动人的微笑，好像是为着某一项重大的外交使命，出现在某一个鸡尾酒会上似的。

黑娃愣愣地望着照片，那眼神好像在问：那一位果真是俺么？但他很快便确认，这就是本来的黑娃，或者说，这就是未来的黑娃。评论家也说，相片之外的黑娃只不过是黑娃的暂时的“异化”罢了。这样，美国政府也就避免了一场要求赔偿损失的贸易纠纷。

赶会的山民被这照片里的奇迹惊呆了，看着照片，黑娃感到满足而且激动。他想着，娘见了也会高兴，因为他给娘带回去的，是一个五颜六色的向往，一个黑娃“吃得穿得”的证明。在小说的最后，黑娃禁不住内心的高兴，大声对自己说：“我说你呀，你好好听着，再过两年，咱来真格的！”小说中黑娃所置身的乡村是充满活力与希望的，并且是可以承担国家现代化想象的主体。

在现代化的想象中，乡土的活力除了中国文学本身的传统以外，还是主要以西方都市为主要对话对象的现代故事的一次转变。萨义德在《文化与帝国主义》一书中提出了“态度和参照结构”[1]（structure of attitude and reference）的概念，从地缘和政治的角度以探讨叙事与地理空间、帝国主义意识形态之间的关系，从习惯于认为小说的情节与结构主要是由时间构成的（比如模仿西化而实现现代化就是一个时间构成的情节结构），转向对空间、地理与地点的关注。把为社会所需要和授权的故事空间安排在英国或欧洲，然后通过编排、设计动机和故事的发展，把遥远的或边缘的世界（爱尔兰、威尼斯、非洲和牙买

[1] 萨义德的“感觉解构”是指位置和地理指涉的解构出现在文学、历史或人种志中，有时候是暗示性的，有时候是精心策划的，跨越几个既不会以另外的方式相互关联，也不与“帝国主义”意识形态相互关联的个人作品之中。

加）联系起来。这个空间是值得期望的，又是从属的世界。在中国的语境中，乡土被组织进现代故事的方式和19世纪英法小说中遥远或边缘世界被组织进故事的方式一样，它们的活力和值得期望是因为现代化的需要，它们是现代化巨轮上的一个部分。

黑娃以自己的单纯、无机心完成了作家对于西方想象的任务，而这种对西方的想象方式在知识分子为叙述对象的文学作品中几乎不可能出现，比如《春之声》《人到中年》《灵与肉》，总有一个辩论或者心灵的痛苦挣扎。这样的小说与农民形象，对于读者来说并不陌生，而且是格外熟悉，自从新文学以来，它们师承有道，漫画式的表现方式，人物性格的发展，空间的设置，并没有超越时代的"文化形式与感觉结构"，恰恰是在回应这个结构，农民与西方遭遇自太平天国时期的捣毁铁路的形象成为历史固定形象以来，几乎就没有叙述上的突破和革新，如鲁迅的阿Q、高晓声的陈奂生等，而且在被叙述的舞台上，他们或者成为缺席者，或者一成不变的人物心理方式，成为作家们表达其他理念的道具。虽然当代文学一直被一些批评者诟病"进不了城"[1]，但检视一下80年代初期的文学史，缺少相应的作品对这个巨大转折点上乡村的生活、农民心理做一个非漫

[1] 中国当代文学界的一个最大的软肋——都市题材，对中国作家一直是个很大的难题，以文学界最具声望的茅盾文学奖为例，农村题材作品占绝大多数，比如2008年获奖的四部作品中，当下城市题材的一部也没有。

画式的表述，这也是一个需要认真反思的文学问题。中国的城市改革于1984年启动，城乡差距从1985年开始扩大，1989—1991年农民收入基本停滞，城乡差距恢复到1978年以前的状况。[1] 在这个背景下，仅仅有一个漫画式的乡村与西方想象对位式出现在文学作品中，这种情况对乡村题材占绝大多数的当代文学来说应该算是一种失职吧，当代文学中乡土活力的渐渐消失，甚至呈现出“废乡”的景观也就在情理之中了，关于这一点贾平凹的感受应该是最切身的了：

> 我出生在农村，也当过数年农民，以前城乡差别大，土地责任制以后，农村确实欣欣向荣，那时我回故乡或是到别的农村去，真是兴奋，那时写了《鸡窝洼人家》《腊月·正月》等一批作品，感情真挚而喜悦。但这以后，国家注意力转移到了城市，农村就停滞发展了，几乎有点自生自灭的味道，以至后来农民进城打工，农村就少了人气，村舍破败，粮食是多了，钱却少了，农耕资料价格上涨，看病上学难，税费过多，治安不好；我再去农村，感慨万千，心里很痛。治理这么个大国确实难啊，农村不改善不行，改善了一下，还有城市，抓了城市，农村就可以

[1] 卢迈：《始终不能忘记农村的发展》，见罗峪平的访问报道。《三联生活周刊》1998年14期。

放一下了，可农村的问题又严重起来。[1]

三、高晓声：叹苦经

在以西方空间为参照的改革开放语境中，以塑造出陈奂生蜚声文坛的作家高晓声仍然在继续坚持思考农民、农村问题，并且在西方和中国乡村的框架里去再现和塑造农村生活。在最早的出国活动中，高晓声总是不自觉地在都市化的西方世界中去寻找美国的“农村”。这大概是与他对中国语境中的农民的认识和情感有关，在创作谈《为“十八九”服务》中高晓声说：“现在不管哪一个都在农民的重重包围之中，即使你是超人，也摆脱不了他们的影响。你要前进，只有同他们一起前进；你要同他们一起前进，你就必须了解他们，发现他们前进的因素，你才有信心。历史已经注定作家们要和农民携起手来，认识这‘必然’应该高兴啊！”由此可见，高晓声是一个在乡土中国和革命中国的语境中滋养出来的天然地与农民站在一起的作家，不仅如此，他还把自己确认为是与农民共同生活的，以为农民写作为自己的职责，他说：“我二十多年来与农民生活在一起，准备就这样过一辈子。我在农民中间不是体验生活，而是共同生活，所以对农民的思想比较了解，但是根本没有想到要去写

[1] 张英、贾平凹：《〈秦腔〉：从“废都”到“废乡”》，《南方周末》2006年6月2日。

他们。为什么后来又写了呢？粉碎‘四人帮’以后，几位中央负责同志的报告中，都强调恢复党的实事求是和关心群众疾苦的传统，我深受感动，就想为农民叹叹‘苦经’，把他们的苦处说一说。”[1]

《陈奂生上城》在新时期引起评论界的高度评价，不仅仅塑造了一个典型人物陈奂生，而且作者确实是把一种深切的同情贯注到人物的塑造中去，正应了为农民叹叹苦经的主旨，这是那一代作家因为各种各样的方式从城市走入乡村以后，思想上转变的反映。之后，高晓声写出了一些其他相关作品，《陈奂生包产》《陈奂生转业》，但是无论是艺术还是认识，却并没有更进一步的提高，大概高晓声也体会到这种艺术上的停滞，尽管许多人一直期待他写陈奂生出国，“如用陈奂生的眼光来看当代西方文化，会看出如何景致呢？这当然是个有趣煞的话头”[2]。差不多有 8 年的时间，他没有再继续陈奂生系列的小说写作。

在 1991 年，他终于写出了《陈奂生出国》，他自己曾抱怨说，“朋友们叫他出国去，我没有让他去，竟形成了一股内在的压力，不让他出去我的责任就没有尽到，不写下去似乎总没有写完，心头也永远不会轻松，长此下去，我实在吃不消；于是

[1] 高晓声:《创作思想随谈》，载彭华生、钱光培编《新时期作家谈创作》，人民文学出版社，1983，第 257 页。

[2] 陈思和:《又见陈奂生——致高晓声的一封信》，《小说界》1991 年第 4 期

只得皱着眉头去爬格子，连章法都乱了，只是顺着习惯了的思路奔下去，还管它什么时间不时间呢！”[1] 从这番表白，不难看出，出国的陈奂生很大程度上是知识分子现代化想象的一种表现，他们需要陈奂生在当代中国历史的舞台上不断地转换，当初农民陈奂生的苦经已经叹完，他不断地被要求有新的身份，而不获得这种身份，他就有可能落伍，不能及时反映新的时代气象。所以洪子诚曾经对高晓生的小说颇有微词，他认为“这些小说被有的批评家看作是继承了鲁迅有关‘国民性’问题的思考”。显然高晓生在一个时期醉心于在作品中留下 80 年代以来农村变革的每一个痕迹，而让人物（陈奂生等）不断变换活动场景，上城、包产、转业、出国，而创作的思想艺术基点则留在原地。

《陈奂生出国》的写作时间与《曼哈顿的中国女人》[2] 非常接近，进入美国的中国农民“陈奂生”不像“周励们”那样在美国如鱼得水，对“美国价值”认同起来毫无障碍。他看见的是另一个美国：

[1] 高晓声:《陈奂生上城出国记》，上海文艺出版社，1991，第 224—226 页。

[2] 引起巨大轰动效应的大众文学作品。90 年代以后中国社会急剧转型的过程中，世俗欲望几乎得到了全方位的肯定，《北京人在纽约》《曼哈顿的中国女人》《我的财富在澳洲》等一批 80 年代末到 90 年代一系列以“出国”“海外发迹”为故事内容的海外故事兴起，为大众文化时代的“幸福生活”提供了十分明确的形象指南。故事主要内容一般是一个留学生或者出国打工者为了成功（爱情、婚姻、前途、身份、财富等），历尽艰辛，适应西方的游戏规则，赢得了国内同胞的羡慕和“西方”的认同，成功的主要标志就是拥有相当的财富。

你们说稀奇不稀奇，放着宽宽大大的地方不住，却到海边沿上的山坳坳里来，房子造得密簇簇，一层层拔得攀上天，千百十万人硬拼着性命挤在一起，这不就像蚂蚁在壁角落里做窝吗？

这段话是对阿Q式的农民的漫画式刻画，似乎显得滑稽可笑，妙趣横生，与城市或者西方隔膜，甚至成为国民劣根性的鲜活范本。同时我们也可以看作是对资本主义物质文明的批判“海边沿”“壁角落”这些词汇里包含着有意味的信息，显然在陈奂生看来，中国才是世界的中心，而美国则是边缘。陈奂生到美国，关心的是如何改造美国，使它符合自己的观念，比如他看见自己住的别墅外面都是草坪，觉得太浪费土地了，于是动手把草坪铲了，想改为菜地。为什么陈奂生如此理直气壮？因为支撑着陈奂生的是一套“共产主义革命”的话语系统，他还是一个生活在“过去”的人。在那个时候，中国是世界革命的中心，美国人民正等待着中国人民去拯救，“革命”话语在当时“中国—西方”模式中起到的是平衡的作用，对于西方的妖魔化中国，中国的策略是妖魔化西方。

陈奂生的潜意识里还保存着革命话语系统，这个系统与西方现代化景观形成鲜明的对比，从而产生了戏剧化和讽刺幽默的效果，而这个“革命时代”的陈奂生也就在一阵笑声中退场了，作者的叙述语气以及情感已经发生了一个突变，农民已经与“苦”脱离关系，也没有《陈奂生进城》中那种沉重与感慨了，陈奂生固守的农民式的革命时代的思维方式始终是作为西方的物质富裕、现代的生活方式的反面形象出现的，可以说作者充满同情地创造了一种善意的喜剧效果。叶兆言甚至把这种喜剧效果理解为“讥笑”，如果放在高晓声的个人思想的转变中，应该也是成立的，“他作品中为农民说的话，远不如说农民的坏话多。农民的代言人开始拆自己的台，从陈奂生开始，农民成了讥笑的对象”。[1]

同时，另一个陈奂生出场了，他性格非常成熟，不再需要作者的同情，甚至已经走到作家前头了，成为小说的一种叙述视角。[2] 他可以很理性地与留学生、西方人辩论科学技术的两种效果、保护动物等问题。小说还描述了他遭受的一次严重的挫败。他在宾馆打工赚到了钱，发现自己与西方工资的差距，“差距之大先是叫人吃惊，然后便是不信，等到相信了，就一阵心酸，直觉得自己活得太窝囊”。窝囊就是没有意义，失去了活着的原来的那份自足与平和，而且有一个对比。这个知识分子化的陈奂生开始思考如何才是有意义的生活，一个最直接的答案就是钱多。也许更进一步说，就是西方的生活才是有意义的，中国农民那种辛苦恣睢的生活在相比之下，顿时失去了陈奂生

---

[1] 叶兆言:《郴江幸自绕郴山》,《作家》2003 年 2 期。
[2] 陈思和:《又见陈奂生——致高晓声的一封信》,《小说界》1991 年第 4 期。

刚进城之后的虽然滑稽，但是毕竟满意的价值。

然而庆幸的是，高晓声的思考并没有到此为止。在关于钱多少的问题上，90 年代以后，消费社会的意识形态已经逐渐成为社会的主流意识，他又开始叹“苦经”了：

> 社会真有说不出的难处，不便说的苦衷。比如钱这个东西吧，真不好处置。你不让它跑，它就不起作用。你若让它跑，它就绝对跑向旺处。而且轻车熟路，一贯就是那么一条跑道。老百姓叹口气，说‘钞票喜欢扎大淘’。到了经济学家嘴里，便称是积累资本。[1]

这可以看作是高晓声创作的一个圆圈，又回到了开头。这显然是在社会集体想象的共同幸福之外，提出一个新的社会问题：在新的历史进程中，社会重新分配会不会带来新的贫富差距和资源占有上的极大不平等？而弱势者则是首当其冲的受害者，在现代化的舞台上，进城、承包、转业、出国转了一圈的陈奂生将来会是如何的命运，这大概都是不能回避的问题，但是时不我待，高晓声已经没有时间来回答这个问题了。

不可否认的是，农民在经历了短暂的“黄金期”后马上陷入了“现代化乌托邦”带来的困境，我们都不会忘记王润滋的

[1] 高晓声：《钱往哪儿跑》，载《高晓声文集·散文随笔卷》，作家出版社，2001，第 289 页。

《鲁班的子孙》里弱者开始被“现代化”无情地抛弃，田中禾的《五月》里农民“卖粮难”的现实和乱收费的新压迫，张炜的《秋天的愤怒》《秋天的思索》里“新剥削者”的出现。而到了80年代末90年代初，无论在现实背景还是在文学叙事上，乡村都开始被边缘化，最著名的一个例子就是，畅销书“布老虎丛书”对小说创作的要求，出版商与每一位加盟的作家签约，合同大致有三点内容。[1]第一，故事以90年代的城市生活为背景，故事情节要逼近现实。之所以做这样硬性的题材规定，是因为中国大部分作家是“农民作家”，他们擅长写的农村故事对于城市读者是隔膜的。第二，要写一个好读的故事。因为中国作家大都不擅长写故事，他们擅长写的是那种有关社会、历史的“大故事”，而布老虎要求的是那种有起承转合、刺激悬念，使人一读到底的畅销书意义上的故事。第三，要有理想主义、浪漫精神，有超越性。在关于全球化的“故事”中，可以看到无数“宝贝”“成功商人”“成功海龟”等在晚生代作家作品、海外打工文学中悉数出场，他们吸引着无数的眼球，创造着一次又一次的轰动效应，而再也无关“陈奂生们”的痛痒，“陈奂生们”只是文学中漫画式的存在。城市作为一个重要的书写对象，越来越醒目地凸显于1990年代之后的中国大陆文坛。

[1] 合同内容见邵燕君《倾斜的文学场——当代文学生产机制的市场化转型》，江苏人民出版社，2003。在《本土品牌畅销书的打造及畅销书生产机制的初步建立》一节，详细讨论了春风文艺出版社“布老虎丛书”的幕后策划和理念。

城市不仅构成文学故事发生的几乎是唯一的场景，更重要的是，它越来越清晰地成为文学表现的独特的审美对象。由“玻璃幕墙和花岗岩”组合的建筑群，由胡同、弄堂和老街构成的城市空间，由酒吧、浮世男女和夜生活组合的新都市空间，以及其间的人们的日常生活和消费方式等现代都市场景，开始被文学呈现为有着内在精神构成的寓言化或人格化主体。

按照贺桂梅的解释，这种书写主体的形成，联系着大陆1990年代以后新一轮的城市扩建高潮，联系着第三世界国家现代化进程中都市空间的扩张和重新组合，同时也联系着文化消费市场对于城市身份命名和认知的内在需求。“在某种意义上可以说，城市空间的剧烈变更，成为当前中国现代性指标的一种突出和醒目的外在标志，在遮蔽着广大乡村并将其弃置于现代性想象视野之外的同时，形构着一种别样的关于‘现代中国’的想象方式。自1990年代前期出现学术界和文学界的‘上海热’开始，曾经被‘中国乡村’‘社会主义国家’所遮蔽的上海、北京等城市成为文化再现和消费时尚所挖掘的对象。”[1]

乡村这样的前现代历史因素与景观将日益成为文学表现中“沉默的大多数”，这并不是说以农村为题材的作品的多少问题，

[1] 贺桂梅:《人文学的想象力》，河南大学出版社，2005。贺桂梅是在整体意义上来讨论城市，北京与上海就放在一起，但在具体城市形态上，两个城市有巨大的差异。

中国当代文坛乡土题材依然占大多数，但是“提到他们（乡村、农民），也往往或者把他们当作人生路上寂寞难耐、蓦然回首时的精神安慰，或者当作供自己休养生息的田园的守园人，或者当作人道主义同情的对象……总之是作为都市人生的对比与点缀，却不是以具有现代意识与思想的现代个体担当起架构现代文本的重任”[1]，这才是这种转变的关键和断裂的开始。

《文艺争鸣》2016 年第 5 期

[1] 张光芒:《论中国当代文学的“第三次转型”》,《当代作家评论》2004 年 5 月。

第三辑

致密物质集中营与远处的灯火
——以近期几部长篇小说为例

布鲁姆在《如何读，为什么读》一书中认为:“在某些方面，读一部长篇小说与读莎士比亚或读一首抒情诗不应有太大差别。最重要的是你是谁——既然你无法让自己不阅读。”你是谁可能是一个无法让自己不阅读的人必须要回答的问题，阅读至少给出一个通往自己的可能。他接着说，“由于我们大多数人还怀着一些明确的期待，因此在阅读长篇小说时会出现一种差别，我们想在小说中遇见如果不是我们的朋友和我们自己，也是某种可辨识的社会现实，不管是当代的还是历史的社会现实。”[1] 在“你是谁”这种摇曳不定的问题和长篇小说之间我们终于找到一个宽松的相对稳定的物质中介——可辨识的社会现实。

---

[1] ［美］哈罗德·布鲁姆:《如何读，为什么读》，黄灿然译，译林出版社，2011，第153页。

故事共同体

当代的大部分小说都踟蹰在现实主义广阔的平原上，由此可以辨识的社会现实几乎是不言自明的属性。迟子建的《群山之巅》再次回到了自己钟情的雪国小镇，生活于其间的凡人们孜孜矻矻，命运浮沉，爱恨情仇、欢笑和眼泪盘结在一起，白雪皑皑的家园底色都压不住那些跳跃欢欣悲欢离合的故事，在欲望的原力推动下，世界毕竟告别了平静。不论故事发生在如何边远之地以及经历几番曲折变形，都没有离开那熟悉的新闻媒体制造的“故事共同体”，比如大学生活中因为妒忌而萌生的投毒案，小偷入室偷窃引发的官场地震，少女为金钱出卖初夜，抗战老兵得不到公正对待，军队的腐败、托人顶替、虚假的道德模范、亲子换肾等等。这部小说在迟子建的创作中大概也算是一个转折，在那个独属自己的造梦地界中，析出的却是一个又一个熟悉的类似新闻事件，连道德价值观都是一个近似于漂浮在大众媒体中喧哗的声音，这并不是作家的问题，而是时代之殇，迟子建说：“一个飞速变化着的时代，它所产生的故事，可以说是用卷扬机输送出来的，量大，新鲜，高频率，持之不休。”迟子建立意于撰写“爱与痛的命运交响曲，罪恶与赎罪的灵魂独白”，在故事的起伏沉降中的确营造了这一情感构型，但不得不说在一个个熟悉的故事中，沉痛和悲壮、灵魂的挣扎与救赎都是低于预期的，且有用力过度之嫌。迟子建能够让人信服的地方，或者说她抵抗新闻故事共同体的方式在于她独特的故事和细节能力，《群山之巅》之中辛七杂身上那叠加着魔幻与传奇色彩的气息，开启的是一个不寻常的世界，给我们一个生灵复活、语义丰赡的形象，他用太阳火点燃烟斗，有股子不寻常的芳香，再比如小说中殡仪馆理容师李素贞与执行死刑的警察安平的相爱，源于共同的与死人有关的工作，“一经相握，如遇知音，彼此不愿撒手”。这种故事细节背后的心灵之音渺远而幽深，超出了故事本身的界限。

新闻与小说，这是一个陈旧的话题，从司汤达、巴尔扎克到托尔斯泰、福楼拜都有过著名的先例。新闻迄今一直是作家寻找素材的方式，但故事共同体的出现，宣告了一个事实：我们的写作将要面对无法逃脱的即时新闻时事的大幕布，也建立了一种竞争关系，来验证小说的合法性。言及故事共同体，近年来颇受关注的余华的《第七天》（新闻串烧）、方方《涂自强的个人悲伤》（底层青年进城受教育后无路可走的故事），以及周大新的《曲终人在》、陶纯的《一座营盘》（军队反腐话题）、东西的长篇《篡改的命》（穷人为改变命运把孩子丢到富人家门口，农民工讨薪，替人蹲监，高考名字被人顶替入学等等故事）、艾伟的《南方》（一个因孩子患病被骗而杀人的案子）等等，都是属于这个范畴。当然每一个小说家都在用自己的方式穿越简单的新闻原型故事，并在各种需要自证合理性的接口处做实建牢，在故事所指引或者启动的链条上，达到小说应该具有的审美。也有已经完全舍弃故事给予我们的暗示另寻一路的，那个熟悉的故事不过是一个幌子，比如王安忆的《匿名》。这部小说也是受到真实故事启发而写的，一个人被劫掠到原始洪荒中去。但这部小说的立异之处在于，新闻故事只不过是个引子，它几乎抛弃了新闻故事发展的可能性脉络和众多生活的表象，比如爱情、寻找、救赎、欲望的主题。它开启了一个偈语的世界，一个人在城市里从有到无（失踪），在山坳里从无到有（再生），然后在回去的路上戛然死去的故事。在一个能量守恒的世界上，他没有死去，永远也不会死。从城市到乡村，一个人被截取两个部分，放生在两个空间，在两个空间里泛起与生命相关的各种气息。

《匿名》好像是对人类的一个警示，也是一次对社会发展和成长的戏仿。这个失踪者回家的故事一直是被搁浅的，没有谁在此执着过，重要的是遇到的那些人和他们的人生，就像山坳里的花鸟树木，悬崖峭壁，都在另一种文明的映照之下，显得庄重显赫。另一方面则是小说壅塞和止步不前的哲学化、偈语化倾向，一般小说中视为畏途和风险的地方，《匿名》却给予了无限的空间，把一部《辞海》当作生活的道具，把人名地名数字作为说话谈论的对象，因着教书和人物的缺陷，文字语言成为九丈世界里一个非常重要的生存方式，所问非所答，从此处移向彼处，越过了生活的逻辑，陷在一种混沌深渊的精神逻辑里。好像是模拟人类在精神暗夜里寻索的过程，擦亮黑暗的道路漫长而无尽头。《匿名》其实是借用了失踪者的故事来讨论人们的在世状态，那些隐藏在时光里的自我和人类痕迹重新被唤醒。

今天“讲故事的人”的困境在于媒体环境制造的经验的同质化，故事共同体的出现，使得许多故事没有再次被传达的价值。本雅明指出小说与故事的不同之处在于它必须依赖书本，小说诞生于孤独的个人，他无法再以举例说明自己最关心的事情来表达自己，没有人给他提忠告，他也无法给别人忠告，在生命的饱满状态之中，并通过对这一状态的再现，小说显示了生者深沉的迷惑。故事也可以在书本中找到，但形式的来源并不是印刷品。它不是诞生于孤独的个人，而是来自生活在社群中，有着可以传递的经验的人。在这个意义上，《群山之巅》中的故事可能是回归社群意义上的“故事”，而《匿名》是回归孤独的个人。而我们可以确定的是，“公认的适合于创造性想象的文学出路，在于用本身并不新奇的情节诱发出个人的模式和当代意蕴”[1]。

底层的肌理

底层这个概念的提出与中国思想界在1990年代的转折和

---

[1] ［美］伊恩·P. 瓦特:《小说的兴起》，生活·读书·新知三联书店，1992，第8页。

分野有关，现代化和市场经济的发展，让整个社会呈现出两极分化的趋势，这种发展模式使得弱势群体无法加入市场经济的马拉松跑道，甚至可能被永远抛离在跑道之外，让另一种文化记忆——社会主义的文化记忆（对底层人民幸福的许诺）在文化讨论和社会底层大众的意识中凸显。底层研究是20世纪末兴起的一个复杂的研究领域，涉及底层写作、底层研究及知识分子的责任，还有更大方面的中国农民问题、全球性的现代性等问题。底层文学正是基于这个社会文化背景而被提出的，是2004年以来当代文学中出现的一个重要的文学概念，也是文艺思想界一个引起纷争，较为活跃的话题。关于底层文学，李云雷有一个描述，“在内容上，它主要描写底层生活中的人与事；在形式上，它以现实主义为主，但并不排斥艺术上的创新与探索；在写作态度上，它是一种严肃认真的艺术创造，对现实持一种反思、批判的态度，对底层有着同情与悲悯之心，但背后可以有不同的思想资源；在传统上，它主要继承了20世纪左翼文学与民主主义、自由主义文学的传统，但又融入了新的思想与新的创造”[1]。底层文学的出现也受到不少诟病，比如不注重作品的艺术性，复活文学工具性论，以描写苦难为惯性、时髦、时尚等，但这个概念本身的确焕发了许多作家的创作活力，并指向一种以深切的关怀和批判为精神旨归的写作。

[1] 李云雷:《“底层文学”在新世纪的崛起》,《天涯》2008年1期。

陈应松一直被归在底层写作的作家中，其实他的创作有更丰富和深刻的面向。长篇小说《还魂记》讲述一个远离家乡的罪犯，通过做线人获得减刑，在马上要出监狱之际，被同狱的仇人杀死，死者的灵魂回到故乡，他的魂触到养生地，于是还魂现身，这部小说具有舞台制造的那种造梦效果，悲壮而喑哑，以一种重新生养之姿，实现了时间、空间上的还原，一个悬空的人回到大地，一个死去的人再生，重新丰赡和填补生命的过程。这部小说展示出故乡的倾颓、道德的沦丧、环境的败坏，“继承了《楚辞》的文学精神，楚地的人情风俗、音乐歌舞在《还魂记》中都有其流风余绪，恶的横行、丑的肆虐、善的委屈、美的毁损都有其独特的文学表现，兼具浪漫主义、象征主义和现实主义的特质”[1]。东西《篡改的命》以直白、哀切的口吻，讲述了三代人进城的故事，形象化地重述了自新中国成立到今天，农村人改变命运之难，与文学作品中经常出现的进城青年形象相比，这一家人的故事特别悲壮，社会的不公，让他们望城兴叹，只能屈从命运的安排，他们的生活选择无不是被动和畸形的。当汪家第三代出生后，汪长尺不想让他们的命运在儿子身上继续，于是他代儿子选择了一个富裕的不会生孩子的城里人，他处心积虑地让自己的孩子一步一步走进这个家庭。这个有点狗血的电视剧套路式写作，似乎也正是我们这个

[1] 贾梦玮:《还魂记》,《钟山》2015 年 5 期。

躁竞社会的一面哈哈镜。刘庆邦的小说大部分都是关于“煤窑”这个黑白世界的,《黑白男女》的开端即是塌方事件，一群男人葬身矿井，这是一个从世界上生硬挖掘出来的片段，由于他们的“黑”色，造就了工伤矿工家属这个群体，女人们在背负灾难之后，还要继续生活。陈彦《装台》小说的故事非常简单，反反复复的装台，一场接着一场，主人公顺子和他的兄弟们累得像狗一样，生活的残酷一点也不比其他小说少，他遭受女儿的嫌弃，女人们陆续生离死别，总之所有体面点的人生都离得自己很远，可是还要硬着头皮继续被赋予的命运。小说最吸引人的是里面的人物没有姿态，只是“一五一十地活着，并且是反反复复，甚至带着一种轮回样态地活着，这种活法的生命意义，我们还需要有更加接近生存真实的眼光去发现，去认同”。

底层这个文学概念的活力在于它所针对的对象和语境，但当底层成为一种自然的姿态时，它本身的一些创造力也在降低，它所被人诟病的地方往往是跨不过去的门槛，需要写作者对这种写作方式有深入的了解，并警惕肤浅的了解和自我代入。生活刺激着我们的既有的文学观念，修复甚至唤醒人们沉睡的情感结构，这是概念的生产力，文学概念又生产对自己的反抗和不满，在多项刺激联动中，文学艺术会实现自己的自觉，才有可能产生文学的新意和活力。《装台》的不同就在于，它没有给世界一个框架，穷人窘迫的世界动辄就与金钱、爱相遇，是“利益”的一部分，但小说里面没有一个完全的反面人物，见惯了倾轧关系，对立、对抗关系，高低上下关系后，这种人物关系在当代气息紧张的小说中是一个异数。每一个人都有自己的语境和命运，就像小说中经常出现的蚂蚁形象一样，纷纷扬扬地簇拥在一起，为吃喝忙碌，托举着比自己身体重几倍的东西忙碌着，有条不紊地行进着。这些人的生存和意义，不是我们妄敢施加“同情”或者“审视”的，它可能就是人类活着的本相，这篇小说的好处之一就在于它抽空了刻意标举“底层”的姿态，深入了底层的肌理，呈现出放低了作家主体意识的人间生态。

危机修辞

安敏成说:“所有的现实主义小说都是通过维护一种与现实的特权关系来获得其权威性的。在现实主义模式的所有样本中都留有运作的痕迹。每一部新作都有权重构这一诉求，由此显示它对现实的独特把握。”我们这个时代的一个情绪症状即是焦虑，焦虑来自小说与现实之间特权关系的丧失，另外还来自现实中，个人与历史对现实失去了那种拳拳之心的深情。与此对应的是八九十年代他们所共同经历的社会现实和个人成长以及一代知识分子们的精神生活历程，作为他们主要依靠的历史背景和思想来源，落差感由此而生。于是，精神困境、中年危机几乎成为青年作家长篇写作的一个主要动力，危机成为一个极为普遍的叙事修辞。

2015年《我的少女时代》《港囧》《夏洛特烦恼》等大众通俗电影，都在集体“中年危机”，危机的背景其实大同小异：现实的怯懦，屈从于平庸机械化的生活，失去反抗的勇气和重新开始的信心（《我的少女时代》）；对未酬的理想念念不忘，对金钱社会的厌倦（《港囧》）；处于社会的底层，无力冲破平凡琐碎生活，又心存不甘（《夏洛特烦恼》）。三部电影无一例外都给出了重返“青春乌托邦”的路径，寻找初恋接续那个没完成的艺术和爱情“理想”，从记忆中重返校园时代获得年轻时的勇气，甚至是用穿越的方式重新过一次“成功人士”的生活。青春乌托邦结束之后，都是鸡汤式的回归家庭，温情脉脉的寻常人间才是正道。危机修辞在电影里不可能获得深刻的揭示，却是整体社会文化氛围的互为证实和影响暗示。昆德拉对欧洲小说在现代主义最后阶段的趋向有一个精辟的概括：“在欧洲，是推至极端的平凡琐事，在暗淡的背景中所作的暗淡的矫揉造作的分析；欧洲之外，是最例外的巧合的积累，色彩之上的色彩。但是这两种现代主义都有威胁性：欧洲暗淡基调的厌烦；欧洲之外美景的单调。”[1]今天中国的小说，作为孤独个人的一项事业，也难脱单调的威胁，所以危机修辞频繁地出现既是现实性的，也是艺术形式带来的。

---

[1] ［捷克］米兰·昆德拉：《被背叛的遗嘱》，余中先译，上海译文出版社，2003，第32页。

张怡微的《细民盛宴》以父亲预约的家族饭局开端，以自己给父亲做饭结尾，从喧闹的大家庭生活一次次回到我，“我”是他们的观察者，而非同路人，无法分享那个群体的情感、秘密和尴尬，却又难解难分，依然要被叫去告别，聚会吃饭，体会血脉之撕扯。我从家庭的缝隙中走出来，按照生活赐予的给养，自己去建筑一个世界，却又连连失败。细民的盛宴其实也就是细民们内心的摆设，父母离异，家族嫌隙中的爱与恨，最后引出了一段抒情，是对自己通篇侧身旁观和自怜的反省和成长。林森的长篇小说在年轻一代作家中都属上乘，他提供了一个相对宏大的社会视野和陌生化的文学意象，家族和个人两条脉络所切入的是地方性知识和当代问题。《暖若春风》正是一个当代青年与故乡的精神拉锯战的写照，“现代生活与外来冲击的创伤性体验与不知所终的困惑，以及蕴藉在生活内部的顽强生命力”（刘复生语）。张怡微和林森的困惑和个人成长，系于家族和地方的坐标上，有一份实和深。而其他的危机叙事可能更侧重时代和时代中的自己。

张者的《桃夭》就是一幅心灵危机者们的群像，小说从中年律师邓冰的离婚说起，讲述了一群曾心怀文学热忱的法学专业大学生，人到中年，80 年代的浪漫诗情理想，已所剩无多，各有所成又若有所失，处于事业与心理的多变期，他们遭逢了接踵而至的荒诞和报应，虽然是一地鸡毛的日常琐事，却因为他们的身世而被连接到一个更大的链条上，“在整个 80 年代，大学生都是天之骄子，是宝贝，这宝贝就像一个美丽的青花瓷器，这瓷器是那么光彩照人，又是那么脆弱，就在 80 年代即将过去的 1989 年，一夜之间这瓷器一不留神被打碎了，碎得是那样彻底，无法修复，我们都成了碎片”。马拉在《未完成的肖像》中写一个艺术家群落的生活，艺术家王树和老那行为艺术般的人生，伴随着名利狂热与爱情追逐，就像王树对自己的总结，“我的一生，从来都是半途而废。我养了一条狗，我叫它西卡，我给他讲了我所有的故事，它也许听懂了，也许没有，谁知道呢。我还写过一篇小说，我会把它作为附件，作为一个不完整的人的完整点缀”。他们总是在面对不完整的生活，没有什么坚持，在虚浮的环境中随遇而安，跟艺术调情似的生活着，隐隐耸动着的是生活之恸。王十月《收脚印的人》奉献了一次自我审判的时间旅行。通过“收脚印”回到过去，是一部“成功者”对往昔罪过的“心灵史与忏悔录”。《收脚印的人》没有指向历史，而是指向自己，把内心的罪恶、懦弱、羞愧一一裸露出来，“这不是他一个人的记忆，而是一代人的疼痛，正是这一代人血淋淋的心酸经历铸就起了中国经济高速发展的人口红利”。

作家的危机修辞基本上都在时代、社会、自我之间摆渡跋涉，有深有浅，而弋舟在当代中国推至极端的平凡琐事中，被无限的婚姻爱情叙事污染的世界中，的确有一种殊异性，并且确立了一个面向历史的叙事基点，像开启了的雷达一样在寻找暗淡基调的来踪去迹。在《刘晓东》这部中篇小说集里，所处理的问题与张者类似，经历过那个时代而现已步入中年的人们，往往把此后社会的败坏和人的颓丧推给那场风雨，“那年夏天似乎可以成为我们这代人任何行止的理由”。长篇《我们的踟蹰》其实也是在这个脉络里的推进，人物的设置上也有某种精神上的重合，“踟蹰”即犹豫、质疑，中年男女们在各自经历了人间的沧桑之后，彼此相遇，面对现实，爱还是不爱？在被现实挤压的情况下，相爱的缝隙可能也已经被挤压得少之又少。我们不能确定弋舟借着小说人物所作出的一代人的自我清理和审视是否准确，毕竟这一代人走过的路和精神基点的复杂性也有目共睹，但我们的确看到了有对话对象的小说带来的活力和深度。

周嘉宁的《密林中》是一部书写文艺青年的小说，可以看作是一部文艺青年的小历史（新世纪以来的文艺青年生态），也是一个群体灵魂的描摹。而在新世纪十几年的回忆中，作用于一个写作者的内心的东西，也都极度凝练收缩，对于一个以文学为日常生活，孤立、敏感、任性，又羞怯又勇敢的文艺青年来说，太容易被辨识的文化符号、太过于虚假的意象、太承蒙关照的爱都是不消领受的。群体性地关注写作，聚会见面，互相衡量，彼此争吵和较量，寻找那种未被程式化无法命名更接近心灵的东西，同时又在寻找和失望中消耗着年轻的生命，而最终是不断地自我反思和厌弃。通过文学，他们索爱于语言、影像，而不是任何外在于这些的东西，最终的目的是质实的生活。周嘉宁写了一段文艺青年逝去的时光，并且在小说中完成终结，敏感的心灵和寻找的焦虑给人一种枯瘦和寒怆感，让人禁不住怀念另一个时代的荣光，那个时代，人们把居住之地看得重要而有意义，人们热烈地拥抱宏大词汇，这的确是另一个时代的声息，而且不足以证明前一个时代的“虚假”，前一个时代是确凿存在，也是今天的忧思所面对的对象。

“所有路的尽头”“踟蹰”“密林中”“未完成的肖像”等等，都是一种精神形象，也是一种带有隐喻色彩的词汇，这大概是今年小说叙事中的一个收获，以小说的方式为一代人的精神生活命名。命名的危险在于遮蔽其他的精神可能性，也会制造一种确如所言的幻觉。尤其是当小说的主人公们都是文艺工作者，或者就是小说家的时候，这也大概是一个征兆吧。作家们踌躇着回到了“自己”的经验中，如果说，底层文学在直面生命不能承受之“重”的话，这些小说都在讨论生命不能承受的“轻”，也是青年作家们最接近自己的叙事。

返回历史

书写面对经验的疏离、社会弱势群体的生活、青年一代的精神困境以及个人艰难的成长，满满都是灰色的底色，也是现世的存在感，不是审视现实，而是面对存在，人在困蹇中返回故乡，返诸历史，大概也是常态。所有我们讲述的故事，在被公众围困、期待的视野里，一部作品要一开始就在较大的社会范围里与广泛的公众有所沟通、感应，获得理解，乃至受到欢迎，需要有反复的“陈词滥调”或“老生常谈”，就像“公共场所”的意义一样，也就是法国作家娜塔莉·萨洛特所说“大家碰头会面的地方”[1]。在当代长篇小说所勉力掷下的幕布上，可以称得上“大家碰头会面的地方”的，有笼统的建国三十年包括“反右”“大跃进”“文革”“知识分子上山下乡”等，而其中又以“文革”为中心可以辐射和扩展到自晚清以来到改革开放各个历史阶段，几乎成为百年历史的中心。近年来 1980 年代又成为另外一个备受文学关注的时间段，以其切近的针对性和复杂性成为我们重新想象未来的一个时空；而象征性的古代，也是近期中国崛起的主体性召唤下，当代长篇小说回溯和呈现历史的时间形象之一。历史好像是我们唯一的救赎和避风港，这个先锋文学曾经冲锋陷阵之地，现在几乎成了叙事天然的回归之地。

何顿的《黄埔四期》选择了黄埔四期的几位国民党学员作为切入历史的角度，在抗日到改革开放的漫长历史中，身世沉浮，荣辱跌宕，时势、政治、信念和个人的生活哲学、性格在庞大的背景上涂抹每个人的轨迹。小说的上半部分在个人命运、家国离散荡的气回肠之余，我们能看到历史的车轮，它雄壮无

---

[1] 转引自柳鸣九:《局外人的社会现实和人性内涵》,《当代外国文学》2002 年 1 期。

情地碾过，也展示了历史发展的必然趋势，既有民族的精英们英勇奋战、流血牺牲的抗日背影，也写出了军队的相互倾轧，争功诿过的腐败，领袖的刚愎自用、排斥异己、独断专行。而下半部则侧重于这一群人与大历史稍远的“个人故事”，在解放战争中顺应历史潮流，率部和平起义，以及其后他们在政治运动中所经历的种种人生悲欢，在历史的幽微之处看到个人的命运和选择。葛亮《北鸢》也关涉一部分抗战历史，但抗战始终是一个遥远的背景，决定着故事的发展和人物的命运，但又几乎无声无色。这部小说有一种独特的韵味，以男女主人公的两个世家为经纬，来历、日常、人情、变故一一讲述，始自 20 世纪 20 年代的世家衰败史，缓慢地呈现。葛亮一定是对这种古旧的家世和风物充满了别样的感情，世家子弟的做派都给足了表现空间，大家族的故事，每一个枝节都那样细慢精心。战争是没落世家的最后一击，子弟们流落在野，也为那些家族的叛逆者和新生代们准备了舞台。

袁劲梅《疯狂的榛子》在宽泛的意义上也与抗战主题有关，小说有一个漫长的引子，有一个寻根的外壳。居住在美国的华人喇叭和宁照夫妇，有着不可思议的包办的婚姻，蛮不讲理的妻子和隐忍多年的丈夫，一对怨偶只是作为国内像多米诺骨牌一样故事情节的序曲，“战事信札”这一资料的引入，则正式揭开一段隐秘的“家族”历史和抗战往事。信札提供了小说的叙事线索，又是那一段中国军人与美国飞虎队联合抗战的战事回顾，更隐藏着一对青年男女异于常人的战地爱情故事，以及一段耐人寻味的家族故事。小说线索庞杂，包括家庭、信仰、爱情、友情等等，在战争的各个角度都设置了可靠的见证人，不断地回溯这一段历史，试图给那个造成众人伤亡，也造就了各种战后心灵问题的大历史一个终结。人生的故事已经走到了下一代，“浪榛子”系列章节，寄寓着快乐、隆重、跳跃，他们展翅翱翔，爱着，活着，原谅着，把正义作为新的目标。与《疯狂的榛子》类似，陈永和的《一九七九年纪事》以限制性视角来书写一个沉重的话题，故事的主要发生地是精神病院、火葬场，故事令人眼花缭乱，诡异而复杂，但最后都能绕回到自己的逻辑上来，比如和解、宽容、理解，各得其所，各得其安。不是为了清算爱恨情仇，而是个人的成长和社会发展的纪念，也是发掘和铭记这个复杂的民族继续向前的根基，之所以把时间点定在 1979 年，大概也就在于此吧。于混乱中整理自己，孕育希望和成长。李杭育的《公猪案》以青芝坞地界上不同历史阶段的三组来福 / 旺财的人畜关系，呈现了三个（现在、“文革”时期、天平天国运动时期）何其迥异又何其相似的时代荒诞和人物命运，以寓言解构现实，小说在现实和历史之间不断切换，刺激着不断固定化的历史真相，也质证着今天的现实。

冉正万《天眼》也是选择了史诗式样的写作方式，小说的故事发生地是一个叫燕毛顶的地方，一个悬崖之上的几乎与世隔绝的村庄，“革命”打破了这个村庄的自治和宁静，被迫进入

"大历史"，悲剧的基调由此奠定，在一个家族极具黑色幽默色彩的起伏命运中，窥见历史和现实的荒谬与悲凉。周瑄璞《多湾》其实也是一部家族史，季瓷这个坚强、勤劳、聪明的女人，以一己之力应对家庭的危机和厄运，从出嫁到再嫁，到维持生计，维护亲朋的世界，到最后开枝散叶，四处生根，一个北方女人平凡而伟大的史诗雏形就出来了。这部长篇有一种浪漫的基调，"人和事如此稠密，心和梦这样空旷"（施战军语）。路内的《慈悲》又是一部工厂生活的小说，只不过这部小说是以父辈为主角的，水生是共和国的同龄人，父母都死在饥荒年月，他寄养在叔叔家，受过教育进入苯酚厂，他尊师学艺，娶了师傅不能生育的女儿，在工厂内见证了内部的阶级斗争的历史，经历了倾轧和官僚腐败，告密、阴谋、帮派几乎是这个空间的魅影。他从一个积极进步的工人变成混日子的老年人，一生都在为生存而努力，最后自身革命，在国营工厂的末路时代另谋出路。老一代工人陆续故去，一个时代也在欲望的舞蹈中结束，又遇到了新的问题。

近年来历史小说的写作是比较繁盛的，我们对历史的胃口已经越来越大，动辄百年史诗，仿佛只有在如此漫长的时段中，才可以打捞到今天的来处，毕竟一切历史都是当代史。每一代人都处在这种言说的焦虑中，生怕自己会缺席对历史发言的机会。先锋文学一个重要的支脉就是历史小说，如何叙述历史？为什么叙述历史始终是必须面对的问题。历史是我们对话的重要对象，重述历史是我们重要的写作行为，作家们选择了时间、地点、角度等等，还有许多思想准备需要做，比如大量的历史小说中，几乎都有一个“文革”的魅影和改革开放故事的一般认识版本，我们怎样讲述这段历史才能避免精致的流水账和重复性的一般演绎？这是重新回到历史叙事必须给出回答的一个问题。

以上几点是对近年来长篇小说创作内容的粗略总结及其问题的呈现，对目前长篇小说创作的不满，还有非常重要的一点即是缺乏形式的多样性，或者说没有创造出与丰富的与现实相对称的艺术形式，由此近年来出现的一些不太像小说的小说，让人有新鲜意外之感，比如孙智正的《南方》、康赫的《人类学》、次仁罗布的《祭语风中》、王莫之的《现代变奏》等，它们的存在是对现存小说形式一定程度的僭越。《南方》就像一个发育迟缓的少年回忆录，细细碎碎的小镇乡村生活，少年们缓慢的成长，小说里那些细密堆积起来的文字，没有华光溢彩和晴天朗日，每一天都结实而周详，从燕子呢喃到广场上的闲言，他们用肉身感触到的一切好像都没有遗漏，他们就只是在生活的拥塞里逢着空隙往前走动，我们的生活就是这样，没有必然绕成的故事，只有和时间的对峙。王莫之的《现代变奏》里有小众的打口碟历史、地下乐队的生活史、郊区新楼盘里的青年亚文化群的生活，没有故作的姿态，于细碎与平凡之中，可以窥见另外一个“上海”。次仁罗布的《祭语风中》讲小人物在重大的历史进程中个体命运的起伏和喜怒哀乐，但这部小说侧重传统文化怎样抚慰人心，给予人精神宁静，把人在世界里历练心智的过程作为主角是民族文化给小说艺术的回赠。《人类学》是一个个片段，是一个作家最大限度的自言自语，这部小说让我想起皮兰德娄“我必须毫无保留地相信人间的万千表象”。小说中有一段议论，“这些希腊人，他们懂得活着的艺术！因此有必要勇敢地在表面，在褶皱处，在表层停下来，崇拜表象，相信形体、音调、话语以及整个表象的国度！希腊人很浅，这一浅来自于深”。上述四部长篇很难说达到了怎样的高度，但的确有一种美学“冒犯”的味道，其他的大部分小说从内容到形式都保持着与经典的延续性，“这种延续性也许有一天会再次催生足以跟这些经典匹敌的作品。也许一些生机勃勃的新人物会消失在延续性中，如同往常一样。但是仍将有重复的乐趣，使得文明传统保持鲜活的乐趣”[1]。《人类学》里有一句诗“一团致密的物质集中营般的黑暗 / 远处的灯火”，可能是一个不恰当的对比，但这几部小说对于为数众多其他长篇小说来说，可能就是远处的灯火，微弱而规划着异域的界限。

《上海文学》2016 年第 7 期

---

[1] ［美］哈罗德 · 布鲁姆:《如何读，为什么读》，第 154 页。

时间之形：历史景观化的三种方式
——以近年来几部长篇小说为例

中国当代文学经历了社会主义现实主义、伤痕文学、改革文学、现代主义、先锋小说、寻根派等不同意识形态、语法策略、表意方式的洗礼，在本质上我们依然处于并且继续在呼唤现实主义的书写。继续蒙受启蒙理性以及理性可通达真理的恩惠，对再现的信仰一直规范和蠡测着大多数作家的创作，作家依然被期待是严谨细致的现实主义者和头脑敏锐的社会观察家，能够留下对时代精神和生活方式的精心记录，并且进而能够呈现曾经让现实主义小说荣耀一时的历史洞见。面对日新月异的世界和纷沓而来的知识的冲击，人们习惯性地反身寻找理解和解释现状的资源，历史事实、想象和记忆被推到前台来充当再度理解和诠释今天的思想资源。

如果把近年来当代小说看作一束束打在当代社会生活上的光，蜿蜒曲折之处，必有“历史”的形象，它以各种方式、名称、面貌出现在作家的叙事中。对正在发生的现实之无力感，可能会转化成返身历史的动力，好像我们对历史更有信心，对初具形象轮廓和背朝我们远去的时代，拥有和淘洗它的勇气要比对现实来得猛烈和沉稳。实际上，对历史的选择或者寄情，可能就是另一个婉转的当代姿态。每一次重新叙述都带有重建的冲动，期望“准确”“真相”，并且带来叙述今天的思想资源和想象未来的可能性。而在叙事中不断涉及、回溯的某个历史阶段、某种传统知识和想象空间（“文革”年代、1980 年代或者笼统的古典时代），是现实背后最重要的幕布和背景，被反复提及和重述，以致形成历史的景观化。

一

基于对 1980 年代重新叙述的热情，许多文章和图书已经进入人们的视野，比如吸引众多 80 年代文化名人参与的查建英的《八十年代访谈录》，访谈者和访谈对象们以过来人的眼光回首或者反思，并且给我们描述了一个“他们”的 80 年代：哲学热、美学热、主体性讨论、批判国民性等思想上的交锋，以《今天》为代表的诗歌、朦胧诗运动、白洋淀派的诗歌，以《黄土地》《红高粱》等为代表的第五代电影，还有西部风、寻根文学、实验小说，70 年代末星星画展留下的现代艺术，崔健的《一无所有》等等。甘阳接受《南都周刊》采访，回答人们为什么会有这么大的热情回忆 80 年代的时候说：“我想回忆 80

年代大概多少隐含着对 90 年代和现在的某种反省。我个人觉得 90 年代以来的社会是比较单调，市侩气太重，整个社会只有一个唯一的评价标准，就是是否符合经济改革，是否符合市场效益，用一个标准压掉了所有其他的价值取向。相对而言，80 年代整个社会正处于摸索的阶段，思想反而比较活泼，价值取向也比较多元，不同取向之间也更多点宽容，没有现在这么狭隘，这么功利主义。我们今后的社会是否可能更多点文化趣味，更多点人文气，少点市侩气，少点低级趣味，我想这可能是回忆 80 年代后面的一种期待。”这是“他们”的一部分初衷和抱负，希望用一个思想活泼、价值多元、非功利的 1980 年代给 1990 年代和现在带来一种反省，也是最吸引今天读者关注的地方。

这种对 1980 年代的重新叙述，以它的思想多元、理想主义光芒等风采打动了很多对那个年代陌生的读者，同时也受到不少批评，如程光炜的《历史回叙、文学想象与“当事人”身份》[1] 一文中，以《八十年代访谈录》为主要分析对象，把他们的叙事放在新的批判视野下，回应了这一代人对自己的叙述缺乏足够反思的困局，程文认为他们既有充分自觉的对痛苦、迷茫和追索精神的历史还原，也有豪华社会身份的集体展示；既有引人深思的反省意识，又在主动对当年的“话语发明权”

[1] 程光炜:《历史回叙、文学想象与“当事人”身份》,《文艺争鸣》2009 年 2 期。

和“先驱角色”进行巩固性修复；既有带领读者清理过去重建未来的美好愿望，又有特权阶层子弟那种舍我其谁的历史霸权意识。追忆式地去认同经典化了的作品、思潮、运动往往只是在修复和巩固某种模式，并且会无意识中重新确立某种历史霸权。今天我们重新思考1980年代的问题，其基本的立足点就是上述问题，去重新探讨这些已经带有定论色彩的“那些人”与“那些事”，并从中发掘还没有被充分展开的历史可能性。

相对于今天的迷茫，1980年代几乎先入为主地拥有一种抒情性判断，即“20世纪80年代是当代中国历史上一个短暂、脆弱却颇具特质、令人心动的浪漫年代”[1]。“中国80年代的文化主调也是理想主义、激进的自我批判，以及向西方取经。”[2]更为重要的是人们赋予了1980年代美学意义，比如格非《春尽江南》让女主人公在这个年代即将结束之际，以换名的方式隐喻一个时代的结束和分野，“她的名字由秀蓉变更为庞家玉，恰如其分地区分了两个时代，像白天和夜晚那样泾渭分明。‘秀蓉’所代表的那个时代，早已远去、湮灭。它已经变得更像史前社会一样的古老，难以辨识。而‘庞家玉’的时代，则使时间的进程失去了应有的光辉，让生命变成了没有多大意义的

[1] 查建英主编《八十年代访谈录》，生活·读书·新知三联书店，2006，第3页。

[2] 同上书，第9页。

煎熬”[1]。《春尽江南》以1980年代末期的一段爱情为开端，一次非常偶然的爱情或者性爱，又因为惧怕现实的暗示，而仓促背叛，离开现场，叙述者以“命运”来名之，他记忆中的1980年代就是以这个女孩子的形象而牵丝藤攀，“略带忧戚的清瘦面容，清澈的眼神，亲人般的情愫，青涩而带有一种归属的传统，她未染尘世却向往生活，一个彷徨未明的历史时刻，一个预示着多种可能性的时刻”。

宁肯的《三个三重奏》以一群被1980年代精神滋养的人物的精神陷落为主要故事情节，用作家在题记中引用的鲍德里亚《完美的罪行》就可以概括故事，讲述了一桩完美的罪行以及完美的审判。所谓完美，在小说中应该可以等同于高智商，或者从时代的层面去说，是时代“红旗下的蛋”，并且瓜熟蒂落，无可回避。作家几乎没有在反腐题材陈词上多费一句口舌，也完全不理会犯罪的过程，他从小说主人公杜远方的逃匿开始讲述。在被通缉之后，杜远方逃到滨海小城的一个姿色犹存的女人李敏芬家里，开始了一种重压之下的偷欢；与杜远方有千丝万缕联系的官员居延泽，在接受审判时一言不发，为了撬开他的嘴巴，濒临死亡的审讯大师谭一爻以死亡作为赌注，听居延泽重述他的个人史。宁肯采用一种与小说中人物精神世界互相耽溺的形式，用频繁的议论、抒情和分析的方式，像手术刀一样对

[1] 格非:《春尽江南》，上海文艺出版社，2011，第240页。

准这些人的精神世界——比如杜远方的清醒以至于冰冷，对自己内心的恐惧性黑洞的迷恋，居延泽不言自明的精神优越性等。而支持这种唯美的叙事方式和对人物内心开掘的可能性成立的无疑是1980年代，对这个年代的深切期望和信赖：

> 那个时代的语言，那个时代的认识，带着使命感……那时无论年轻还是年长都有一种时代的使命感，每个人都觉得自己身在历史中，每个人都觉得在创造着历史——历史相当的清晰。不像现在，谁也不敢再张口闭口谈论历史。有人说现在完全混沌了，历史不清晰，人也不清晰，是的，谁也没想到历史会走到今天，会是今天这个样子……怀念过去，怀念过去的清晰，怀念八十年代，即使是在已经习惯了白色的世界中已变得面目全非的居延泽也同样神情地怀念，居延泽在一半的的白墨镜中怀念1988年春天见到杜远方的情景，怀念那时的明亮与历史的清晰。[1]

《三个三重奏》提到1980年代的这种抒情倾向，其实是回避了对彼时生活的客观描写和具体呈现的，或者转化成一种"清单"式列举，比如《安娜·卡列尼娜》《红与黑》等文学名著，或者是《橄榄树》《让世界充满爱》《绿岛小夜曲》这样的

---

[1] 宁肯:《三个三重奏》，十月文艺出版社，2014，第204页。

歌曲，米勒的《拾穗者》和罗丹的《思》这些艺术作品。现实与书本之间的尴尬和疏离，不过是印证了小说中杨修的嘲讽，这些人没有在本质中生活，获得的是书本式的意淫和牵强的攀连，本质上是在追忆的基础上对经典的修复和巩固。

小说中的1980年代展现出了它精神原点的意义，几乎所有的主要人物，尤其是男人们都具有一种强烈的精神优越感，这种优越感从世俗的角度来说可能来自知识教育、经济收入、等级观念、精英理念，但作家给出了一个更宏远有高度的解释，是一种时代精神和理想，并且有着悠远的传承，以至于他们可以直言不讳地说出“我怀念八十年代”的话。至于他们所怀念的1980年代到底什么样子，小说中有一场关于这个话题的异常华丽的总结，在居延泽的心目中是一种19世纪的东西，他认为欲望如果保持80年代的样子是最美好的，那时理想有欲望的底子，有一种拼劲儿，欲望有理想罩着不会太赤裸裸，太原教旨。他们把这个东西叫作文化，就是欲望与理想的相互映照。“八十年代的人差不多都有这两样东西。只有杜远方与李离更突出。关系复杂，有利用价值，有合作的关系，有上下级的关系，有感恩，有知遇，有爱，有怨，有真情，有野心，总之那时是混合的，有更多心灵的参与……在女人和权力之间那时还有文化，还有八十年代的精神氛围罩着，还有举手投足之间的温文尔雅、理解、深情，还有权力与女人之间必不可少的细节，有苦衷、呵护、征询，总之有恋人之间的一切。”[1] 这是“我”的认知，理想、人文、情感是狼奔豕突的时代深情回望时，最期望的落脚点，也可能就是作家宁肯的认知，至少在小说内容呈现出来的部分。但对波谲云诡的 1980 年代，对于政治经济体制改革，整个社会翻天覆地变化的时代，时代的难题和选择以抒情的方式给出形象，其实是无法获得信任感的。

《春尽江南》的 1980 年代，是诗歌和文学的时代，主人公们还没有开始慢慢腐烂的人生，但他们也没有表现出勇气和承担，在面对李秀蓉的时候还是不明所以地仓皇而逃，这也是 1980 年代的“伤疤”，是当事人不能触及和解释的隐痛。事实上，关于 1980 年代我们因为太熟悉，并且在不远的过去，它一直是视野之内的“历史进行时”，并且是文学曾经深度参与其中的历史进程。今天面对这个“过去”的方式，“没有充分的历史化”成为一个简单的判词，多采用隐喻和浪漫的方式迅速地历史景观化，或者它只是批判实用主义、物质主义最近便的工具，而顺手地把它浪漫主义化或者“知识化”，而唯美形象与政治、经济、文化的形象是比例失调的，尤其是在作为今天的参照对象时，可能这个 1980 年代的形象是缥缈而可疑的，由此参照也会失去切实的基础。《三个三重奏》中还有一个问题，谈及 1980 年代的另外一个面向，欲望与理想的交织，“思想解

[1] 宁肯:《三个三重奏》，第 212 页。

放，觉醒首先是欲望的觉醒，欲望第一次被看作是正当的，因此所谓80年代的理想主义到底是理想还是欲望谁又说得请？两者很难剥离，当90年代人们惊讶欲望赤裸裸的时候，实际上80年代就已经孕育了，但却没孕育出一个监管欲望的东西来”[1]。这是一段放在注释中的陈述，却是一个重要的提示，1980年代形象化的过程中，它的缺陷和可能性更值得进入思辨视野。

二

当文学在呈现社会现状的时候，我们选取的历史对照点，或者百年历史的叙述之中，最突出、最频繁出现，而且最便利的往往是回溯“文革”年代，比如韩少功的《日夜书》中，知青一代在今天往往把青春岁月下乡白马湖的经历“伤疤”化：

> 从这些人的表情和言语来看，过去的岁月黯淡无光，说起来简直是字字血声声泪。吃不饱呵，穿不暖呵，文字多得能抬人呵……白马湖是他们抱怨的对象，痛恨的对象，不堪回首咬牙切齿的对象。如果说他们现在下岗失业了，提拔无望了，婚姻解体了，儿女弃读了，原因不是别的什

---

[1] 宁肯：《三个三重奏》，第212页。

么，肯定就是白马湖罪大恶极，窃走了他们的青春。

这个历史时期是20世纪中国形成的公共历史的重要参照系，也几乎成为百年中国历史文学叙述的最为重要的时空。在大多数的人的心目中，“文革”一直是50年代以及之前出生作家的特权，他们几乎完整经历了“文革”“上山下乡”，大多数作家都是在青春期直接被席卷到这个时代的大合唱中去的，所以记忆深刻，并且在新时代的轮换中（改革开放、市场经济），已经积攒了足够的知识和经验，可以对自己的过往进行叙事和重新叙事。即使是1960年代出生的作家，比如余华、苏童，在这一代人面前都表现出了对思想和经验的匮乏的谦卑，他们说过丧气的话：“（我）没有插过队，没有当过工人。怎么使劲回想，也不曾有过曲折，不曾有过坎坷。生活如晴朗的天空，又静如水”（余华语）；“我们60年代出生的作家，赶上了‘文革’的尾巴，那个时代我们都见过，对于他人的灾难，他人的苦难，并没有太多的思考能力，只是通过孩子的眼睛去观察，很少去想为什么会这样”（苏童语）。而1970年代出生的作家（比如徐则臣、李浩、乔叶）却十分激进地涉足这个领地，无论他们把这段历史呈现为什么样的形象，都是值得认真思考的文学现象，他们不愿意在巨大的历史硬壳面前无能为力，把它指认为一个绕不过去的自我问题。乔叶的想法特别具有代表性，她说自己之所以对“文革”产生了兴趣，“追根求源，也许是因为我对我们的当下生活更感兴趣，对我们当下的很多人性问题和社会问题更感兴趣，由此上溯，找到了‘文革’这一支比较近的历史源头”[1]。这种思维逻辑，特别符合主流意识形态和习惯性的想象，从现在出发回溯历史，以历史的经验来拷问现实人心，这种貌似循环性的直线思维，就像历史长河的浮游生物，看起来也是生态环境的必不可少的组成部分，但相比藏污纳垢的历史本身，相比错综复杂的江河生物链，他们只是最容易被“研究”发现的部分。

叶兆言和韩少功重新对“文革”年代的叙述，是一项更艰巨的任务，作为多次写作涉及这一年代的作家想要榨取出一些故事和新意是困难的，甚至已经很难被讲述成一个完整的“故事”，不过他们采取的叙述策略都是回到人的生存状态。仅就题材来看，韩少功的《日夜书》是一部知青小说，实际上这部小说根本无意于表现所谓的知青一代的人的某种集体命运，也不是某一代人的历史重述，更不是思想反省和精神忏悔，这部小说只是“借处在特定历史情境中的一代人的丰富生存来书写‘中国故事’，那个生生不息，断裂中有延续，延续中有断裂的中国生活本身，它支持中国穿越革命年代，走向改革年代，又走向新的未来的蕴藏在生活和人心中的深层动力”[2]。叶兆言的《很久之前》主要情节链是围绕主人公欣慰与她的好友春兰展开

[1] 宋燕：《乔叶：对当下的生活更感兴趣》，《燕赵都市报》2013 年 11 月 30 日。
[2] 刘复生：《〈日夜书〉的历史辩证法》，《长篇小说选刊》2013 年 6 期。

的，小说叙述了二人之间发生的一些大小事件：学习昆曲，各自的读书、恋爱、婚姻、工作生活等。欣慰始终跟着时代走，她追求进步，新中国成立初期入党，“文革”中是造反派，在“文革”初期就被枪毙。这部小说除了这两个女人的故事，就都是作家的自述，叙述者站出来跟读者唠叨自己的生活，自己的感想，当然还有对“文革”并不怎么高明的看法，“文化大革命是条不断流动的河流，绵延曲折，要拐过无数道弯，每一段河道都不一样，每一段流程都有自己的故事”[1]。但最重要的是，我们看到了这一代作家坦白自己为什么写这种小说和写作中的困难。

菲利普·罗斯跟阿佩尔菲尔德有一次对话，阿佩尔菲尔德说：“经历了集中营和森林这样实实在在、具体细致的经验世界。我的真实世界远非我的想象力所能企及，因此我作为艺术家的任务不是发挥我的想象力，而是要抑制它。即便如此，我似乎仍有困难，因为一切都是那么难以置信，自己好像就是个虚构体。”[2] 这句话可以佐证叶兆言的所言非虚，“很久以来，真实性成了这篇小说写不下去的一个重要原因。我知道的越多，了解得越详细，材料收集得越多，小说就越觉得写不下去”[3]。

---

[1] 叶兆言:《很久以来》,《收获》2014 年 1 期。

[2] ［美］菲利普·罗斯:《行话：与名作家论文艺》，蒋道超译，译林出版社，2010，第 27 页。

[3] 叶兆言:《很久以来》。

韩少功《日夜书》里有一段对这些知青经历“假伤疤”问题的议论，在真实性问题上，从白马湖走出来的这一群要暧昧得多，三心二意得多。他们一口咬定自己只有悔恨，一不留神却又偷偷自豪；或者情不自禁地抖一抖自豪，稍加思索却又痛加悔恨。叙述者对此有一种批判的意识，但意识到自己说不出口，“我一次次想说但说不出口”[1]，原因就是目睹了这一代人的艰难、畸形、怯懦、幻想、自负、盲目、粗鄙，他们在时代飘摇中被各种语言和意识形态覆盖，“他们其实不是影子，是人。他们不想下岗，也不想上街，只是需要一个理由，使自己稍微宽慰一点，轻松一点，能有勇气活下去——哪怕这个理由是一枚假伤疤”[2]。在韩少功和叶兆言的叙述中，不是赋予历史一个解释，或者援引来救助今天的自我，而是直面接近历史的艰难以及呈现本身的困难。

韩少功的《日夜书》和叶兆言的《很久以来》中的叙述者都是相同的一代人，这些同代人在小说中的形象也颇多雷同之处，尤其对时代的理解和回溯上，小说也都不约而同采取了间接叙述而非直接描写的方式，以元叙事的方式自然而然地谈论表现历史的困难，而且都有一个新一代的视角，新一代几乎都是以失败者或者让这一代人失望的形象出现的。当然两部小说都把“文革”和知青下乡的历史当作漫长历史的一部分，他们

[1] 韩少功:《日夜书》,《长篇小说选刊》2013 年 6 期。

[2] 同上。

不约而同地从“今天”开始写，今天是写作的最重要旨归，漫长的历史搭建和重新叙述是回答今天的一个必要过程。

对这种非写不可的作家自述，不必全部信以为真，有可能是为了佐证自己写作的必要性而虚构出来的热情，但这提请我们特别需要注意的是，在这个历史的景观化之中，我们到底在寻找什么？自1970年代末期以来，以这一段历史为中心的文学叙事汗牛充栋的情境之下，怎样有必要地去文学呈现，是一个最大的问题。文学尤其是小说（包括由小说改编成的电视剧），目前仍然是国人谈论、叙述“文革”的主要方式，而以“文革”为中心的百年历史呈现方式中，又是一个无法绕开的的政治文化思想复合物。好像没有触及“文革”，就无法盛满一个长篇小说的体量，也无法满足一个作家获得历史的纵深感的愿望，或者是完成一种思想上的自我挑战，但这种盛情也必须警惕对历史傲慢和轻举的危害。相对于故事或者放置在各种正确位置上的“镜子”，我更愿意相信韩少功和叶兆言这种如实呈现叙述困难的作家，“若没有过去和未来，现在是不完全的。所有的时间都是永恒的现在，因此所有的时间都是我们的”[1]。把一段历史处理成简单的景观化是有路可循的，时间只有通过时间才能被征服，尤其是把所有时间转化成“我们的”必然是一个艺术能力和态度的问题，就像《日夜书》是一个具体时空里生命往外

[1] ［英］迈克尔·伍德:《沉默之子——论当代小说》，顾钧译，生活·读书·新知三联书店，2003，第261页。

生长的世界，呈现了“顽强的生命力度和底层根系……用自己的生命实践诠释了这种革命的延续和流变”。[1]

三

格非的《春尽江南》是“江南三部曲”中与现实贴得最近的一部，谭端午的痛苦首先是来自日常生活，是一种弥漫性的普遍的从社会压力演变而来的灾难，“与妻子带给他的猜忌、冷漠、痛苦、横暴和日常伤害相比，政治、国家和社会暴力其实根本算不了什么！更何况，家庭的纷争和暴戾，作为社会压力的替罪羊，发生于生活的核心地带，让人不可逃遁。它像粉末和迷雾一样弥漫于所有空间，令人窒息，可又无法视而不见”[2]。在这种纷争和暴戾中，谭端午一直是逃避的，比如亲近那个乌托邦式的群体，刻意经营一种独特的生活方式，他日常勤读的书籍是欧阳修的《新五代史》，关于这本书，在叙述中经常会若无其事地提及，而在小说的结尾，却又一次郑重地介绍：

> 他终于读完了欧阳修的那本《新五代史》。这是一本衰世之书，义正而词严。钱穆说它“论赞不苟作”。赵瓯北在

[1] 韩少功：《红旗下的蛋》，《长篇小说选刊》2013年6期。

[2] 格非：《春尽江南》，第239页。

《廿二史札记》中推许说:“欧公寓春秋书法于纪传之中,虽《史记》亦不及。”陈寅恪则甚至说,欧阳修几乎是用一本书的力量,使时代的风尚重返醇正……端午在阅读这本书的过程中,有两个地方让他时常感到触目惊心。书中提到人物的死亡,大多用“以忧卒”三个字一笔带过,虽然只是三个字,却不免让人对那个乱世中的芸芸众生的命运,生出无穷的遐想。再有,每当作者要为那个时代发点议论,总是以“呜呼”二字开始。“呜呼”一出,什么话都说完了。或者,他什么话都还没说,先要酝酿一下情绪,为那个时代长叹一声。

撇开《春尽江南》的生活氛围,回到《新五代史》写作的历史现场,在已有了薛居正等主编的《五代史》以后,欧阳修为什么冒着被批评挞伐的风险,重新孜孜矻矻地编出一部体例和写法不一样的新的五代史呢?而实际上《新五代史》也的确有很多被时人诟病的地方。除了所谓增删史料、订正谬误之外,《宋史·欧阳修传》中说:“自撰《五代史记》,法严词约,多取《春秋》遗旨。”所谓“《春秋》遗旨”即“《春秋》笔法”,欧阳修感叹五代之乱极矣!是一个“君君臣臣父父子子之道乖,而宗庙朝廷人鬼皆失其序”的“乱世”,欧阳修作史的目的,正是为了抨击这些他认为没有廉耻的失序现象,达到孟子所谓“孔子成《春秋》作而乱臣贼子惧”的目的,这大概才是格非一直让谭端午看《新五代史》寄情之所吧，在一个知识分子矮化的时代，臆想一种文学的盛世和攘乱修复的宏大。

格非的“江南三部曲”，从知识分子乌托邦梦想的角度来重述百年中国历史，乌托邦被描述为一个群落：陆侃的风雨长廊、谭功达的桃花源、王观澄的花家舍、郭从年的社会主义天堂花家舍、元庆重建花家舍公社等等，从陆侃、王观澄、张季元、秀米到谭功达、姚佩佩，再到元庆、端午、家玉、绿珠，他们每一个人都在幻想建设一个与世隔绝的独立王国，他们都是有疯子气质的知识人，前赴后继地走向一个自我拯救的乌托邦。乌托邦事实上的陆沉史并没有动摇这种知识和臆想的乌托邦——暂时的寄身之地、心灵寄托之地。无论是重读经典还是沉迷古典音乐（格非《隐身衣》），甚至是《春尽江南》最后那首极富意境和虚幻感的诗——“事物尚未命名，横暴尚未染指 / 化石般的寂静 / 开放在秘密的水塘 / 呼吸的重量 / 与这个世界相等，不多也不少”，都在寓言式地重新指向一个可能的世界，用一种卑微、谦逊、郑重的姿态，为失重的世界寻找秩序，无论是冬夜读《春秋》，还是去西藏这种浪漫的举动，都是被珍视和看重的，当然也可能回到另外一个方向，就像《春尽江南》的绿珠说的“在当今时代，只有简单、朴素的心灵才是符合道德的”。[1]

---

[1] 格非:《春尽江南》，第 372 页。

《老生》中的灵魂人物老生，是一个在葬礼上唱丧歌的职业歌者，他身在两界、长生不死，他超越了现世人生的局限，见证、记录了几代人的命运辗转和时代变迁，老生又是一条漫长而松散的线索，把四个不同时间、不同地点发生的故事连缀成一个整体。《老生》这部小说最重要的不是讲述中国故事，而是用中国的方式来记录百年的中国史，具体来说，就是采用了古籍《山海经》的引入。贾平凹对《山海经》的理解也是侧重其形式所带来的意义，“它一座山一座山地写，一条水一条水地写，写各方山水里的飞禽走兽树木花草，却写出了整个中国”。这可以看作是贾平凹写出《老生》的灵感所在，全书四个主干故事之间，穿插着许多《山海经》的原文及虚拟问答，这是《老生》最大的创意和雄心，贾平凹加入这些或想形成一种比照，“《山海经》是写了所经历过的山与水，《老生》的往事都是我所见所闻所经历的”[1]。用《山海经》的思维方式，写的是叙述者所见所闻所经历的一件件事、一个个人。

伊格尔顿在比较现代的叙事与过去叙事之差别的时候说：“现代的叙事，换句话说，已经丧失了从前的必然性。过去的诗人会叙述某个氏族的神话起源或歌颂它的武功，而现在故事成了赘疣。它没有现实基础，必须自力更生；既不像氏族和国家，有起源，有历史，也不像《创世纪》的作者和写《神曲》的但

[1] 贾平凹:《老生》,《当代》2014 年 5 期。

丁，有经典可以参照，它只能自己充当自己的权威。固然，这给了作者更多的施展的空间，但这种自由是负面的。我们身处的世界，一方面，没有任何不能讲的事情，另一方面，也没有任何事情非讲不可。”[1]《老生》后记里谈到写作的初衷，说这百多十年的历史“有许许多多的事一闭眼就想起，有许许多多的事总不愿去想，有许许多多的事常在讲，有许许多多的事总不愿去讲。能想的能讲的已差不多都写在了我以往的书里，而不愿想不愿讲的，到我年龄花甲了，却怎能不想不讲啊？！”[2]贾平凹强调了对百多十年历史的这种讲和想，是与现代叙事有距离的一种前现代叙事，似乎隐藏了一个属我的“秘密”和一个确定不移的“我”的存在，甚至不惜以形式大于内容的手法，借用《山海经》，使其和“如是我闻”的形式统一。

古奥的《山海经》原文及解读期望能以生息相通于今生今世的中国故事，但不能否认这种两张皮之间的互不熨帖，只能靠故事之外的思古幽情来粘合比附。黄德海指出贾平凹这可能是要用习见的“所见”“所闻”，对应《春秋》的“所见世”和“所闻世”，《春秋》是洞察眼前发生的事，并寻求其极深根源，甚至有要有把反常的社会调整至正常的愿力，所谓“拨乱世反之正，莫近于《春秋》”。《春秋》是所见世、所闻世、所传闻

---

[1] ［英］特里·伊格尔顿，范浩译，《文学阅读指南》，河南大学出版社，2015，第123页。

[2] 贾平凹：《老生》，《当代》2014年5期。

世三分的，其实也是一种历史叙述，并且是一种包含了理想的社会拨乱反正之途，贾平凹让老生在暮年的讲述中，落到了偏居的叙述者位置上，无论是从作者的角度还是老生的角度，都在回避政治经济社会这些宏大的幽灵，牢记自己的局限，没有统一的大叙事，只有一堆小叙事，一直在提供部分的真相。谁都可以就事实最不足道的方面发表意见，而这些意见并不见得彼此相容。这也是与《山海经》想象力极其丰富，记载缥缈的仙山与瑞兽所匹配的形式，但实际上《老生》在此是辜负了这份绮丽的，因为贾平凹又在讲述众多已知的“历史”真相。《老生》是在时间的维度上展开的，试图在粗疏的时间之网中，用故事束缚住这个混沌的百年历史，用古典的蛛丝马迹，来打量这个庞然大物般的百年历史，期望在上下求索中复活古老的灵魂，焕发出讲述的热情，甚至是在叙事上恢复前现代的权威和荣耀。

艾略特的《传统与个人才能》认为传统意味着诗人应该具有一种自觉的历史意识，这种历史意识含有一种知觉，即不仅知觉过去的过去性，而且知觉过去的现代性。这种历史意识使一个人写作时不仅对他自己那一代了如指掌，而且还能感受到与他自己国家和整个文学有一个同时的存在，组成一个同时的秩序。而且历史意识不是指用社会历史背景来解释一部作品的批评方法，也不是指那种以历史评价来取代审美评价的历史相对主义，而是旨在强调整个文学传统对诗歌创作的巨大制约作用。这里其实是在强调文学的形式，也就是观念转变为感觉，观察转变为思想状态的艺术方法，这是文学面对历史时需要跨越的一个重要门槛。

今天我们在作品中遇到的被景观化的三个历史形象：“文革”年代、1980年代、古代形象，在我们关照“今天”的时候，其中的结构和意图，必然影响到构造和想象未来的可能性路径。重新叙述1980年代的故事，破除抒情式，可能是未来文学叙事一个重要的生长点。而“文革”史，可能更多地转化成作家坦白的叙述之困难，是现实生活中青年一代行将抛弃和隔膜化的一段历史。古典意象，作为遥远的背景，作为大国梦想的催化剂，如何借尸还魂地成为我们活生生的现实，而不仅仅是美学意味和文化热的文学版，仍有可以探求的空间。所谓历史在一定程度上是事件、经历和神话的三种方式的混杂，文学呈现不是复制某一个版块，是三个方向错综复杂的角力，而我们对历史的丰富性和生存状态的切己之体察，是对今天和未来丰富的赠予。

《扬子江评论》2016年第2期

个人简史、家族叙事、时代记忆
——“80后”作家历史叙事的三个维度

1980年代出生的作家，从年龄来看，如今大部分都过了而立之年，他们的小说写作，无论烛照了怎样的生活经验，采取了怎样的方法策略，在一个局外人来看，都是这一代人行为举止的宝贵记录，也是这个时代社会风俗资料极好的来源。作为时间的形象——“历史”，也适时出现在作家们的文学世界中，它以各种方式、名称、情感基调、面貌来发现和罗列，从而拥有自己的现在时。每一代人的历史都是多重历史构成的，按照一些约定俗成的样式重构也可能解构着自己。在被媒体和批评界广泛使用的“80后作家”概念范围内，他们从一部分人抗拒一部分人认同，到反抗的无力，在找不到更好概念的情势下，“80后作家”已经内化为大部分这个年龄段作家的自我追认，在这种有争议却也无法打破的命名中创造着自己的小历史（自我的历史）、中历史（家族或者村落的历史）和大历史（时代的记忆和追溯）。

至于返身历史的动力，我们从来都不缺少：对正在发生的现实之无力感，文学史上沿袭来的对整体性历史观的深沉迷恋，线性时间叙事的诱惑和质疑，正在发生的不确定感和迷茫感。好像我们对过去更有叙事的信心，对业已存在记忆中的故事，对已经逝去的青春和自我，对初具形象轮廓和背朝我们远去的时代，拥有和淘洗它的勇气要比对现实来得猛烈和沉稳，并且在事实和未知交界的地方会产生新的审美力量。对历史的选择或者寄情，是一个婉转的当代姿态，每一次重新叙述都带有重建的冲动，期望在回望中发现真理性知识或者满足某种情感诉求，以至于找到叙述今天的思想资源和想象未来的可能性。

一

在这一代作家的叙事中，我们可以大致概括出两种个人生活的简史。一种是少年时期的反抗叛逆者，他们出身于城市，擅长以忧伤的面孔回忆青少年时期，以决绝的姿态对抗单一的教育体制，他们孤独敏感而且高傲，对于社会人际关系冷冽的认识和表述，张扬一种受伤害者的姿态，有一种与既有的文学表意系统格格不入的突兀感，伤痕叙述方式本身就是对成人世界的对抗。这些大都出现在早期成名的“80后”作家作品中。另一种是青年失败者形象，他们大多由乡村或者小城镇在高考人口大迁徙或者打工流动中进入城市，他们是社会结构中的小人物，几乎普遍沾染了衰老的暮气，他们困在各种牢笼里：事业上没有上升空间，人际关系中都是攀比的恐惧和互相践踏尊严的杀戮，家庭生活中处处是机心和提防，生计的困难、精神的困境更是如影相随，他们对理想生活和越轨的情致心驰神往却又不敢碰触，雄心壮志般反抗往往都是虎头蛇尾，小心地盘算着如何才能不至于输得一塌糊涂。这些形象大多出现在文学期刊上。

从叛逆者的清高到失败者的颓废仅仅一步之差，是一条狭窄凶险的道路，随时都可能面临一代人自我形象的窄化、情感模式的泛化，甚至走向生活对艺术的模仿。周嘉宁的《密林中》好像是从这两种生活简史的交叠中产生的，她选择了一个特殊的群落——城市文艺青年，走向一代人成长的内心和精神世界，可以看作是一部文艺青年的小历史，也是对群体灵魂的描摹，可能因为这是一篇直指内心的小说，那些覆盖在小说人物身上的外在身份和生活环境，譬如庞大的上海都市生活，在灵魂的密林中不见片瓦。而在新世纪十几年的回忆中，作用于一个写作者的内心的东西，也都极度凝练收缩，对于一个以文学为日常生活，孤立、敏感、任性，又羞怯又勇敢的文艺青年来说，太容易被辨识的文化符号、太过于虚假的意象、太承蒙关照的爱都是不消领受的。那些在咖啡馆里漂浮不定的文艺的生活方式，可能是这部小说里最具有城市感的东西了，城市为这样的生活提供了最大的可能性：群体性地关注写作，聚会见面，互相衡量，彼此争吵和较量，寻找那种未被程式化无法命名更接近心灵的东西，同时又在寻找和失望中消耗着年轻的生命，而最终是不断地自我反思和厌弃，“美术馆，展览，电影院，地下电影，读书会，乐队，这些东西全部都令阳阳感觉厌倦，过去她所执迷的，现在都想抛弃。那些假模假式的玩意儿”。《密林中》最可贵的可能就是这种对虚假和非切身之感的不断舍弃，在时间和个人的成长中，曾经的热情也会变成陈旧和虚假的形式，这个群体同样走在一条腐化的路上，他们始终找不到属于自己的生活和表达方式，比如著名作家山丘“与大部分中年男作家不同，他从西方文学和城市精神中汲取营养，对小镇、乡村或者底层毫无兴趣，他听莱昂纳德·科恩的歌，读米沃什的诗。这些不都和阳阳一样吗”。他们的问题在于已经成为了另外的人，却沿用原来的调子，“他的一部分已经成了自己讨厌的人，却还在浑然不觉”。

文艺青年们暂居在城市生活中一个十分微弱的部位，比如刚开张就知道随时都会关闭的咖啡馆，一群在语言中寻找自己道路的青年人，他们一直在观察同类和自我观看，好像已经没有时间打开窗户观看街道上的陌生人群，观看男男女女的扰攘，小说中的人们对空间和人群，没有愿意抛洒的爱和物我之间的感情。即使有，也没有人与物直接的对接，是通过文学，“我哭是因为我爱这条让我离开亨利的街道，有一天或许也会因为它让我再回到亨利的身边”；或者是通过艺术，比如摄影师大澍，他的摄影对象是什么小说中没有明确的交代（大概是为了祛除关于上海形象的惯性思维），只有对他风格的交代，“大澍像是一个突然的闯入者，他不使用变焦镜头、长焦镜头，这使得他从来不躲避，不管拍摄的是风景，楼房，静物还是人，他都采取正面强攻的姿态，迎上去。因此他常常不得不近距离地面对陌生人的惊恐甚至愤怒”。他的照片“粗暴，任性，生机勃勃，同时又癖性十足”。他们索爱于语言、影像，而不是任何外在于这些的东西，虽然最终的目的地依然是质实的生活。

周嘉宁写了一段文艺青年逝去的时光，并且在小说中完成终结，敏感的心灵和寻找的焦虑给人一种枯瘦和寒怆感，让人禁不住怀念另一个时代的荣光，那个时代，人们把居住之地看得重要而有意义，“我”的生活与世界有着重大的关系。王安忆曾在一次访谈中说她在《长恨歌》里面“写了一个女人的命运，但事实上这个女人只不过是城市的代言人，我要写的其实是一个城市的故事”。城市比故事和人物都重要，它独立成行，拥有自我意志，属于一个有热情和倾诉欲望的年代。《密林中》里面的爱情故事都是简洁明了的，不枝不蔓，跟外在不断膨胀扩张、复杂幽深的城市生活形成一个对照，这的确是另一个时代的声息，而且不足以证明前一个时代的“虚假”，前一个时代是确凿存在，也是今天的忧思所面对的对象。它只能用来质证今天依然虚张声势的宏大叙事，同时也在证明一条向内走，只见局部不见整体的诚挚写作在今天的城市是可能的。《密林中》中这样的个人生活简史，直接面对的是一代人的精神生活（写作），它技巧性地避开了青春期写作和近年来“80后”作家写作中常见的景观：叛逆和失败，像是从庞大生活中截取的一个悠长深邃的片段。以此来实证一个已经消失的年代和记忆，并且深切地反思那些曾经植入精神生活的行为、思维、姿态等等，《密林中》是一个即时性的小众化的告别小史，一代人的个人生活简史式的写作方式也由此几乎臻至绝境，终结了一类写作的可能性。

二

“80后”小说家早期的写作基本都是去家庭化的模式，家庭是潜在的敌人，个人主义式反抗的首要对象。但在一个较长时段的历史叙事中，家庭式场域的存在却几乎成为讲述者必要的设备，这一点在社会学考察的视角里非常容易理解，承平时代的写作者，不会成为彻底的革命者，也无法获得广场上的自我想象，他们所占据的空间不外乎家庭、学校和职场，学校生活被青春期写作几乎耗尽，而职场的时间长度又相对有限。

近年来颇受关注的颜歌的《我们家》，开启了家族生活的另类视角，它不是正剧的走向，而是诙谐幽默的，但家庭正剧中应该有的元素一样不差，比如代际隔膜、亲情的真相、幽暗的心灵、剥夺与补偿等。围绕着给奶奶过八十大寿的家族大事，以“爸爸”为主角，以现在时和过去时交错的叙述方式，以方言原生态的语调讲述了一个家族三代人六十年不为外人道的家族往事，在家长里短的一地鸡毛中留下了川西小镇在时代变迁中的背影，也留下了一个发展中的国度在转折年代的市井存照。上海作家张怡微的《细民盛宴》以父亲预约的家族饭局开端，以自己给父亲做饭结尾，从喧闹的大家庭生活一次次回到“我”，我是他们的观察者，而非同路人，无法分享那个群体的情感和秘密、尴尬，却又难解难分，依然要被叫去告别，聚会吃饭，体会血脉之撕扯。小说有对父母生活史的收束，有个人记忆的遗憾，有生存的意志，又有更新的愿望。总之，在个人的基点上，像雨后的蘑菇一样滋生出文理细密的伞盖，层层叠叠，身形肥硕，又远到达不了树的高度，也不再是从外面建筑房屋一般瓷实，倾力大于倾心。因为是回到一个具体普通家族的生活，又没有那种勾勒出几十年历史变迁的野心，所遇者无非生计之艰和生老病死的大关，不适合放大展示和有意识观看，就像一条只能一人侧身的巷子，只能低头走路。

经过十几年的写作历练，“80后”作家在写作中形成了自己的辨识符，也集合成一些固定印象和程式，造成自己的路障和瓶颈，家族生活的场域以其历史沿革和人际向度提供了新的路径和新鲜感，融汇了个人生活、社会记忆、家庭伦理，甚至也透露了以家庭为基本单位的社会所遭遇的政治、经济、文化运作的结果。它考验着一个作家的思想能力和对时代的把控能力，还有不断更新的形式能力、充实长篇的结构能力。城市里的小众人群，有政治背景的群落（工人新村、工厂），以家族为依存的村落小镇，它们组成个人生活史背后延伸的视野，扩展着文学对接社会生活的能力，也勾画着一个作家背后的共同生活和个人来源，“没有共同的人世生活，因为只有当多数人找到通往属于每个人自己现实的道路，才会出现共同的人世生活”[1]。

就共同的人世生活而言，林森的《关关雎鸠》提供了这一代人裕如宽广的社会图景，同时又能收束家族生活的场域。小说以 1994 年军坡节为开端，这个兼具传统、封建、迷信、狂欢、荣耀、记忆、惆怅的节日，像波澜壮阔统摄一切的大海，每一个小镇人的神经都会随之起伏。小说中的人物，以潮汐的方式，一寸一寸爬到沙滩上来，往返不停，突然掀起巨浪，来到军坡节这个节点。光荣与骄傲的村民，正在等待他们生活中最重要的节日——军坡节，装军游行，一个回望和重振古代威风的节日。如此声势浩大、隐忍着巨大能量的开端，就像特地为了宣告另一个时代的开始，而且是一个虚弱、走形、喧哗、堰塞声听的时代。吸毒佬曾德华的偷盗行为就像一只耗子，贼溜溜地进入这个空间一闪而过，带着不祥的气息，半疯半癫的落魄大学生王科运张贴大字报揭发曾德华，由此，二人的混战几乎抢了军坡节的风头。这是一个粗野、混沌、热闹，但向上的故事开端，每一个故事中人都像没有沥干水的抹布，带着湿

[1] ［德］奥尔巴赫：《摹仿论》，吴麟绶、周新建、高艳婷译，商务印书馆，2014，第 457 页。

漉漉的原生态，每一个人都掏心掏肺地活着，毫无遮掩，打架、偷盗、赌博、骂人、嘲笑、嫌弃，连少年潘宏万都那么正义凛然，要拼尽力气去追赶盗贼。

1994 年是一个转折之年，以军坡节停办画下一道线，小说中神明不肯附身“降童”，“每个人都没料到，这一年之后，安稳、静默、封闭、单调又杂乱无章的日子，随着装军的远去而频生变化”。小说讲述的年代还泄露了许多时代的密码，1993 年的中国社会发生了巨大的变化，1992 年邓小平视察南方，市场经济兴起，市场经济体制改革由此拉开序幕，80 年代的理想浪漫色彩急剧褪去，老潘和黑手义这样从村里奋斗到镇上来的寻梦之旅也逐渐变得困难。从小镇外面的世界来看，房地产市场、股票证券市场、开发区建设等一下就使得市场化的潮流涌动起来，在拉动经济的同时，导致急剧的分化和腐败，这些宏大的词汇都在小镇生活中有所体现，黑鬼这种有关系，脑子活，敢于搞事情的人成为小镇上的成功者，他开赌场，暗中操纵白粉市场；蛤蟆二这种兼具黑社会分子、商人和政府工作人员多重身份的角色，一路通吃；镇政府形同虚设，政府官员的高度腐败与整体性道德败坏。经历了从有信仰到无信仰，从无信仰到耍无赖，最后走向黑社会化的一个过程。在小镇居民彷徨无措的时候，没有一个人向政府伸出手，喜欢打报告的王运科此时只能到镇上到处贴大字报。中国市场经济确立的时间大概在 1993—1995 年间，这个时间段位于士绅社会、人民公社之后，在这两个阶段，小镇或者乡村的居民，从精神到伦理上都有一套“群社会”的结构，有一套生活政治、公共政治的法则，包含了各类生产关系组织形式，也承继了家庭文化的精髓。但1994年以后，小镇居民被赶到了荒野上，个人、国家（基层政府）、集体（家族或者村社）三层结构几乎等同于一个结构，都成了孤零零的个体，地缘乡情的纽带七零八落。

《关关雎鸠》这部小说不是讲述一个少年成长经历中的小镇生活史，他隐藏了那种廉价的情感宣泄和这一代作家普遍难以自抑的自我展示，以一个成熟小说家的稳重，把两位老人老潘和黑手义作为小说的主角，让他们保有整个乡域世界的秘密和沉痛，给古老的、日渐衰败的乡镇世界，乃至为当代中国的一部分发展历程做了一个最恰当的注脚。那个小镇少年以及小说外的叙事者是整个家族式生活史的理解者和解读者，尽管整个视野和解读路径有其单一的一面，但从反映论的角度来看，却呈现出了“80后”作家写作中很难超越的一种辽阔与混沌。

三

我们这个国家和时代具有特别的产生“故事”的机制，我们从不缺少“故事”，从空间上来讲，东部西部之分，沿海和内陆，以及现在出现的东北之困，还有南北差异，城乡差异，小镇、县城、工厂等特殊的写作对象空间，这种由空间而产生的差异、断裂、区隔之下到处都是“故事”。从时间上来说，历史是我们“故事”的另一个来源，近几年我们可以看到诸多的1970年以后出生的作家似乎都试图去触碰我们的前史，比如徐则臣的《耶路撒冷》、张悦然的《茧》，每一代人都有重修历史的叙事冲动，重要的是在重述历史的过程中看到一代人对历史的理解深度和广度。于我们最为切近，在文学和现实中都没有得到充足阐释的现当代史，比如晚清民国、共和国（从1949年至80年代，80年代到21世纪初期）等历史阶段中的重大历史事件，依然是我们的叙事动力。但我们所见到的往往是被某种流行观念和主流意识形态所挟持的当代史，这里需要新的叙述方式和史观介入。当代史或者是现代史，仍然是我们的现实感的一部分，这些历史并不像国学那样是一种知识，对历史的看法直接影响到我们对现实的观感。重述历史是一种思维和思想的锻炼，如果作家仅仅满足于讲述好看的故事和呈现鸡毛蒜皮的生活，那么文学的范围和定义都狭窄化了，文学所承担思想性和哲学性的功能就会弱化。我们如何想象历史，就是如何想象自己。但是，所有的对于历史的呈现和热情，都必须建立在真挚和真实性之上，为历史而历史，为思想而思想，都很难实现初衷。比如张悦然的《茧》，从许多方面看未必是一部优秀的长篇小说，也很难说写出了超越上几代人的当代观照，但这部小说对这个时代有一种自觉意识，留下了许多讨论空间。比如我们叙述中国当代历史的必要性，到底是作为一个纯粹的对象而审视、好奇、审美，还是一种被期待脱离个人青春，进攻大历史的成长、转型需求，小说中都以议论、形象的方式涉及，这部小说至少是一代人面对当代历史的心态图景。

《茧》(《收获》2016 年第 2 期）是张悦然转型意识非常明确的作品，回撤到中国当代历史的起点上去重新叙述三代人的历史和命运。《收获》主编程永新评价这部作品说："青年作家不仅挑战自己，更挑战历史和记忆。这部《茧》一定会改变人们对'80 后'作家的整体印象。"[1] 被媒体命名的"80 后"作家，在没有创作出可以与前辈作家们并肩而立的作品之前，一直处于一种尴尬的境地，写作题材、风格、创作转型等方面都面临来自社会和文学界前辈的期望。前辈和同龄批评家一直都在等待一个年轻的作家脱离个人青春的、自我的小世界，走向他人的世界、广阔的生活和时间深处，向那些成为我们文学场域的公共话题迈进，获得一代人应该具有的气象和格局。张悦然的《茧》对作家本人来说可能是各种意念、偶然和长期思考的结果，但也难以摆脱是这种集体期待之结果的嫌疑。

《茧》的开端即是李佳栖回到所有人物的交汇之地——医科大学的南院，也是故事的起始地。作家让第三代中的李佳栖和程恭承担了叙事者的角色，让他们像侦探一样去想象和重新叙述，是一次对历史后遗症的病史追溯和重新想象。李佳栖和程

---

[1] 张悦然、罗皓菱:《我们早慧而晚熟　出发虽迟终会抵达》,《北京青年报》2016 年 3 月 22 日。

恭分属于两个不同的家庭，不同的阶级，有着不同的来源和各自的历史，在“文革”中两个家庭的命运纠缠在一起，制造了影响几代人的仇恨，也扭曲桎梏着几代人的心灵不得自由。两个第三代，有相似的经历，残缺的家庭，因为对权威、正统天然的反抗意识而亲近起来，组成了自己的小团体，团体的另外三位是子锋、大斌、陈莎莎，他们属于这个学院里的工人阶级子弟。李佳栖的爷爷李冀生是技术派，程恭爷爷是实权派，两人的交锋，以程恭爷爷程明义成为植物人而结束。因为锲进程明义大脑的钉子是汪良成的，他无辜卷入，畏罪自杀。而作为主谋的李冀生却一直坦然生活，名利兼收。三个家庭，三代恩怨，隔膜与对抗，赎罪和怨愤，几乎就是小说的全部人类学视野。

李佳栖的叙述是追随父亲的旅程，对她来说最直接的是父亲的缺席、冷漠和死亡，这是一个致命的缺陷，她必须要靠想象和寻找拼贴起一个完整的父亲的生活历史，才能自我完整。父亲是一个自觉的、宿命般的赎罪者，为此他反抗、蔑视作为“罪犯”而不认罪的爷爷，爱上爷爷共犯的女儿汪露寒，与她一起在黑暗中下坠。父亲是受害者，罪恶感让他无法拥有正常的爱的能力，让他与周遭的环境格格不入，也没有获得事业上的成功，他看透了一切，死亡终结了他的悲剧。李佳栖在寻找父亲历史的过程中，所获寥寥。那些父亲的同学、同代人们，除了“故事”“细节”，并没有带来什么启示，反而让父亲越来越模糊。李佳栖偏执地追随、寻找父亲，直到回到爷爷身边，完成那个弑父者不能完成的最后动作。李佳栖的潜意识里“有一种与生俱来的、莫名的负罪感”，相信自己“参与过他们大人所犯的错，所以记忆慢慢被篡改，让自己觉得看到了那个所谓的‘孽种’，并且处置了它”。她需要通过清理爷爷、父亲的历史来自我释放和完成。程恭的父亲由于不争气、暴戾以及较早地成为家庭缺席者，不足以构成第三代的精神资源，所以他的主要叙述对象是爷爷——革命家程进义。这个“活死人”及其带来的被伤害感是程家巨大的伤疤、秘密和黑暗，每个人都像沾染了毒素一样不能自拔，他们必须穿越这个黑暗，照亮那个黑暗或者与那个秘密灵魂对讲才能得救，奶奶、姑姑和程恭无论从空间还是精神上都被囚禁了。仇恨的习惯在代际传递，程恭跟整个世界都疏离，庞大的秘密将他隔绝起来，他是作为复仇者的家族成员而存在的，肩负着重振家族的使命。这个落魄的、破败的家族正等待着他去拯救，等待他找出凶手发现真相，仇恨的对象水落石出，拜凶手所赐的卑贱、狼狈不堪的生活找到来源，程恭一下子就被这个逻辑淹没了，历史的秘密和真相具有的强大吸附力，可以把人性的软弱、贪婪、恐惧、怯懦、借口、黑暗都吸附进去，给它罩上自己的色彩。

程恭和李佳栖都是借着重述历史来进行一场漫长的告别，动身离开家庭和旧梦，开始一种新生活。李佳栖的告别是通过男友唐晖来完成的，她从祖父、父亲的历史中穿越过来，遭遇唐晖这个解构者和普罗大众代表的离开，在悲伤中懂得了爱，这才是她的自我完成。程恭的告别要困难得多，他不像李佳栖那样选择远游，而是画地为牢固守着，所以他的生活在狭小的空间中基因一样地传递，仇恨的习惯、逃离的冲动和妥协、黑暗的力量逐级传递。祖父一辈的逻辑和程恭祖父的悲剧来源，其实是一些生命高于另外一些生命，一些人掌握着另外一些人的命运。而程恭在对待自己小团体里的大斌、陈莎莎的时候，延续了这种对他家族造成毁灭的生命逻辑。直到程恭目睹了对他无怨无悔、任其践踏的陈莎莎哮喘爆发几乎死掉的过程，以及对他无比信任的好友大斌的背叛后，他才摆脱了谋杀和背叛的魔咒。摆脱的原因是他在现实中模拟了李佳栖爷爷对祖父的谋杀和李佳栖对友谊的背叛。陈莎莎和大斌的善良及时拉住了他，程恭说："希望陈莎莎开始新生活，要是我能开始一种新生活，也都要感谢她。是她使我没有彻底崩坏，完全毁灭。"

前面两代人的故事，即使换上第三代的视角去整理和观看，也很难脱离那些第一、二代同代的作家们的视界。如果清理和审视前辈的历史是自我完成的需要，而自己这一代的成长和历史才是真正的生活。比如李沛萱这个角色，李佳栖、程恭等人组成的小团体与她之间的关系，其实是受到了青春文学意识形态的影响，多少年来，青春文学一直在塑造着完全正确的"精英"形象，忧郁善感、飞蛾扑火的新生代，他们逃学、蔑视权威、戏谑老师、嘲讽世俗，对生活天然地拥有一种精神优越感，就像大斌对程恭和李佳栖的赞美，“都有点怪，和别的小孩不一样，你们身上有一种邪气，很神秘。虽然你们喜欢标榜自己有多坏，但其实你们很善良”。从整个小说来看他们二人情感资源都很丰富，他们容易获得别人无私的谅解和爱，甚至总有一个人任他们如何折腾践踏都守候他们，而李沛萱就要带着难看的伤疤孤独一人。对这种优越感和一分为二的世界，不也应该有一个考古学的发掘和整理吗？在文学中自然而然是一件非常危险的事情。李沛萱的世界对他们来说不也是留下了黑匣子一样的秘密吗，她是这一代人的重要组成部分，更是那个难以理解的爷爷的直接继承者，她就像爷爷坚强的内心一样始终是个谜。但凡习惯性的套路解不开的地方，都有可能是文学应该的着力点。小说的最后程恭像口号一样喊出来的新生活是什么？他们不能虚构历史，更不能轻掷豪情地抛给未来，未来不是可以跟前辈匹敌的历史，更是生活的后续，包括像子锋的生命黯然结束，大斌友谊的破裂，蒙在鼓里的陈莎莎，他们是那个新生活的主角，而不是永远的配角。

在 1980 年以后出生的作家中，张悦然可能是最早隆重地碰触“文革”等当代史主题的，带着青春文学痕迹（偏执、无力感、那种像铅笔一样尖的词语时时准备给人致命一击、冷酷的语气），但又超越于此，她为能像茧一样缚住一个庞然大物做好了各种准备。祖父一辈的历史和生活主导者是“文革”，父亲一代可能就是 80、90 年代之交的经历，如果说程恭主要在清理

“文革”给予整个家族的毒素，李佳栖则是在审视父亲的历史，张悦然为这个历史的回望和清理设计了非常严密的逻辑，既有走进去的合理路径，也有对这条宽敞畅达路径的反省，似乎已经为所有我们可能的疑问设置好了基本的答案。今天试图回到大历史的小说往往有一个通病，就是卷帙浩繁的历史叙述留下太多冗余和看似新鲜的情调，却难掩其单调。无论是对“文革”的原罪式追溯，还是小说中逻辑清晰、各司其职的人物设计，以及文艺腔调的人物结局，都像是一场预设清楚的演练，人物和事件都像被严肃的声势湮灭了一些生气。相对于张悦然的其他小说，《茧》无论从风格还是主题上都是一次转变，她试着从各种角度来理解中国的当代历史，并给出了有意义的提示。从这个角度来看，这又何尝不是一个“茧”的形状，每一个作家的经验、思想资源和写作方式，终会包裹出属于这个时代也属于自己的形状，尽管作茧自缚是一个贬义词，但总归有一个化蝶而出的未来愿景。我们如何想象历史，不过是如何想象自己的另一种方式。《茧》的写作背后交织着青春写作的惯性、代际意识的确立、转型期写作的焦虑、个人成长与历史、阶层与历史创伤等复杂问题。《茧》在一个完整、漫长的家族故事之外，基本就是针对以上问题的讨论，于文本内外做了大量的铺垫，规划了逻辑清晰的文本结构。观看和叙述本身就是一种选择，对这段历史的难解难分、非理性情感依赖和占有意识，以及逻辑并不严密的挂靠，从逃离到重新走进去之间的张力和裂隙、弥合正是这部小说作为一代人的心态标本值得探讨的空间。

无论是个人生活简史，还是家族式生活场域的故事，以至于整个国家民族的隐喻式讲述，是目前“80后”作家面对历史的三种呈现方式，也是他们情感、知识和思想的试验场。在对历史的梳理和呈现中，一代人到底是在赓续以前的历史观，还是试图加入不同元素，以及这种拥兵自重式的思维方式是否可行，我们可能看到传统历史观的疏离、迷恋和矛盾，这都是考验这类写作的问题。对历史的叙述会带来怎样的现实感可能是另一个最重要的问题，每一代人都有一副现实的眼睛，对于每一代人的历史叙事来说，无论如何都逃不开眼下的“我”，历史叙事只不过是一次例行出巡，还是伸展了一代人的纵深感和复杂感，是验证写作是否有效的另一个指标。

《天津文学》2017年第7期

村庄里的中国：城乡二元化结构中的“返乡”文学

2016 年春节，黄灯的《一个农村儿媳妇眼中的乡村图景》[1]在微信朋友圈广泛传播，破败的乡村形象和凋敝的图景成为被广泛传递的文学意象；2015 年春节，王磊光的《一位博士生的返乡笔记：春节回家到底看什么》[2]在网络和媒体上造成刷屏效应，引起了在文化界和媒体圈传播深远的“返乡”话题；这个话题还可以往前继续追溯到 2010 年梁鸿写的《中国在梁庄》[3]和 2013 年的《出梁庄记：中国的细节和经验》[4]两部非虚构作品。这三位写作者都从事中国现当代文学与文化研究，都有农村生活的经历，他们的写作带着人文知识分子的深切关怀和问

[1] 黄灯：《回馈乡村，何以可能》，《十月》2016 年第 1 期。

[2] 王磊光：《一位博士生的返乡笔记》，“澎湃新闻”2015 年 2 月 17 日。

[3] 梁鸿：《梁庄》，《人民文学》2010 年第 10 期。后改名《中国在梁庄》，由江苏人民出版社出版。

[4] 梁鸿：《出梁庄记：中国的细节和经验》，花城出版社，2013。

题意识，以某个村庄作为个案，是他们由城市返回乡村的社会观察记录，并且由对当代文学的反思和人文学者对当代中国的经历和认识而形成的一种特殊的写作形式。近年来，由媒体、知识界所形成的对乡村社会的关注以一种社会调查、观察和个人经验相结合的方式呈现，并且衍生了大量的返乡日记、返乡观察，也收获了超越一般文学写作的社会关注。他们的写作以及由他们的写作所激发的集体主义式的写作现象中包含着复杂的社会、政治、经济、文化的信息，文学以什么方式去呈现今天的村庄，不仅仅是一个文学与现实的问题，其中所牵涉的经验真实与艺术真实、虚构与非虚构、具体与抽象等问题，也是观察当代文学的一种方式。

“返乡”文学是我自己的一个粗略的命名，主要是指近年来在出版、传播中特别是新媒体上出现的返乡观察、返乡日记的写作现象，这种写作容易唤起熟悉的“少小离家老大回，乡音未改鬓毛衰”的朴素古典情怀，也有沈从文《湘行散记》中久别返乡的细节之爱和对故乡现状的隐隐担忧，更重要的是现代知识分子对乡村社会发展进程，对城乡二元化结构下的农业、农村、农民问题的呈现和思考，当然还有他们自身城市生存焦虑的折射。这类写作以个人记忆和亲历为经，以社会问题和考察记录为纬，以非虚构的方式呈现出自己返乡所观察的乡村生活，其中夹杂着现代人的怀旧、乡愁以及对整个时代、社会和国家发展隐忧的复杂感情，有一种深切的情怀，期冀引起社会的关注和期望一种乡村世界的变革和改造。钱理群先生在《20世纪中国的五次乡村运动》一文中有一个总结，他指出在20世纪的百年历史中，中国知识分子、中国青年有一个“前仆后继”地奔赴农村、走向民间的文化传统。“五四”的先驱者（以李大钊的《青年和农村》为倡导的新村运动）是第一代；30年代的共产党人和乡村建设派是第二代；到延安去的青年知识分子是第三代；新中国成立后五六十年代的知识分子是第四代；“文革”中的知识青年则是第五代。这五次“到农村去”运动，是中国知识分子寻找真理，探索生活价值和意义的方式，背后也有各种政治经济的推动力量。而与这五次返乡运动相关的文学记录和文学作品，也都在当代文学史上留下了自己的印记，比如与知青生活密切相关的“寻根”文学，乡村成为一种活力和美学。“返乡”文学是知识分子返乡，试图反哺乡村的衍生品，既是知识分子的个人行为，也是百年知识分子传统的延续，在由文化和文学所塑造的城乡关系世界中，“返乡”既是知识者的实践行动，又是非常重要的写作动力。

一

黄灯的《一个农村儿媳妇眼中的乡村图景》以婆家兄弟姐妹的生活为例，讲述了一个农村家庭在社会发展进程中的变故和遭遇，2008年金融危机、政府拖欠工程款、信仰危机所导致的价值观混乱、基层执行计划生育的粗暴和失责等，给这个农村家庭带来种种无声的悲剧，悲剧通过各种渠道渗透到他们的日常生存中，并且由一个小家庭而影响到整个大家庭。这个农村大家庭面临先天的劣势，和整个社会发展的大势断裂，改革开放无数的财富和机会，几乎都没有流到他们的生活中去，他们内心的伤痕和波澜没有获得疏通的渠道，面临一种天聋地哑的困境，这是对政府治理和城乡规划提出的质疑。另一个问题是针对乡村的未来，回馈乡村，何以可能？呼吁建设一种更为持续发展的城乡关系，弥合撕裂的社会，给这些社会底层的人以上升的通道和一种健康的有安全系数的生活。王磊光的返乡笔记主要讲述农村生活的现状和个人见闻，比如最重要的是农村生活的“原子化”，他记忆中的农村原有的那种共同体已经消失，人与人之间不再像原来那样有着密切的关系和交往，不再像过去那样每到过年时相互串门，集体上街玩等等。婚姻市场化，房子车子成为炫耀和社交的媒介，知识无力感等标志着乡村社会的世俗化，急功近利，攀比成风，这也是乡村内空之后的种种不良风气现象。梁鸿对于农村的观察更为宏阔和细致，她从梁庄内外展开，呈现了梁庄在城市化进程中出现的问题：留守儿童的无望，养老、教育、医疗的缺失，自然环境的破坏，家庭的裂变，“性福”的危机，建设的流于“形式”，进城打工的梁庄人流转组合，他们的尴尬和智慧，精神困境和生存艰难等。

三位作者所共同之处在于他们都是在展示村庄里的中国，它的物质与精神世界目前是什么样的生态，为什么会是让人深感凋敝落后的面貌，以及在担忧村庄的未来在哪里。在他们的作品中，除了这些活生生的人和事，还有一个隐形的主角——村庄，村庄作为一个当代文学形象由来已久。“在30—40年代之交的‘民族形式’大论争之后，村庄这一乡土中国社会的最小单位，开始成为中国作家书写的重要对象。某种程度上甚至可以说，在40—70年代的文学中，存在着某种以‘村庄’为主体的文学叙事范式……40—70年代表现中国农村的土地改革和社会主义改造运动的诸多小说中，自然村落几乎总是被作为叙事的主体，并且在现代农民主体、乡村共同体与社会主义理想之间，构造出一种不同于启蒙立场的书写形态。”[1]新时期以来的文学里，何士光的《乡场上》、贾平凹小说《腊月·正月》《鸡窝洼人家》、路遥的《人生》《平凡的世界》等小说中，村庄未必是故事的主角，但那个有未来前景、有生气、有活力、有尊严的小世界，是一切改革和人生故事的“乡场”。而今天的“返乡”文学中，无论从自然景观还是社会景观上看，村庄都已经累累伤痕，不复旧日光彩，有批评者把对它们的呈现称之为“新伤痕文学”，而在这种文学意识形态里，村庄几乎已经成为恶托邦的代名词。

[1] 贺桂梅:《村庄里的中国：赵树理与〈三里湾〉》,《文学评论》2016年第1期。

关于农村、村庄凋敝的叙述，非常自然的一个反应就是，农村曾经繁荣过吗？梁鸿也承认，“如果说从历史的长河来看，梁庄始终没有什么大的变化，一代代人生命的更替，命运有时像一种轮回，而农民始终在中国社会结构里处于相对底层的位置”。近百年来在中国的发展进程中，从经济角度讲，农村相对于城市一直是贫困的，虽然曾出现过 50—70 年代政治上翻身的时代。这几部非虚构作品关于今天村庄生活的观察基本都有一个时间线索，建立一种叙事，首先需要把杂乱、偶然、无序的日常生活放进时间线条中，这些作者的童年时代记忆，大部分都是 80 年代的农村，这也是他们叙述的起点和隐形的参照系。《中国在梁庄》开头，梁鸿回到梁庄做长期停留，“从二十岁出外求学到现在，每次回家我都只是短暂停留，这次我终于可以长时间地和他们（家人）在一块儿生活，一起重温过去的温馨，回忆过去的那些艰难岁月”。路途遥远颠簸，囊中羞涩都没能减少生活的美好记忆，少年时代骑自行车走过乡村公路，“沿河而行，河鸟在天空中盘旋，有时路边还有长长的沟渠，青翠的小草和各色的小野花在沟渠边蔓延，随着沟渠的形状高高低低一直延伸到蓝天深处，有着难以形容的清新与柔美。村庄掩映在路边的树木里，安静朴素，仿佛永恒”。接着，青春年少回忆中的唯美画风陡转回到现实的千疮百孔，马路变成高速，给村民们的生活带来改变，近在咫尺的两个村庄要绕道才能过去，村民不谙交通规则，经常发生悲剧，“乡村的生态被破坏，内在机体被损伤并没有纳入建设前决策者的考虑范围。高速公路，犹如一道巨大的伤疤，在原野的阳光下，散发出了强烈的柏油味和金属味”。王磊光的返乡笔记里对乡村个人“原子化”的分析也是基于与童年记忆的对照：“我和我的众多表哥，小时候一起上山捉鸟，下河摸鱼，关系好得不得了，但这一二十年来，他们一直在外打工，我一直在外读书和工作，一年最多在过年时见一次，平均下来每年还没有一次，因为他们不是年年都回家。拜年的时候，大家也不再像过去那样，在亲戚家吃饭喝酒聊天，甚至留宿一晚，现在大家都骑着摩托车拜年，去亲戚家匆匆走一遭，放下东西，客套几句，就要离开了。”这是一个非常明显的友情、亲情变化的图示。黄灯也有类似的表述，“在我记忆中，故乡虽然说不上富裕，但绝对是一个山清水秀，人情味极浓，而且有着良好风气的地方。记得上世纪 80 年代在农村总是流行‘严打’，但‘严打’的对象从来就没有在故乡这块土地上出现过。但最近几年，我却深刻地体会到故乡变了，故乡烂了，烂到骨子里了，只要一踏上故乡的土地，谁都能感受到这块土地的无序、污浊和浮躁！”[1]

三位作者对于故乡的美好印象和青少年时代的记忆，应该都在 1980 年代，文学叙述除去故乡和童年的浪漫想象之外，也可以在学术研究中找到支撑。根据曹锦清的研究[2]，农民自

[1] 黄灯：《故乡：现代化进程中的村落命运》，《天涯》2006 年第 4 期。

[2] 曹锦清：《土地制度与三农问题》，《书城》2014 年第 5 期。

己认为“80年代农民的日子最好过”，1978年到1980年持续提高粮食收购价格，大概提高了百分之五十到百分之百，而城市的供给价格一分都没有变化。这是中央在20世纪80年代对农村第一次做出让步，也是国家第一次对农民进行财政转移支付。那时东南沿海和中部地区的城乡接合部，大量的农民投身乡镇企业，农民也因此获得了一定的工商业收入。20世纪80年代，一个重要的农村现象就是农民都盖起房子来了，这一时期资本没有大量进入农村，也没有中西部地区的大规模的人口转移和打工潮，基本在一个稳定的社会结构之内。高晓声有一篇小说《李顺大造屋》，李顺大从旧社会到新社会几经周折，又重新燃起造屋的梦想就是在1977年，并且最终实现，这是那个时代农民生活开始好转的一个注脚。路遥的《平凡的世界》里孙少安的盖房子和办窑厂大概都是在这个时间段内，1982年家庭联产承包责任制实行之后，双水村的第一能人孙少安用机器办起了砖瓦窑，“并且第一家在村里修整了一院新地方”，村里其他人也纷纷开始搞副业，有一种欣欣向荣的景象。孙少平与田晓霞谈起自己要为父亲盖新窑洞的愿望实现了，他说“窑洞的好坏，这是农村中贫富的主要标志，它直接关系一个人的生活尊严……对我来说，这却是实现一个梦想，创造一个历史，建立一座里程碑！这里面包含着哲学、心理学、人生观，也具有我能体会到的那种激动人心的诗情”。这个时段的村庄叙事修辞，都是与“尊严”“梦想”连接在一起的，比如何士光的《乡场上》，一个怯懦没有尊严的农民终于可以挺直腰杆说话了，他的自信和尊严是建立在土地上的，耕种出来的粮食成为他的立身之本，几乎是只属于那个时代乡土文学叙事的一种光荣与梦想。无论是现实中的还是文学中的 1980 年代农村，都有黄金时代的色泽，当然这是改革故事带来的“光芒”，它允诺了未来的平等和财富，也是叙事中的“时间”意识形态的副产品。

相对来说，1990 年代的村庄在三位作者的作品中没有如此明确的文学形象，观察笔记直接面对的是 1990 年代城市化、市场经济加速现代化的后果，也就是以文学的方式所形成的颓败修辞。在 1980 年代和今天两个时间段的对比中自然会产生震撼的体验，而为什么会避开中国农村社会发生巨大转折的 1990 年代，也很容易找到解释。一方面 1990 年代这些写作者的时间被求学读书、找工作等事情占据，另一方面也是从乡村进入城市的中产阶级前身们奋斗积蓄的时期。如果有一种凋敝、落后的叙事，更应该属于 1990 年代中后期，而不是今天，根据各种政策的解读可以看出，今天的社会已经在实行对农村的各项回补政策，比如留守儿童保护、大病医疗、基层政治改善、惠农补农政策等，也的确产生了一些效果。这就是文学叙述与现实之间的错位，带有原罪意识的叙事很容易强化因果对比，叙述与真实的关系进入更复杂的地带。

二

从空间上看，这三位作者叙述的村庄故事都发生在中国欠发达地区，都是中国的劳务输出大省的乡村，三农问题比较突出。而且三个叙述者又是身处中国最发达的上海、北京、广州，大都市生活的社会遭遇和个人经验都会对这种观察的结果产生影响。在发达地区与欠发达地区的乡村中间还有一个巨大的空白地，比如县城、地区市、省会城市等，如果以上述城市为参照，乡村是不是适合凋敝的修辞？许多欠发达地区的县城同样也在凋敝之中，在城市化进程中同样也是凋敝的国土，并且在共同承受市场经济带来的两极分化和无法分享改革财富的尴尬。在产业升级中被抛弃的小城市，比如在学者潘毅等人的田野调查[1]中，以煤炭为主的小城市同样陷入没有生机活力的困境，面临着乡村生活中类似的天聋地哑局面。如果我们把乡村世界的空间范围放宽，在劳务输入省份比如江浙沪农村，对教育、养老、信仰、人际关系、风俗等的观察可能得到另外的结论。

这是个人经验讲述与普遍性、个人讲述与真实性问题之间的一个缝隙，代言人、启蒙者或者行动者等写作者一度拒绝的知识分子角色会在叙事的后台再次侵扰。梁鸿应该早就意识到

[1] 潘毅、吴琼文倩、邓韵雪:《煤矿工人的“中国痛”》,《南风窗》2013 年第 18 期。

了这个困难，特别强调了个人叙事的特殊性，她拒绝请命者的角色，强调回到故乡和写作首先是自我疗愈，“我终究只能，也更愿做一个旁观者。我更习惯于一个人悄悄在生活中行走，感受着世间万物压过来的痛苦和充实。我喜欢分析、体味这世间万物的复杂、混沌和难以辨解，喜欢走向那杳无人迹的林中小路，它能带我通向幽深之地，虽然那幽深之处可能什么也没有。我始终只能做一个写作者和研究者”。这当然是一种自卫式的宣言，新伤痕文学、展示苦难、僵硬的传统现实主义编码方式都是内心的禁忌，而介入的题材又无法挣脱此类问题的纠缠，也让我们看到了1990年代文学写作中最重要的文学概念“个人”的影响，回到“个人”可能是逃避那些难以厘清的诸如个人叙事与国家、社会、政治、意识形态、群体等等关系的一种方式。

“返乡”文学的出现与发酵效应远远超出个人叙事的范围，它与新媒体的出现几乎是同步的。青年学者沙垚在对农村社会与新媒体关系的论述中，提出与农村生活相对应的三种媒体，广播、电视、手机客户端，分别对应了农村社会生活的三种方式，即集体主义、家庭联产承包责任制（从集体走到个体）、市场经济下农村社会大面积人口流动。三种媒介方式跟农村生活发展甚至是整个社会的发展都有一个对应的关系，它们的出现标志着农村生活的深刻转变，既改变了乡村内部生活的方式，也改变了文学和媒体对农村生活的修辞、想象和呈现方式。智能手机是2010年左右开始在中国登陆；iPhone在国内的大面积普及是在2010年末2011年初；2011年1月21日，微信正式推出，跨平台、拍照发给好友、发手机图片、移动即时通信等功能极大地改变了人们日常交往和接收信息的方式。传播方式的改变，对今天的文学写作也是一个契机，《一位博士生的返乡笔记》《一个农村儿媳妇眼中的乡村图景》都是在微信平台上获得广泛传播的。新媒体的出现，带来的一个最直接的反应是所有人对所有人的传播，而不再是文学内部的感受和传播方式，并且有一个模糊的大众群体加入进来，就像王朔在《一切都变了》里所说的，“人民的汪洋大海”。这两篇作品在新媒体传播中都属于“10万加”（微信传播中指阅读量10万人以上的文章），在一份当代文化研究微信公号提供的读者批评中，我们能看到各种读者群体的反应，有批评质疑，也有深切认同的，更多的是借此引发自己的回忆和观察。编码和解码的过程中，每一个人都会加入自己的思想、情感和偏见，传播中的形象和情感可能已经不是编码者的本意，如果有一个本质意义上的真实，这恰恰是一个脱离的过程。

新媒体对于具有社会公共性的话题、知识、形象和感情都会呈现发酵式的传播，“返乡”这个意象中所蕴含的社会意义、人情伦理、情感想象都要大于一般“故事”，写作不再是灵感和编码，而是带上了“审视”的聚焦性质，并且由于“这一次”写作强化和凸显了今天的“真实”。我们非常清楚写作者们都不是第一次返乡，在中国春节的节日效应中被固定在被观看者的位置上，这已经不是一个简单的写作问题，而且要考虑其中的传播性和被放大的效应。

“返乡”作为一个日常生活行为，当它成为一个传播中的文学行为的时候，可能跟许多外在因素联系在一起，比如春节，这个节日本身所包含的各种文化文学沉积、现代转折以及其中所折射的现代人类意识都是其背后的内容。春节原本就是农耕社会的节日，祭祀众神、祭奠祖先、除旧布新、迎禧接福、拜望乡邻亲戚、祈求丰年，彰显着人与历史，人与乡里、与天地的关系。但实际上，人们的日常生活感受和秩序与春节的仪式之间失去了有机联系，传统的乡村意象，譬如食物、风俗和仪式感，和我们正在经历的生活失去了真实关系。而我们的部分文学文化生产的意象与当代正在进行的社会转折之间也失去了有效的互动联系，正在生产一种文化保守主义，比如黄灯和梁鸿都对当代的写作表达了不满。

“返乡”文学获得广泛的社会关注，非虚构写作方式是一个非常重要的因素，这些作品在传播中一个重要评价就是“真实”。在现实主义对真实性的诉求中，假定了作品直接产生于对生活的描摹，在文本与现实之间存在着理想的对应关系。这个问题的正当和过时以及它的矛盾性在文学中几乎是一个陈旧的话题。而在当代文学中呈现一个真实的乡村，也几乎一直是现实主义文学一直的诉求，尤其在面对乡村社会的巨大转折之时，追随社会变革，切中时代的中心，捕捉到世道人心几乎是当代文学不变的追求。当非虚构以高于现实主义小说的“真实性”出现的时候，其实是在宣布异议和不满，呼唤一种新的真实观。非虚构的写作方式就是在如此情势下兴起的，《人民文学》非虚构栏目的宗旨是，以“吾乡吾土”的情怀，以各种非虚构的体裁和方式，深度表现社会生活的各个领域和层面，表现中国人在此时代丰富多样的经验。要求作者对真实的忠诚，注重作者的“行动”和“在场”，鼓励对特定现象、事件的深入考察和体验。[1] 非虚构文学到底如何获得自己的新颖性和吸引力，我们可以把它放置在 1990 年代以来关于乡村书写的实践中做一个对比。

1990 年代以来出现了大量的三农问题专家、学者写作的有针对性的专著，诸如陈桂棣、春桃《中国农民调查报告》，温铁军《三农问题：世纪末的反思》，贺雪峰《新乡土中国》，吴飞《浮生取义》等，在这些著作中我们可以看到所有今天非虚构文学作品中呈现的问题：城乡二元结构、养老、留守儿童、乡村教育、情感和精神的困顿等。并且这些著作都在知识界产生过影响，三位写作者的非虚构作品几乎都汲取了这些研究成果的营养。而这些学术专著与非虚构写作的区别就是，后者更接近虚构作品的写作方式，大量生活细节的呈现，真实可靠的故事，

---

[1] 《“人民大地 · 行动者”非虚构写作计划启事》，《人民文学》2010 年第 11 期。

经过选择的人物形象，它们组合而成的强大现实感和共鸣感，“类似于悲剧，现实主义在读者的心中也实现了一种情感的仪式化涤荡，尤其是当读者对书中人物满怀同情（怜悯）和为再现的故事唏嘘不已（恐惧）之时”[1]。无论从叙事风格，还是对读者的期待上，后者都是我们这个时代所缺少的艺术形式，一种由“真实”的形式功能所带来的力量，既能够满足大量在城市出生、成长的个体欲了解乡村中国的愿望，又能给那些农村出身，进入城市生活的大量城市中产阶级以经验和认识上的认同感，获得精神满足。

众多现实主义农村题材的文学与非虚构作品相比，往往现场感不强，农村只是一个题材，没有真正体现和关注农民的生活。这可能也是文学的一种意识形态性，像梁鸿所批评的自己原来的写作，与天空大地没有关系，是一种不及物的写作，它的关注点在于审美、形象甚至是形式，隐匿作者的情感和倾向，制造模仿生活的假象，人为制造了文学与历史、社会学、人类学的脱钩。而非虚构写作一个很大的贡献就在于作家的经验、感受、关怀和焦虑可以直接表达，这正是这种文体的力量所在。这种写作有点类似中国传统的“赋”，是一种铺张的“描写”方式，从各种可能的角度去逼近描述的村庄，而不受某种文体规范的限制。黄灯的文章中谈到湖北作家陈应松，一个多年在湖

[1] 安敏成:《现实主义的限制》，姜涛译，江苏人民出版社，2011，第18页。

北大地奔走，书写了大量底层社会生活的作家，他的小说中大量的生活景观整体上来说与这三位作者非虚构文本中的乡村图景并无太大差别，“但因为是纯粹的文学作品，读者和作品之间天然有一种艺术虚构性带来的隔膜感，或者说，不信任感，因为文学作品，尤其是小说，首先就是一种虚构的文字”[1]。黄灯的回答是一种同义反复，却也朴素地表明虚构这种文学形式与期待中的读者、社会生活之间的隔膜。而农村题材的电影、电视剧自 1990 年代中后期开始几乎让位给城市题材，近几年具有话题性的《乡村爱情》《老农民》《马向阳下乡记》等，所使用的依然是习惯性的思维方式或者大众流行文化的思路，缺少的是对当下农村生活的认真表达和关注。农村、农民、农业、留守儿童、养老、城乡二元对立，大众关注度特别高的话题经过电影放映机制、商业考虑等之后，在影视剧中只有经过修饰的真实，在现实中无解的问题，在电视剧中可以通过虚拟的方式轻松地获得解决。

“作为语言的外在之物，‘真实’及其力量最终成为无法再现，最多只能被指涉的东西。不是它们的再现，而是它们对想象世界的作用——非神秘化的图景——构成了作品。因为，文本之中的‘真实’在一个层面上可被理解为拒斥和限制，而在更深的层面——作为‘不可命名之物’——却构成了意义确定

[1] 黄灯、郭春林：《让学术落地——〈一个农村儿媳妇眼中的乡村图景〉的对话》，“澎拜新闻”2016 年 2 月 6 日。

性的威胁。"[1] 而"返乡"文学对乡村世界的呈现几乎都在塑造自己"意义的确定性"，比如对村庄世界的判断，这种确定性既来自于现实，也来自叙述本身。当非虚构以对"真实"的更高要求开始，却辗转达到一种确定性时，这个真实的限度是需要质疑的，因为真实必然构成对意义确定性的威胁。

三

与强大的真实性相呼应的是叙述者所表现出来的迷茫修辞与理想主义情怀的消失。黄灯一直在追问"回馈乡村，何以可能？"王磊光写道："越看，对乡村的未来越迷茫。"20 世纪的中国知识分子、青年学生前赴后继到农村去，到民间去，尽管农村落后的现状并没有得到根本改变，但无论是官方提倡还是知识分子群体自发的运动，都有一种理想主义情绪，值得深思的是，这些非虚构作品几乎都没有使用这种对于知识分子来说十分便当的思想资源。为什么理想主义情怀会消失，一方面是对自己所从事的文学和写作方式的怀疑，另一方面是面对国家整体现代化进程中落在后边的乡村故地的无力感。"返乡"文学的写作初衷，按照黄灯的说法，"首先自然是情感的冲撞，其次最重要的是理性的求索"，而"返乡"文学造成的一个后果，落

[1] 安敏成：《现实主义的限制》，第 17 页。

后与凋敝成为今天审视农村的主流价值视角，这又是一重悖论。

从乡村的现实来分析，经济意义上的乡村概念已经基本瓦解，也就是说仅仅从土地的投入和产出来看，无法满足乡村人口生产、生活的需要（高价经济作物除外）。一个更复杂的乡村社会，目前还在经历动荡、分化，期待着转型和变革。作为一种人际关系、人情社会的乡村依然存在，并且延伸到城市，梁鸿有一段对梁庄的描述非常有代表性，她说梁庄是一个有机的社会网络，并非只是一栋栋房屋。每一个人和另一个人有关，彼此互为所属。在当代社会，他们也利用这一互为所属的关系以“扯秧子”的方式进入城市，并在城市的边缘建构一个个“小梁庄”社会。刘绍华的《我的凉山兄弟：毒品、艾滋与流动青年》[1] 中有一个例子，这是一部以四川大凉山地区的彝族村落为主的田野调查，其实也是当代中国偏远乡村曲折迈入现代化进程的一个缩影。90 年代末期，海洛因在利姆引发的艾滋病毒传播情形已达令人担忧的地步，政府不得不介入，英国国际开发总署与中国政府在凉山开展大规模的艾滋防治计划，这个计划后来被证明全盘失败，因为本地诺苏人独特的文化逻辑，使得他们对艾滋病患者毫无歧视，并且有着强烈的互助传统，使得艾滋病患者及毒瘾者容易获得亲属在情感上和经济上的支援。本来是可以加以利用的优势，由于一贯的傲慢和

[1] 刘绍华：《我的凉山兄弟：毒品、艾滋与流动青年》，中央编译出版社，2015。

官僚体系的僵化，永远自上而下推行政策，永远忽视乡村社会原有的能动性和经验，结果，旨在对抗艾滋污名化的措施，反而使得诺苏社区开始恐惧和歧视艾滋病。乡土中国的地域文化、传统文化在抵御灾难和危险的时候，依然有它的力量。

怎样叙述村庄里的中国，又不制造新的遮蔽，或许柳青的作品依然有其价值，柳青的“返乡”，并没有把写作看作一项神圣的事业，不仅仅是寻找题材，而是自觉地把它放置在整个社会发展的事件中。《创业史》中梁生宝的行动——无论是公共性的为集体买稻种、领导合作化，还是爱情——都和整体的结构密切相关，集体和国家是梁生宝意义的来源，梁生宝领导的合作化事业是集体和国家建设的重要环节，个人、集体、国家三者构成了紧密互动的整体。这当然是一种理想化的乡村社会发展模式，但是这种叙事把村庄世界放在一个具有流动性的社会发展结构中。“村庄”不是单纯的审美对象或者聚焦对象，而是当代中国发展、转折和困境的重要组成部分。从社会学的角度来看，乡村不是一个单独的问题，不解决农村的问题，就无法应对今天中国面临的经济困难，继续扩大城乡差距。另一个极端是全部城市化，鼓励农民工以十几年的收入为代价进城买房，拉动经济增长，这势必造成乡村世界的荒芜，除此之外，一个农村人的“城市化”单从费用的角度讲就代价极大，无论对农民、农村、城市，还是对国家来说都是沉重的负担。许多社会学研究都指出农村有巨大的市场和消费能力，如果不解决农村的未来规划问题，给予他们一个未来，这个市场消费能力就不会存在。村庄作为一个具体的叙事对象，以其细节、真实不断回到具体化的语境中，而作为抽象的“中国”是悬空了的，越具体越无法想象一个有效的共同体，并且在其运转机制中看到这个村庄的价值。

村庄里的中国，不能被叙述成一个封闭空间里的文学意象，也不是一个和城市无关的话题，而是一个事关当代中国进程的话题。另外，作为自然主义的乡村无论是作为文学形象，还是乡村现实，都是人类天性中永恒追随的部分。虽然乡村自己也面临环境破坏，但是与大地的接近、与自然的亲近是人类永远的怀乡病。构建开明、敦厚、合理的社会和人生，乡村是其重要的一部分。“叙述之虚假性的一个主要部分似乎在于，它假定生活是容易理解的因而是能够控制的，叙述的本质是解释，它会情不自禁地告诉人们事情是怎样的，它们为什么会这样。”[1]村庄里的中国一旦进入叙述的领域，无论是用什么方式，很难避免制造新的遮蔽，但非虚构的确不仅提供了有关村庄里中国的一种描述，还提供了一个重新审视当代乡土文学的角度。

《南方文坛》2016年第4期

[1] ［美］莱昂内尔·特里林:《诚与真》，刘佳林译，江苏教育出版社，2006，第134页。

第四辑

欢畅无尽　暗夜无边

苏珊·桑塔格与乔纳森·科特在1978年有一个访谈，她说美国1970年代最本质的不同是，人们不会再有别人的想法都和自己一样的错觉了，每个人都回归了自由身！借着1960年代末世界革命的背景，这句话的意思每个人大概都能明白，自由身开启新的生活仪式，不过我总觉得这句话的适用性可以延续至今。在家庭之外，自由身的我们与他人相遇并待在一起的仪式越来越少，柏拉图《会饮篇》或者孔子携诸子游历讲学的生活都太遥远而唯美了，想来想去我们大概可能就剩下饭局（非公款吃喝风）了，当代中国一种特别有意味的人群集结的方式。

北京有个年轻作家于一爽写了一本全是文化人饭局的书《云像没有犄角和尾巴瘸了腿的长颈鹿》，全是一场接一场的喝酒，标题有一些是饭店的名称，比如“微薄之盐”“三个贵州人”等等，像一个个活地标闪耀在北京的夜晚，两年间四十多场饭局，大概只有两场饭局是在朋友家里，其他都在北京的广阔天地里。所有这些没有血缘亲缘的人与人之间的关系，除了革命、工作、广义上的剧场演出之外，我想大概只有饭局这种空间形式最适合在小说里跟被抛到城市的人们贴心贴肺了。于一爽说，饭局中有各种各样的人物关系的变换，这些人物把喝酒这事儿变成了一个当代经验，这个过程复杂多义，很有经典意义。她在一篇评论一位相熟的作家的文章中写道，“小说提示的是一个生活形态。混的过程不是说有什么意义，而是和三教九流在一起所付出的这个时间中，身体里面浸透了各种各样的故事、千差万别的欲望，还有什么声音啦，画面啦。而这一切构成了一个当代经验，这个过程复杂多义，有点意义”。

对于一个除了连呼两声复杂多义之外，并不能说出更多道理的当代经验，可能除了亲身去经历，就剩下沉默以对其切切实实的存在了。书的腰封上，高晓松说“以于一爽为标本的北京女文青是一种行将消失的非物质文化遗产”。其实我觉得，还有这种无所事事动辄喝醉，解构和消解主流的一切意识形态的生活，可能都行将消失。在这么多真假都无所谓，总之是在纸上的饭局里，也并不像我们观看者想象的那么夯实而自信，一切都理所当然。在某一局开始前有长者给作家于一爽打电话谈饭局上的人品，就连作家也揶揄这帮人没有资格谈谁喜欢谁，性生活赶不上中产阶级，这些抛出来的质疑都让饭局人生显得有点摇摇欲坠，生怕这些夜行动物们一不留神回头是岸，嫌浪费时间不玩了。

于一爽说这些人都是三教九流，其实三教九流真是一个特别文学的词，“五四”新文学发轫之初，胡适、陈独秀们不就是借用了引车卖浆之流打出来的翻身仗吗？其实于一爽的书里还真没有多少人类品种，只不过是一个圈子里的三教九流，不过在《海底捞》这一局里，于一爽写到了服务员，真是比较稀少地出现在她书中的一种人物，但他们实在是太昙花一现并且瘦骨嶙峋了。“这家最大的特色就是服务员多，生意不好的时候，比来吃饭的都多，他们没什么事干就老换小碟。有时我还没吃完就给我拿走了，我又不好意思说还我。所以我还每回都先闷头儿吃，不敢停筷子，一停，他们服务员轰的一下就上来了。他们好像除了换小碟不怎么会干别的。昨天我杯子里是洋酒。服务员一看就剩点儿福根儿了，就给我加了一瓶青岛啤酒进去。”想起三教九流的世界，非《金瓶梅》莫属，西门庆经常出去吃酒欢宴，纵情声色，那些谋财害命的事我们当然不觉得怎么好玩，反而那些酒宴上的人种繁杂让人忍不住感叹，西门庆即使是如此承受了后世诲淫诲盗之名的人，却也是一个皆大欢喜的人群爱好者，每逢酒宴，总是将亲戚、朋友乃至下人伙计，不论贫富贵贱，一律叫来吃喝，一个不落。于一爽说三教九流，其实很纯良，不过是男女而已，饭局集锦里没来得及说的东西，她后来写了一部短篇小说集，里面的女主角基本都叫余虹，男主角基本都叫刘明，好像已经懒得再给这个世界的男女命名，小说集的名字是《一切坚固的都烟消云散》，这句非常马克思的话，几经转述，已经本土化，特别像给晃晃悠悠的人生的一个大大的 Logo，字迹还是小清新的、小确幸的那种。

饭局也是在做减法，减到最后，就剩下一些减不掉的主要枝杈，吃吃喝喝聊聊。就像写小说，有的人喜欢往丰满里写，有的人往瘦里写，一堆瘦长的人体骨架堆积在一起，也特别有雕塑的兴味，并且也有少即是多的逆旅感。上海作家金宇澄写了一部《繁花》，大有滋味。小说里 1990 年代以后的生活就是一连台的饭局，有一场“夜东京”的饭局是这样描写的：“礼拜五，陶陶报告，夜里有饭局……这天夜里，‘夜东京’摆大圆台，来人有阿宝，苏州范总，俞小姐，经历‘沧浪亭’的人物，沪生记忆深刻。外加上范总司机，玲子，陶陶，此外是新朋友葛老师，菱红，亭子间小阿嫂，丽丽，华亭路摆服装摊的小琴，小广东。”这一场饭局余下的篇幅就是在坐诸位的前后历史，每个人都说说讲讲半晚上就完结了，有艳遇，有身世，有插科打诨，有轶事，有鬼扯。小说末尾有一场是弄堂小百姓小毛摆酒请客，他请沪生来，说“如果有小妹妹，老相好，尽量带来，一道谈谈聚聚”。又感叹真不是对路，说沪生朋友圈子基本是女律师、女干部、女秘书等知识分子，最后沪生只身前来，小毛倒是请了五六个女人，圆台面摆好。接下来，吃的喝的几乎不表，剩下的篇幅都是白妹说，中妹说，发妹说，小毛说，就这样你一句我一句，绕来绕去，东拉西扯天上一句地下一句，海阔天空到几乎让人不知道这是一次饭局。相比年轻作家的世界，《繁花》的饭局老辣而又朴素，露出角头的部分是实在去写，并且看似笨拙地去写，而还有多少东西不言自明，都在话里话外了，好像关于人生什么都没说呢，仔细一看却又一切都说尽了。

其实，我们的乡村现在大概除了婚宴和丧局，也没有什么像样的社交场，我们又没有乡村酒馆、咖啡馆什么的，中青年大部分缺席的乡村，人情冷清地倒更像我们从前对城市的想象。带点庆典仪式的就剩下节日宴客了，规矩礼数之类，尤其又是亲缘社会，不会有太多“戏”在里面。而说起来在当代城市小说中，如果没有一场饭局也恐怕很难，就拉扯些男女职场之事如何能填满一天 24 小时呢，但金宇澄和于一爽小说里的饭局让人如此印象深刻，大概就是因为他们都采用了清单的方式。艾柯在《无限的清单》一书中说，清单的背后是一种“美学上的悸动”，悸动的来源是“我们所仰慕之物具备一种有限但尽善的完全性”，与之构成对应的是“具体地暗示无限”的再现方式。每一场饭局，饭局上的人，他们说的闲话讲的故事，还有那个每一次都喝大的“我”，都是具体的清单，当然最让人悸动的还是清单之外的那个“完全性”——欢唱无尽、暗夜无边、夜夜笙歌、以死为涯的人生。

利玛窦写晚明中国的饭局，那些仪式如今看来陌生又啰唆，但娱乐的方式依然在。不过利玛窦其实是看了个翻转的西洋镜，那些饭局中人情的冷热他实难参透，他引用孔子的话“唯酒无量，不及乱”，其实那是假圣人的境界，与三教九流的人生不契合，大醉方归的才是正途吧。借着中国小说中的饭局，想起美国作家耶茨的小说《年轻的心在哭泣》和《革命之路》，他写的大部分是70年代美国的社会，两个年轻的像无头苍蝇一样乱闯的青年人，经常跟同样年轻的朋友们家庭聚会（home gathering）一下，他们给人的印象从来不是喝醉或者无聊，总是失望，一次又一次遇不上期望中的对话的那种失望，在一场戏剧演出后的聊天，或者站在阳台上，坐在客厅里聊天，又或者在闭塞的厨房里，挥洒着那种灼人的在悬崖边上的失望，每个人看起来都好像在酝酿一场闷声大哭。饭局有安静的，站着的，我们大部分时候都是坐着的，热闹的，一眼看下去，大家都在吃吃喝喝讲讲谈谈，在虚无主义的时代，我们不会看到“天阶夜色凉如水”，也不可能去欣赏“一钩新月儿疏星”，饭局的冷中热，热中冷，煞是应景真诚。再现的饭局，多像造梦的仪式，一会儿清醒一会儿恍惚。

腾讯大家专栏

到楼上去，到风地里去

漫长懵懂的少年时光，也只有用慢镜头的细致雕刻才能无限接近于消逝的过去，唯有定格和拉长的镜头才能酬谢那样的生命和感情。电影《少女哪吒》，跟绿妖的同名小说仿佛是两个故事，但对照和勾连起来却又可以让年代故事扩大而丰赡。让人共同沉浸的部分是小女孩情态，她们的介于友谊与爱情之间的“秘密”感情，愿意彼此分享的私语，比如放走的一匹白马，台风要来了的预告，她们一起发现了小城里最美的河堤与果园，干了很多冒险的事情。这些明亮而诗意的画面对于每一个走过少年时代的人来说，都是吹不散的雾，笼罩在生命的河流上，艺术不能使它减损也不会增加，多少年之后它依然那里，永远在那里。

导演李霄峰讲述的《少女哪吒》的故事，添加了一些各种我们习以为常的桥段，少女王晓冰爱上充满理想主义色彩的李教官，并且爱而不得，成为她出走和家庭裂变的一个动力，而小说里只是几句话而已，“他给我写了好多封信，说很喜欢我，可是部队纪律很严，拖到现在才对我说……我看了很吃惊。小路，我该怎么办呀？这是我生平第一次接到求爱信，我不敢保存，看完都烧了”。让家庭闹剧具体而形象化，无论是姥姥、舅舅，还是爸爸妈妈、林老师，都是以压迫者的形象出现，好像这个城市的一切，除了草木春秋，都是对立者，妈妈永远都是一副僵尸脸，给爸爸分配的话语只有虚伪二字，中学老师一定要以呆板、滑稽的方式存在，“围观的麻木的群众”永远存在，两个女孩同盟之外的少男少女们大抵属于这个类别吧。而小说对这个部分的处理更合理，没有把亲爱的敌人们都画圈定位，她还是会跟家庭和解，爱那个很少见面的爸爸，但并不会妨碍她继续出走。多少年来我们的文艺都习惯于过度用力的方式，而对那个维持生活运转的“恒常”不屑一顾，似乎这都是为了证明王晓冰的“反抗”之所在。但调转方向想象一下，如果家庭幸福、父慈子孝、夫妻恩爱，就没有这些“故事”了吗，她们还是在成长，就像河堤还一直向前延伸，河可能汇入黄河，黄河是要流入海的，就像那个让王晓冰急不可待的念头：“我已经十二岁了，这辈子还从未见过大海！岂不年华虚度？”而 1992 年的宝城也在成长，李小路的爸爸日夜在工地上加班加点，机器轰鸣，探照灯把黑夜照亮，总有一天它也会改变模样。

隐喻已经成为我们最重要的说话方式，没有什么东西肯停留于表面的真实，哲学家考恩说：“隐喻渗透了语言活动的全部领域并且具有丰富的思想历程，它在现代思想中获得了空前的重要性，它从话语的修饰的边缘过渡到了对人类的理解本身进行理解的中心位置。”相对比那些可以隐喻化的反抗和姿态，我更喜欢那些秘密，浮在生活的表面，游游荡荡，像一个 1990 年代的漂流瓶，即使在时间流逝之后，依然可能被后来人捡到重新打开，打开之后就会发现层层叠叠的心事。

小说《少女哪吒》的题词是“女孩子大都有相似的一段经历：和另一个女孩好得要死，相约独身一辈子，最后弄丢对方”。最近在看李向东、王增如著的《丁玲传》，瞿秋白说她的性格是“飞蛾扑火，非死不止”，丁玲是革命时代奔走寻找真理的女人，同时也是一个跟少女哪吒们一样，暴烈、不妥协、不肯跟周围的环境和解，总是在寻找认同的女孩子。大概是因为一直上女校，她的朋友都是女孩子，比如王剑虹。丁玲跟王剑虹在桃源女师时期就已经认识，那年丁玲 14 岁，王剑虹 16 岁，但没有结下友谊，王剑虹好像非常严肃，昂首出入，目不旁视，但丁玲对她印象深刻，引为同类，觉得她大概是一个比较不庸俗、有思想的同学。1922 年两人再度相逢并成为好友，多年以后丁玲在《我所认识的瞿秋白同志》中的第一段就写王剑虹，她们结伴到上海去，在迷茫中探索人生道路，“我们不参加共产党，也不参加青少年团，哪个组织也不是，我们不想要人管，只想自由自在”，她们学习高尔基，以社会为大学，以文学为武器，相约遨游名山大川，甚至想到出国。在南京的一段生活，跟思想和革命也没多大关系，今天上鸡鸣寺，明天去莫愁湖，后天上玄武湖，再后天上明孝陵，两个人整天在外面跑，晚上才回来。那时女学生时兴穿新式裙子，而她们穿长裤，被学生公寓的女生视为异类，她们借钱出去租房子，过着极度简朴的生活，去哪里都是徒步，把省下的钱全买了书，却“生活得很有兴趣，很有生气”，冬天到了，没有钱了，她们便回家去了。后来王剑虹找到了自己的爱情，跟瞿秋白沉浸在古诗的酬唱之中，丁玲对此曾一度颇有微词，也使友谊有一点裂缝。丁玲打算离开二人独自去北京，辞行之时他们表示同意，却都沉默，丁玲走的那晚，他们没有去送，“连房门也不出，死一样的空气留在我身后”。然后王剑虹死于肺病，丁玲和瞿秋白各自继续生活，但王剑虹是他们共同的隐痛。

大概是由于一个笃定的革命的底子，以及后来丁玲、瞿秋白功成名就、千秋万古，这个民国少女哪吒的故事不会那么让人有痛彻压抑之感，即使是王剑虹，也因为她的死于青春以及死后的哀荣而有一种悲壮。电影《少女哪吒》好像把叛逆少女们的挣扎、格格不入归结到父母离异，家庭氛围，闭塞落后，当然也可能舍此没有找到可以具体的所指。“丁玲们”当然也有家庭的问题，比如父亲早亡，王剑虹的母亲早亡，她们都向往着改变一成不变的女人们的命运，还关心着自身之外的社会，这多少祛除了一些由于无处化解而来的青春期无名的疼痛。张爱玲曾经编过一出戏，里面有个人拖儿带女去投亲，和亲戚闹翻了，他愤然跳起来道：“我受不了这个。走！我们走！”他的妻子哀怨道："走到哪儿去呢？"他把妻儿聚在一起说，"走！走到楼上去！"——开饭的时候，一声呼唤，他们就会下来的。张爱玲以自己的促狭，非常开心得意自己这一出戏，开心于对人性懦弱的猜透，也凄恻于这无路可逃的人生吧，一样是出走，怎样是走到风地里，接近日月山川，怎样是走到楼上去呢？两个不同的少女精神同盟，每一个例子都有个别分析的必要，事实的好处就在于"例外"之丰富。忍不住觉得《少女哪吒》可能还是走到楼上去了，绿妖在《沉默也会歌唱》里讲了后续的故事，王晓冰回家后得到家人的谅解，但依然坚持自我而再度回到石家庄，并事业有成，像李小路一样。

尽管这个社会的规则就是羡慕事业有成，但我们也习惯了把事业有成看作是一个不那么招人待见的结局，尤其是它看起来不够"文艺"。"到楼上去"还是"到风地里去"的界限，可能就在于今天的自我表现吧，"我"是从日月山川吸收了什么填充到生命中去，或者只是岁月见长？《少女哪吒》小说的结尾是这样的："十二岁时，我们频繁写信，相互许诺：没有人能替代你在我心中的位置。我们跟同龄的女孩子们写这种信，宛如恋人，但并不当真。直到现在，我才发现那一块位置依然空着，好像在等待一封信来把它填满，好像在等待一个人的出现，来证明我并不是从石头里蹦出来，生命直接从来北京的二十四岁开始。我相信我对晓冰的生命，也是这个意义。或者不，我不知道。这都是秘密。"

寂寞的中途，连青春期的那点残忍和能量都消失殆尽了，如此怎么继续生活下去，“哪吒”的意象不就是剔骨还母吗？而在世上飘荡的女人们，有谁能永得庇护？不都是要自我生养吗？在这个抒情而倾诉的结尾，许多平静沉默的腹地生活痕迹隐约在目。绿妖写作的时间是2011年，作家即将迈入不惑之年，在人间也算是走了大半遭，需要一些明亮透彻，需要一些坚硬的信仰，需要同路人，需要用过去的生活为未来打气。电影对王晓冰有一个自杀的暗示，死于青春。如果她没有死，一直在，也只不过是这个世界上的一封远方来信，如果像李小路的初恋练武者徐杰一样来到你的世界，他也只会翻两个跟头夹藏着自己的尊严，头也不回地离开。这是一份真诚地快要虚假起来的感情，如果再也没有谁见证过我们的成长，如果连忧伤都没有，如果连回忆都没有，如果连个纪念的姿势都没有。对，宛如恋人，但我们并不当真，那我们当真的是什么？绝对不是电影里三毛对琼瑶的优越性，我们需要意义的确证者，即使我们对意义是什么永远说不出口，或者暂时没能力说清楚。

腾讯大家专栏

野草在歌唱

作家张楚最近写了一篇文章《野草在歌唱——县城里的写作者》，是居于县城的几位内心敏感、不甘于现状的写作者的生活掠影，一种喑哑的黯淡几乎笼罩在每一个人的头上，县城让我们能够迅速定位并想象他们的生活和面目，并且让有同样经历的人心有戚戚。县城作为写作者的前缀，全中国 2856 个县城或者县级城市不再是一个地理、行政概念，这个半数中国人居住之地，几乎成了一种无光无影生活的隐喻。张楚写的是 20 世纪末至今的县城生活一个侧影，“1999 年的倴城像个哀伤简约的符号——它是所有北方县城的缩影”，这样的县城大量出现在近年的小说和电影中（电视剧鲜有涉及），而它从来就不仅仅是它自己，这也是我们文学艺术的一种亲切的矫情。

这个县城“从 1984 年我们搬到这里，多年内它没有显著变化：弯曲狭窄的主街每到下班时就堵车，而主街两旁是低矮破旧的门市：开理发馆的温州人、开川菜馆的成都人、卖板鸭的南京人、开性病门诊的广州人、售熟食的东北人……这些操着不同口音的外地人将门脸敞开，让平铺直叙的阳光打进，在他们或清爽或油腻的脸上投下或明亮或黯淡的影。在年复一年的买卖中，他们的腰佝偻了，皮肤泛着哀伤的牙黄色，指甲缝沾染着小城独有的气味：纸糨糊味、钢厂的粉尘味、从遥远海边传来的水底动物的腥味”。世界几乎是静止而腐烂的，在这篇文章的结尾，张楚写到一块荒地，以前那里是居民区，因为涉及拆迁，居民全部搬走，但是房子还没有拆干净。一栋栋的房子像被野蜂抛弃的蜂巢，在夜里散发着孤寡的气味。在众多的青年作家笔下，对县城的书写都带着一种被抛弃的蜂巢的孤寡气味，充满如各种电影中精心掩盖假装偶遇的杀马特少年，或者是撞南墙也不回头的县城堂吉诃德们，他们不甘心困于封闭世界中，要冲到外面世界去，不过基本上都是悲剧结尾。

1984 年对于张楚来说是一个非常偶然的个人时间，却无意中接通了另外一个作家的县城时间——路遥的《平凡的世界》，这部描写 1975 年到 1985 年北方乡村生活变迁的作品，作家的写作时间是 1982 年到 1988 年。许多读者可能都已经忘记，《平凡的世界》这样一部印象中以写乡村生活而闻名的小说，居然是以叙述者温情细致地扫描县城的街头开始的：

> 在这样雨雪交加的日子里，如果没有什么紧要事，人们宁愿一整天足不出户。因此，县城的大街小巷倒也比平时少了许多嘈杂。街巷背阴的地方。冬天残留的积雪和冰

溜子正在雨点的敲击下蚀化，石板街上到处都漫流着肮脏的污水。风依然是寒冷的。空荡荡的街道上，有时会偶尔走过来一个乡下人，破毡帽护着脑门，胳膊上挽一筐子土豆或萝卜，有气无力地呼唤着买主。唉，城市在这样的日子里完全丧失了生气，变得没有一点可爱之处了。

叙述者显然对这样的县城是不满意的，于是镜头转到了县城中学喧闹的放学场景，那些活跃、进取、青春躁动的少年都是县城最好的注脚。除此之外，只要学校没什么事，乡村少年孙少平就一个人出去在城里的各种地方转，他用全部的身心感受和抚摸这个梦想之地：大街小巷，城里城外，角角落落他都去过。由于人生地不熟，他也不感到身穿破衣服在公众场所中的寒酸，自由自在地在这个城市的四面八方逛荡，他在这其间获得了无数新奇的印象，甚至觉得弥漫在城市上空的炭烟味闻起来都是别具一格的。在路遥的另一部影响较大的作品《人生》中，被清退出教师队伍的高加林做了农民后再次来到县城，县城的全貌出现在他的视野之内，一片平房和楼房交织的建筑物，高低错落，从半山坡一直延伸到河岸上，“亲爱的县城还像往日一样，灰蓬蓬地显出了它那诱人的魅力。他没有走过更大的城市，县城在他的眼里就是大城市，就是别一番天地。他对这里的一切都是熟悉的，亲切的；从初中到高中，他都是在这里度过。他对自己和社会的深入认识，对未来生活的无数梦想，都是在这里开始的。学校、街道、电影院、商店、浴池、体育场……生活是多么的丰富多彩！”

在这些热爱和向往县城生活的青年们看来，县城是等同于城市的，从乡村到城市是当代中国一个最简单的流动程式，户口和工作是横亘在两大空间之间的一道界线，遥遥相望，城乡交叉地带的县城，因而产生了一种近便的“县城”美学和朦胧照。在路遥的笔下，县城跟自由自在、丰富多彩、新奇、诱人的魅力、梦想等词汇放在一起更加具有鲜润的光泽，连煤炭的气味都别具一格，而实际上这个县城到底是什么样子呢，小说中也有一段描述：

> 由于这两年农村政策的变化，个体经济有了大发展，赶集上会，买卖生意，已经重新成了庄稼人生活的重要内容。公路上，年轻人骑着用彩色塑料缠绕得花花绿绿的自行车，一群一伙地奔驰而过。他们都穿上了崭新的‘见人’衣裳……脸洗得干干净净，头梳得光光溜溜，兴高采烈地去县城露面：去逛商店，去看戏，去买时兴货，去交朋友，去和对象见面……更多的庄稼人大都是肩挑手提：担柴的，挑菜的，吆猪的，牵羊的，提蛋的，抱鸡的，拉驴的，推车的；秤匠、鞋匠、铁匠、木匠、石匠、蔑匠、毡匠、箍锅匠、泥瓦匠、游医、巫婆、赌棍、小偷、吹鼓手、牲口贩子等等都纷纷向县城涌去。

跟张楚描述的县城其实并无本质区别，还是集贸市场打底的生活，只不过前者是静的，后者是一种活跃起来的经济生活，充盈着萌动和希望的生活。几十年过去了，城市化进程如火如荼，写作者们也都进了城市，而进城的故事也发生了各种各样的变体，唯一相同的是，县城失去了悸动的光泽，也很难再成为进城故事的发生地。县城在名义上属于“城市中国”的一部分，但它与城市有着一定的差距，是“乡村中国”和“城市中国”之间的交叉地带，有自己的伦理和变迁，文学意义上的城乡接合部被广泛关注就是从《平凡的世界》开始的，而现在它又有了新的时代气味。韩寒曾经揶揄郭敬明，说他的《小时代》是写给城乡接合部的孩子看的，向他们展示大上海的繁华和奢侈，把上海梦带到各个城乡接合部。严格说起来，大众文学、青春文学最大的阅读群落都在城乡接合部，这里承载了最多的期望超越平凡，走向“现代”的梦想，而偶像崇拜、炫耀式的物质森林、感伤的文学笔调暗合了他们的迷茫与对心理慰藉的寻找。

据统计，《平凡的世界》是许多小城镇“70后”“80后”青年的成长必读小说，是他们的青春和记忆。路遥是一个无冕之王式的作家，文学史上很少谈论他，传统现实主义的写作方式和自传性写作倾向在波谲云诡的1980年代似乎太老套了，但他却以一种亲近的方式赢得了无数的青年读者，即使这样我们也很难说出要重读路遥的话，因为他从来不是一个经典文学意义上的作家。影响巨大的《平凡的世界》改编成电视剧是令人期待的一桩事情，到底是回望和缅怀我们已经快要轻易地命名为黄金时代的1980年代，还是重复那个讲述了几十年的进城青年的故事，还是大肆渲染那些淳朴而无奈的爱情故事？其实这些跟其他类似的故事都没什么太大差别，但孙少平跟田晓霞说的话还值得再听一遍，因为这种话已经消逝很久了：

> 我不是为了扬名天下或挖金子发财。不知为什么，我心里和身上攒着一种劲，希望自己扛着很重的东西，为一个不为人所知的地方，不断头地走啊走……我也说不清楚这是为什么！但我心里就是这样想的。我回到家里，当然也为少吃没穿熬煎。但我想，就是有吃有穿了，我还会熬煎的。说实话，几年前，我没这么些怪想法。但现在我就是这样想的。我不知道这是为什么，也不知道这情绪对不对……

李宗盛与李剑青合写的《匆匆》里唱的也是县城的青春，“那些褪色青春梦 / 普通得不能再普通 / 你肯定懂 / 青春期，熬夜，冲锋 / 上小县城的高中，已光荣 / 路的尽头的少年宫 / 兀自沉默在风中，无言相送 / 那一年一首远方的歌 / 说什么往事如风 / 他往事如风，我失色青春的惶恐……”如果我们感受不到孙少平希望自己扛着很重的东西，为一个不为人所知的地方，不断头地走啊走的那种心声，《平凡的世界》就只是那一年一首远方的歌，只不过换了个舞台还在继续唱着而已。

腾讯大家专栏

沉默也会唱歌

故乡、乡村和乡愁在我们随口说出的意义上，有时候是同一个意思，差不多是可以冠上“普世性”前缀的抒情词了，在英语中它是nostalgia，我们翻译成怀乡病、怀旧，主要也是意指一种情绪。这个词语只要从唇齿间滑落，它已经不是一个声音，而是风尘仆仆，片甲生辉，脉脉含情。譬如达达的马蹄声，乡愁是一枚邮票，譬如青石板街、古镇寻梦、重返故里这些文学形象。城市也有自己的乡愁，它是一条街道，一条颜色未变的河水，是生养之地，是大自鸣钟的声音，是鸽哨的盘旋。沉浸乡愁的人们，环球同此凉热，即使根本没有离开过出生之地，也会怀着人类永恒的乡愁。

故乡从来也不是古典时代单纯的乡愁，不是“此生何役役，年年客他乡”的羁旅之思，在我们的时代它好像是一个大蒸笼，几乎看不到烟雾缭绕之内，到底是什么在被蒸煮。每年年关，在数亿的人口流动中，我们又要被这个话题重新耕耘一遍，真可以用“故乡虐我千万遍，我待故乡如初恋”这句话来总结我们对这个话题的缠绕式热爱。文艺女神柴静《山西，山西》一文，居然在朋友圈里惹了众怒，想想也在意料之中。平稳熟练的思路把故乡这个复杂多义而厚重的话题轻浅化了，即使跟父母吵架闹翻不回家，也可以从政治、经济、文化、心理上找出一堆既可以形而上，又可以文艺范、公知化的表述方式，抛弃故乡当然也可以，但把故乡奇观化就是避难就易。故乡不是随便抛弃的，说不想回去就可以简单了事的，也无法以自我清高和傲娇态度待之，只要它没有被夷成平地，整齐划一为干净现代化的都市副本，或者如我们政治前景规划的那种山清水秀，只要它们依然存在并且脏乱差，并且不以我们的向好意志和幻想为转移，那它就是当代中国的存在方式。作为一个寓居都市的人，你来去自由，可以轻易地“哀其不幸，怒其不争”，但沉默的大多数可能要子子孙孙无穷尽地居住于此，这种文字对于他们来说不是傲娇是什么？

但是，我关心的是我们谈论故乡的方式到底有没有进步。虽然进步是一个惹人厌的字眼。作为最具有生产力的文学词汇之一，除了情怀党和表态党，我们应该如何从文字上回到故乡，而故乡到底是什么？“君自故乡来，应知故乡事”，故乡到底发生了什么？

叙述故乡的人们大多数是寓居北京、上海、广州等大城市的，甚至连二线城市，我们几乎都看不到他们发言者清楚的面目和享有话语权支撑的那种自信。也可能任何一个省会城市都跟自己周遭和属内的县城、乡村共享着打断骨头连着筋的情分，而不是如大都市那样成为当代中国的“异类”和飞地。现在的共识和调子就是“回不去的故乡”，其中夹杂着诗意王国的成分，保留着世风日下、人心不古的证据，虽然多少年前雷蒙·威廉斯已经在声讨此调了，但它是人们情感中最小公倍数的部分，还是要尊重它的重复和轮回。同时还有对急遽现代化的牺牲者的怜悯，对制定政策者的不满，对“田园将芜胡不归”的无奈。

故乡的发现常常是相对于都市而存在的，只有大城市寓居客才能体会到城市制造的许多幻觉，作家绿妖在《沉默也会歌唱》里写道：“谁曾在年轻时到过一座大城，奋身跃入万千生命热望汇成的热气蒸腾，与生活短兵相接，切肤体验它能给予的所有，仿佛做梦，却格外用力、投入。摸过火，浸过烈酒，孤独里泡过热闹中滚过。拆毁有时，被大城之炼丹炉销骨毁形，你摧毁之前封闭孤寂少年，而融入更庞大幻觉之中；建造有时，你从幻觉中寻回自己，犹如岩石上开凿羊道，一刀一刀塑出自己最初轮廓；烈火烹油中来，冰雪浇头里去。”写出《梁庄在中国》的大学教授梁鸿说：“在很长一段时间内，我对自己的工作充满了怀疑，我怀疑这种虚构的生活，与现实、与大地、与心灵没有任何关系。这不是真正的生活，不是那种能体现人的本质意义的生活，这一生活与我的心灵、与我深爱的故乡、与最广阔的现实越来越远。”

都市以它的光怪陆离和远离乡土而给人幻觉、虚构和做梦的感觉，我们每个人都在享受劳动的终端产品，对所有的生产过程失去知觉，这是空虚感产生的一条路径。去年路过安徽滁州，“环滁皆山也”，跟我北方的故乡相差甚远，蜿蜒的公路一直朝前延伸，四周是葱郁的原野，橘子树冒犯地伸到路边来，枝枝蔓蔓的杂花、葡萄藤在原野里触目可见，丘陵上散落着三两个戴着草帽忙碌的农民，路边上随时都能看到白色的垃圾袋，有的还被风挂在树梢上迎风鼓荡，压扁的方便面盒子，红色的火腿肠皮躺在路边的泥地上，被下雨时溅起的泥压住翻不得身。前方呼啸的推土机一次又一次地撞击高垭，看样子是要铲平这一段，重新拓宽道路，阔边的叶子一层白灰，看起来就是个灰头土脸的人迈不开腿。好像这就应该是故乡的样子，灰扑扑又葱翠鲜艳。离开这里不远处，一个木头板制作的指示牌随意地摆在路边，漆成白底，红色的字体非常潦草而任性——“河南泵油”，一下子就想起梁鸿在《梁庄在中国》里写过的这个群体，这是文学作品带给人的一种勾连性记忆，也是文字与现实的一次相遇。不远处隐约能看到带着油污的简陋的小房子，里面可能挤着一家人以及沾亲带故的一个家族。《出梁庄记》里说，全国校油泵的，百分之八十都是河南穰县的，而穰县的又有百分之八十出自梁鸿老家吴镇和邻近两个乡，“梁庄的校油泵者多是经验者，在老乡、亲戚那里当学徒，学习半年、一年，就自己另外寻个地方，买台机器，生意就开张了”。校油泵多在公路旁边，或矿区周边，大车集中来往的地方，他们都住在满是油污味道、简陋的修理店，虽然有着“暴利”的嫌疑，但他们也在为自己的生计寻找合理性：吃苦受累，喝风吃灰，在土窝子里打转，加点价也正常。如果说他们加价蒙人或者质疑他们牟求暴利，他们都会反问高价校服、茅台酒不也加价蒙人吗，但人家怎么就心安理得？提到这个群体是因为，在光鲜亮丽的城市，我们不会发现这个群体，就像也越来越看不到城市里的工厂一样，它们成为必须或被迁出或消失的“污染源”，它们以工厂博物馆或创意园的形式，成为中国近代化的某种缩影，具备生产功能的工厂也被以“土地换资金”的方式实现了郊区化，工人以及填充这个位置的农民工在都市景观中基本是不被看见的，工人们的历史甚至他们现在的生活都将变得价值虚无化。正是梁鸿等人书写的努力，才让我们看到了另一个中国，或者说是被看不见的手将要抹掉的一个世界。

在寄居之地回到故乡的途中，在远离大都市的每一条铁路、高速沿线、每一条乡村公路上，都有这个国家最普通平凡真实的生活，这种生活无关外来者的态度、情怀，兀自存在。那种具有明显倾向性的话语，仿佛不如此激烈就不能体现一个知识分子良知的激愤话语可能会损害对故乡的认识，每个人都只会看到自己想看到的。美国作家何伟在《寻路中国——从乡村到工厂的自驾之旅》里面写到过他在中国乡村穿梭和生活的经历。他提到一个乡村生活的细节，农民把柏油马路作为晾晒场和分拣场。在他的世界中这样做既违反交通安全法又违反食品卫生法。不过在中国没人去计较这个问题，一开始从食物上开车碾压过去让他感到颇为难，他急刹车摇下车窗问看谷物的农民，能否碾压过去，农民急不可耐地大声喊，“开，开，开！”第二天，何伟就不再问他们。第三天，他看见一堆马路上的谷物就加速疾驶，直接碾压过去，谷物在他车轮底下噼啪作响。从后视镜里他看到人们拿着耙子扫帚，冲上公路，“那就是我在秋收季节做出的贡献——开着车子忙脱粒”。这可能就是好的文学，即使我们能体会到其中不同人思想的差异，内心的波动，但文字没有任何侵犯和围观的感觉，它让文字所表现的世界自己说话。

现在年轻人其实对“乡村”是不感兴趣的，在职场精英的勾心斗角中人们需要“霸道总裁爱上我”，在灰扑扑的庸常之辈中，每个人都需要幻觉和那种一起做梦的迷阵。而所谓的故乡和乡愁，大概除了“田园”这个角度，我们已经不会再发现他还有别的吸引力，它不能提供可以看得见的未来和理想，至少你不会心甘情愿把自己交付给它的冷清与衰落。即使这样，我们也不能忍受文艺界给出《乡村爱情》《老农民》《马向阳下乡记》等，这里有随便给出的几张脸谱，有自欺欺人、生拉硬扯的光明。文学需要给出超越电视剧的脸谱化、政治正确和资深情怀党们的东西。在这个地方我无比信赖诚恳的非虚构写作，杜拉斯在《写作》中说：“既然我们已迷失，再没有什么可写，可失去，于是我们写作。”关于故乡的书写方式，应该也是这样，在废墟之上，在绝望之地开始你的书写，这里是起点而不是终点。

腾讯大家专栏

多少青春不自识

在穿越作为一种文化符号流行的时代，大家都会忍不住在微信上做做那种穿越回去你会是谁的测试。我们的选择丰富而妖娆，有《三国演义》《水浒传》《甄嬛传》，有《宫》，也有《红楼梦》，雅俗共赏，老少咸宜，每一部作品都是性格丰富、人马众多、命运各异的世界。还有，你可以选择穿越回耳熟能详鼎鼎大名的各种封建王朝，唐宋元明清，就像穿越小说一样，大家多半会选择唐朝和清朝，群雄争霸，熙熙攘攘，可以满足自己对于理想抱负、历史、权力、异趣和爱情的想象。其实，最实际的也还有点现实依据的是选择回到自己的青春时代，那个拥有青涩的校园，稚气初恋的时代。穿越好像就是危机的一个病象。《我的少女时代》是台湾版的回到 1990 年代，回到刘德华风靡华人圈，而自己依然勇敢无畏的年代;《夏洛特烦恼》穿越回到了 1997 年;《港囧》的主人公也在财大气粗的中年一直回想，心心念念 1990 年代的那个未完成的初恋之吻。这后两部电影最终也都政治正确地选择了回到糟糠或者元配身边。徐峥饰演的角色尽管逻辑不顺半遮半掩，但在各种囧中放弃了理想的初恋还能让人接受；而沈腾饰演的夏洛舍弃优雅完美的暗恋，居然是因为那种重新选择的生活充满了空虚，这也太生硬和简单了，难道庸常生活的平凡窘迫不是问题？好不容易穿越一次，应该找到一些更有质感的人生价值吧。

忍不住会问，为什么我们要回到1990年代，那时候除了永不再回的青春年少，到底有什么东西让大家不能释怀？综合三部电影，首先是流行文化元素，不能否认在初步的娱乐至死时代开启之时，流行文化是青少年们的正史，但在政治、经济都被悬空不予讨论的电影中，大概也只有它们能够填塞时间了。《我的少女时代》几乎就是刘德华粉丝回忆录，当年风靡台湾的偶像占据了少女们的空洞心灵，冰宫溜冰、周星驰的电影、资优班、放牛班、麦当劳K书、诅咒信、男女抽钥匙配对骑车、真心话游戏、穿制服翘课、帮派少年结派打架闹事，在多年的青春怀旧之中，已经成为了一块破旧的抹布。《夏洛特烦恼》，借着经典歌曲集锦来弥补故事的单薄，流行歌曲是标记故事的大Logo，也是引导故事走向，暗示情感结构的必需桥段；而《港囧》也带着导演的自我怀旧，不管不顾地开启《偏偏喜欢你》《情人》《沧海一声笑》《倩女幽魂》《为你钟情》《饿狼传说》《忘情桑巴舞》《万里长城永不倒》等流行歌曲大串烧。流行元素的复原、怀旧是一盘必赢的棋，只要你曾经路过那片风景，泪点和笑点就已经被塑造，被搁置在那里等待被重启，跟电影的好坏根本没有关系。

1990年代还有对抗。对抗跟反抗有很大距离，《我的少女时代》里林真心为了徐太宇，敢于一个人来对抗全世界，全体学生被发动起来对抗古怪保守、刚愎自用的主任。这是一个多么容易被想到的青春剧情啊，对抗应试教育几乎是这一代大陆学生最手口同心的悲壮。《夏洛特烦恼》肯定也不能放过，不过好一点的是，那个被反抗的老师不是一个脸谱，他是一个高手。对抗校园权力特别容易走成一个花架子，迂腐蹩脚的老师们也不仅是他们眼中的守旧、维护教育制度、不了解学生、以折磨人为乐的变态，他们除了你们青春中的“他们”，也有自己视角下的真实人生，比如软弱、世情，世外高手，扫地僧什么的。多年以后，仅仅是时间的力量就可以削平对抗的关系，更何况作为假想敌的老师们，本来也是没有什么强大战斗性的对象，甚至根本不是我们的敌人。

还有最重要的，亘古不变的都是暗恋追求校花，最后追到了平凡女孩。校花与丑小鸭的阶级斗争万年不变，无论是男主角还是导演都极力让丑小鸭胜利，分配给她单纯明亮、善解人心、无怨无悔、仗义执言、不计得失等高尚品质，让她们最后都赢得男主角，转亏为盈，但就是不让男主角先爱上她，这是校园大众电影唯一的戏剧情节和包袱，不能暴露。所以校园里的爱情这个东西跟少女的话是一样的，“说话都是相反的，说没关系就是有关系，说没事就是有事”（《我的少女时代》）。现实里这些女配们根本没有多少机会胜利，善良无机心的玛丽苏、瞬间变美等等都是丑小鸭变天鹅的童话。《我的少女时代》导演陈玉珊说她就是不要拍沈佳宜（《那些年，我们一起追过的女孩》女主角，校花代表），就是要让男生看看剩下的女生过着怎样的生活，但是看到丑小鸭变成白天鹅，被校草们你争我夺，最后遇到初恋，遇到偶像刘德华这种狗血的故事，跟伟大的初衷真是没多少关系了。

这个坐落在1990年代生活中的青春到底有什么可以用来为今天的中年危机提供养分？我们把困惑都放在个人的世界中，想讲个不一样的故事是十分困难的。就像徐峥让二十年没见的初恋情人成为徐来唯一而又脆弱的摆脱危机的情感支柱，艺术家梦不过是一个一触即破的托词与说法。为一个人对抗全世界，林真心最后跟不痛不痒可有可无的爱情说再见，炒了老板鱿鱼，潇洒地去听一场偶像刘德华的演唱会，但是发现场场爆满买不到门票，我想这总算是一个真实的信息，我们爱偶像，爱理想，爱年少时的自己，但是即使如此赤诚的爱，也还需要正视现实——高昂的门票。

初恋和爱情、穿越式的回顾只能解决戏剧上的问题，根本不会解决这个阶段人生的根本问题。一部来自青春的电影，一直陷在青春之路的泥潭里，不是背叛了青春的原意吗？木心说："青春将尽，天赋的本钱日渐告罄，而肉体上精神上开支浩繁，魔鬼来放高利贷了。这个人人难逃的律令，人人全然不知，像感觉到童年，童年已逝的道理一样，青春也不自识，更不自识，因为从童年到青春是柔润发旺的进程，而青春既尽，急转戾燥干和，其势趋下，畴昔的纯真激情向上爱美都是天然而然，过后都是天不然而不然，唯少数中之尤少者，将坯炼为器，料提为品，种开花结果，于是其纯真益粹，其激情愈湛，其向上尤峻，其爱美至挚——原来天赋的本钱可以用得如此阔绰，似乎有什么秘诀，秘诀在于‘知青春之宝贵’，而那些向魔鬼举债的人呢，没有觉悟青春之宝贵，反使鄙薄青春，斥为幼稚胡闹不值一顾，自诩从兹脚踏实地，那实地往往是沼泽，再也无能振拔。清明，练达，是指获得了第二度青春，在更高的层面上占有青春的优越性。”即使不能达到这种人格的修为，不也知道青春的二次价值在于获得继续前行的力量而不是无谓的消耗吗？

男女主角们不能不违和地爱上生活之外的某种东西吗，比如信仰什么的，比如对世界的理解之类的，难道青春的消逝没有换来成长？夸大其词的反抗，鸡毛蒜皮的怀旧（泪点和笑点）和纯真的爱情还有多少能量供这样不珍惜地消费。文学界也在讨论 1990 年代，1990 年代的文学叙事相对于 1980 年代的确提供了好多东西，比如个人主义。但是对于这一代遭遇中年危机的人来说，个人的叙事还能够提供答案和能量吗，能够走向清明和练达吗？那是上一辈人的答案，勾连着一代人切身的爱和生命气息，我们可能要走一条逆行的路，从我们个人记忆出发，试图在叙事中勾连那些超越个人的在世生活，认真对待走过的路，才是一条不虚伪的道路。

“当青春走到尽头，你会想念当初的那个自己吗？当青春走到尽头，你会记得当年自己莽撞的勇敢吗？当青春走到尽头，你和自己的徐太宇，在一起了吗？”有没有和徐太宇在一起，并不重要，重要的是，这一次回望（穿越），也算是青春再来一场，重新认识了当初和现在的自己。

腾讯大家专栏

后记

这是我的第三本评论集。在新年的第一天整理旧书稿，翻检时光，许多文章写作的具体情景和细节已经模糊不清，重新排列起来，不是按照时间顺序，而是盖一所房子，分几个房间，每一个房间住着不同的自己，有不同的写作风格。从题目上可以明显看出来，第一辑和第四辑，主要是作家论，文体偏向散文随笔，写的时候比较放松随性；第二、三两辑选取的都是宏观考察的文章，大都围绕历史和乡土写作，这是有意的自我思维训练。这些文章大部分是在 2014 年至 2016 年写的，两种文笔和思维穿插进行。感谢写作带来的短暂欣喜、充盈生活，以及沮丧情绪和失败落寞，它们逼迫写作者去重新看待自己的内心世界，去寻找别的出路，去泅渡暗河。

到今年为止的写作，大概也有五十万字，习作的痕迹还是很重，诸多不满意的地方，也无力再重新改过。写作的人，文章就是时钟。我很喜欢两篇文章的题目——《石子投在水中》和《在结束的地方开始》，毛姆小说《刀锋》有一句话，生命一朝结束之后，这一生留在世界上的痕迹，不比石子投在水中留下的多。抱着虚妄的幻想，设若二者等同，也并没多少波澜，那么唯有珍重对待自己的痕迹。2017年是我个人生活中非常重要的一年，诸多变故、彷徨、焦虑、改变，希望自己在结束的地方重新开始，从画框和恬静中走出去，从一个自然的写作者走向自觉的写作者。

整理挑拣出来的部分，是愿意拿给陌生人看的，现在，要放它们到世界上去漂流了。不要害怕，但请一路小心。

2018年1月1日

文
景

Horizon

社科新知　文艺新潮

在结束的地方开始

项　静著

出 品 人：姚映然
责任编辑：张　晨
营销编辑：杨　朗 陈　茜
装帧设计：肖晋兴
版式设计：安克晨

出　　品：北京世纪文景文化传播有限责任公司
(北京朝阳区东土城路8号林达大厦A座4A　100013)
出版发行：上海人民出版社
印　　刷：山东临沂新华印刷物流集团有限责任公司
制　　版：北京大有艺彩图文设计有限公司

开 本：890mm×1240mm　1/32
印 张：10.25　　字 数：159,000　　插页：2
2018年8月第1版　　2018年8月第1次印刷
定 价：45.00元
ISBN：978-7-208-15314-1/I・1757

图书在版编目（CIP）数据

在结束的地方开始/项静著. —上海：上海人民出版社，2018
（述而批评丛书）
ISBN 978-7-208-15314-1

Ⅰ.①在… Ⅱ.①项… Ⅲ.①中国文学-当代文学-文学评论-文集 Ⅳ.①I206.7-53

中国版本图书馆CIP数据核字（2018）第152715号